Mila Summers

Auf einmal Liebe

Über das Buch:

So hat sich Anna May ihren Neubeginn in Edinburgh nicht vorgestellt. Eigentlich war sie in die Großstadt gekommen, um die Vorurteile hinter sich zu lassen, die ihr bereits ein ganzes Leben lang anhaften. Als graue Maus getarnt, tritt sie die Stelle der Assistentin der Geschäftsleitung an, um von ihrem schönen Äußeren abzulenken. Doch der Schuss geht gewaltig nach hinten los. Noch am ersten Arbeitstag erhält sie von ihrem Chef einen Heiratsantrag. Dabei verkörpert Logan McGregor alles, wovor Anna May weggelaufen ist.

Logan liebt sein Junggesellendasein und schmückt sich gerne mit hübschen jungen Frauen. Kurz vor seinem 35. Geburtstag setzt ihm sein Vater die Pistole auf die Brust: Entweder er bindet sich, oder er verliert den Anspruch auf den Chefsessel der familiären Whiskydestillerie. Nun ist guter Rat teuer. Wo soll er auf die Schnelle die passende Frau hernehmen?

Bisher von der Autorin erschienen:

Manhattan Love Stories:
Irresponsible Desire
Irrepressible Desire
Irresistible Desire

Tales of Chicago
Küss mich wach (Band 1)
Vom Glück geküsst (Band 2)
Ein Frosch zum Küssen (Band 3)
Küsse in luftiger Höhe (Band 4)
Zum Küssen verführt (Band 5)

Social-Web-Trilogie
Instafame oder Gummistiefel in Acryl
Facebook Romance oder nach all den Jahren
Twinder oder die Irrungen und Wirrungen der Liebe

Liebe lieber einzigartig
Rettung für die Liebe
Küsse unter dem Mistelzweig

MILA

SUMMERS

Auf einmal Liebe

Roman

Deutsche Erstauflage März 2018

Lektorat: Dorothea Kenneweg

Korrektorat: Jil Aimée Bayer.

Covergestaltung: Nadine Kapp

Covermotiv: Shutterstock © Dean Drobat / Martin M303

Impressum: D. Hartung

Frankfurter Str. 22

97082 Würzburg

mila.summers@outlook.de

Kapitel 1

Anna May

»Willst du so etwa mit mir auf Samuels Party gehen?«

Nick hatte recht. Mein kuscheliger roséfarbener Hausanzug mit Einhornkapuze und Einschubtasche am Bauch wäre sicher nicht das Richtige für diese angesagte Party. Nur gut, dass ich meinem Ex-Freund bereits mitgeteilt hatte, dass ich ihn nicht begleiten würde.

»Was machst du überhaupt hier, Nick?« Für Anfang April war es noch ziemlich kalt in Giffnock – der zentralen Tiefebene Schottlands. Kaum dass ich die Tür geöffnet hatte, fröstelte es mich trotz des warmen Einteilers an meinen Armen und Füßen. Dummerweise hatte ich die passenden Hausschuhe an der Couch stehen lassen. Ich konnte ja nicht ahnen, dass ich länger von Mr. Darcy aus *Stolz und Vorurteil* getrennt sein würde.

»Wir haben ein Date. Schon vergessen?«, blaffte mich mein Ex an.

»Und du? Hast du etwa vergessen, dass ich mit dir Schluss gemacht habe, oder hast du mir einfach mal wieder nicht zugehört?«

Ohne auf meinen Vorwurf einzugehen, legte Nick selbstsicher seine rechte Handfläche gegen die Haustür. Offenbar wollte er sicherstellen, dass ich ihm diese nicht vor der Nase zuschlagen würde. »Sag mal, hast du deine Tage, oder was ist los mit dir?«

Was mit mir los war?

»Checkst du es nicht? Ich habe unsere Beziehung genau aus diesem Grund beendet. Du hörst mir nicht zu. Ich bezweifle, dass du es je getan hast.«

»Das stimmt so nicht und das weißt du auch.« Nick schaute genervt drein, während ich mich innerlich dafür verfluchte, die Tür überhaupt geöffnet zu haben. Ich könnte noch immer schmachtend vor der neuen BBC-Verfilmung von Jane Austens Klassiker sitzen und einen ruhigen sowie entspannten Abend genießen.

»Also, Babe, sei schön artig, geh nach oben und zieh dir einen dieser heißen Fummel über, die deinen sexy Körper richtig gut in Szene setzen. Ich muss heute mit dir angeben.«

Manchmal fragte ich mich, ob das letztlich nicht der einzige Grund war, weshalb Nick mit mir zusammen gewesen war. Zumindest war es mir in den vergangenen vier Monaten des Öfteren so vorgekommen.

Leider war Nick da keine Ausnahme gewesen. Seit ich denken konnte, hatte ich, was die Wahl meiner Freunde anbelangte, immer mächtig ins Klo gegriffen. Die Männer waren zwar immer hinter mir her und gaben gerne mit mir an, doch bis zum heutigen Tag hatte sich keiner wirklich für mich interessiert.

All meine Ex-Freunde verband das Desinteresse an der Person hinter der hübschen Fassade, und ich Idiotin war immer wieder auf ihre Masche hereingefallen. Doch das würde ab jetzt ein für alle Mal ein Ende haben. »Ich werde einen Teufel tun. Hörst du?«, fluchte ich mit all der Wut, die sich über die Jahre hinweg in mir angestaut hatte. »Könntest du bitte deinen Fuß aus der Tür nehmen? Diese Unterhaltung ist für mich beendet.«

Nick runzelte die Stirn, als könnte er nicht glauben, was ich eben gesagt hatte. »Babe, das kann doch nicht dein Ernst sein.«

»Mein voller«, erwiderte ich mit leicht bebender Stimme. »Es hat sich ausgebabet. Ein für alle Mal. Geht das endlich in deinen Schädel rein? Wir sind kein Paar mehr. Ich werde dich auf keine

Partys mehr begleiten, auf denen du mich wie eine exquisite Louis Vuitton-Tasche aus der neuesten Kollektion vorführen kannst. Ich bin ein Mensch aus Fleisch und Blut. Ich habe Gefühle.«

Abermals legte Nick sein selbstgefälliges Grinsen auf. »Babe, du bist die hübscheste Frau weit und breit. Es gibt keine, die dir das Wasser reichen könnte. Alle Männer drehen sich nach dir um.«

Genervt schloss ich für einen Moment die Augen. Nick hatte auf den Punkt gebracht, was mir schon seit Jahren ein Dorn im Auge war. »Verstehst du denn gar nicht, dass es mir nicht genug ist, nur schön zu sein?«

Fassungslos sah ich in das noch immer grinsende Gesicht meines Ex-Freundes. Wie hatte ich nur die letzten vier Monate mit ihm zusammen sein können, ohne zu merken, dass es ihm gar nicht auf mich angekommen war?

Ich liebte ausgedehnte Spaziergänge durch die Lowlands, Sonnenuntergänge am nahe gelegenen See, Schneeballschlachten im Winter. Das war meine Welt. Ich bezweifelte, dass Nick auch nur den Hauch einer Ahnung davon hatte. Für ihn war es nur wichtig gewesen, dass ich in den Kleidern, die er mir geschenkt hatte, gut aussah, damit er bei seinen Freunden Eindruck mit mir schinden konnte. Doch diese Zeiten waren vorbei.

Ab sofort würde ich selbst über mein Leben bestimmen. Ab sofort würde ich sagen, wo es langging. Ab sofort würde ich mich nicht mehr zum netten Anhängsel degradieren lassen.

Zum ersten Mal war so etwas wie Verwunderung in Nicks Gesicht zu erkennen. Heiser lachte er auf. »Schätzchen, viele Frauen gäben alles dafür, nur für einen Tag dein Aussehen zu haben. Du brauchst nur mit dem Finger zu schnippen, und alle Welt liegt dir zu Füßen.«

Wollte oder konnte mich Nick nicht verstehen? Wie so viele Male zuvor, hatte ich das Gefühl, dass er mir gar nicht zuhörte. Er hatte seine Sicht der Dinge als festes Weltbild angeordnet, von dem er nicht ohne Weiteres abrücken würde. Als ich diese Erkenntnis für mich getroffen hatte, war mir gleichsam bewusst geworden, dass eine Zukunft mit ihm nicht möglich war. Nicht so, wie ich sie mir erhofft hatte.

»Ich bin aber nicht wie viele Frauen. Ich bin Anna May, sechsundzwanzig Jahre, Büroangestellte bei Daves Autoteilezubehör aus Giffnock.«

Nun war es Nick, der genervt schnaubte. »Dann gehst du heute Abend also nicht mit mir zu Samuels Party?«

So langsam kam ich mir vor wie eine Schallplatte, auf der die Nadel immer wieder an der gleichen Stelle aufgesetzt wurde. »Nein, ich werde nicht mitkommen. Außerdem …« Für einen Moment überlegte ich, ob ich Nick von meinen Plänen erzählen sollte. Ein Teil von mir riet mir dringend dazu, mich einfach wegzuschleichen und mein bisheriges Leben und all die Menschen, die darin eine Rolle gespielt hatten, hinter mir zu lassen. Der andere Teil wollte zeigen, wie stark und selbstbewusst er war. »… außerdem werde ich morgen verreisen.« Eine Notlösung als Ausweg aus meiner inneren Zerrissenheit. Verreisen suggerierte, ich würde bald zurückkehren, was mir somit lästige Fragen ersparte. Das hoffte ich zumindest.

»Und wann kommst du wieder?« Ein Hauch von Wehmut lag in Nicks Stimme. Für einen kurzen Moment war ich versucht, ihm abzukaufen, dass es ihm leidtat, wenn ich ginge. »Wirst du zum Frühjahrsfest zurück sein? Ich bräuchte noch eine nette Begleitung.«

»Warte nicht auf mich«, erwiderte ich harsch. Nick würde es nie kapieren. Es brachte nichts, es ihm erklären zu wollen.

Eins hatte ich in den letzten Jahren und aus den unzähligen Enttäuschungen gelernt: Man konnte einen Menschen nicht ändern, wenn er das nicht selbst wollte. Also war es nun an mir, aus dem ewigen Hamsterrad auszubrechen.

Betretene Stille setzte ein, als Nick seine Felle davonschwimmen sah. Offenbar hatte er endlich gecheckt, dass es für uns kein Comeback geben würde. Nicht einmal für Samuels Fete oder das Frühjahrsfest. Auf Männer wie Nick würde ich hoffentlich nie mehr reinfallen.

Seit ich den Entschluss gefasst hatte, alles hinter mir zu lassen, fühlte ich mich so frei und ungebunden wie noch nie zuvor in meinem Leben.

Als Kind hatte man mir gesagt, ich solle mich über die Komplimente bezüglich meines hübschen Äußeren freuen. Dass ich beispielsweise auch ganz gut singen konnte und sportlich war, interessierte hingegen niemanden. Ebenso wenig wie der Umstand, dass ich als Jahrgangsbeste mein Studium absolviert hatte.

Im Gedächtnis der Einwohner dieses beschaulichen Landflecks würde ich immer Anna May Fisher, das schöne Mädchen mit den eisblauen Augen und dem wallenden dunkelbraunen Haar bleiben. Den Menschen meiner Heimat eine andere Anna May zu präsentieren, war vollkommen zwecklos. Sie sahen sie ja doch nicht.

»Dann werde ich besser gehen.« Ich machte drei Kreuze, als Nick endlich ein Einsehen mit mir hatte. Wie in Zeitlupe löste er die Hand von meiner Tür, während er verstohlen in das Innere meines Elternhauses spähte. »Wer ist es?«, fragte er schließlich mit ernster Miene, während ich bereits zu hoffen gewagt hatte, er würde endlich das Weite suchen und mich in Ruhe lassen.

»Wer ist was?«

Nick sah mir noch immer ganz verbissen über die Schulter. Ängstlich folgte ich seinem Blick, um nachzusehen, ob da wirklich jemand stand. Schließlich war ich am heutigen Abend allein im Haus. Meine Eltern waren zu einem Konzert in die Stadt gefahren, während meine kleine Schwester Cybill vermutlich mit ihrem ersten Freund knutschend im Kino saß.

Die Zeit schien stillzustehen, während Nick mir seine Antwort schuldig blieb. »Nick? Was ist denn nun?«

Ich stemmte meine Hände in die Hüften. Was zum Henker spielte Nick da für ein Spiel mit mir?

»Du kannst mir nicht weismachen, dass du dich aus einer Laune heraus von mir getrennt hast. Da steckt doch sicher ein anderer Mann dahinter. Wer ist es? John? Freddy, das Wiesel? Nein? Vielleicht Jimmy, der Hausmeister an der Grundschule?«

Genug war genug. »Nick, es reicht. Sieh zu, dass du Land gewinnst!«

»Es gibt also einen anderen. Wusste ich es doch. Ich werde schon noch dahinterkommen, wer es ist. Verlass dich drauf. So leicht gebe ich nicht auf. Du gehörst mir und sonst niemandem.«

»Falsch. Ich gehöre einzig und allein mir selbst. Hast du das verstanden?« Die letzten Worte fühlten sich wie ein Befreiungsschlag an, als sie meine Kehle verließen. Dabei war ich scheinbar so laut geworden, dass die Brillengläser unseres Nachbarn, Mr. Pheron, ganz deutlich am oberen Rand seiner penibel gestutzten Hecke zu sehen waren. Also, natürlich nicht nur seine Brillengläser. Er bezog oft Stellung an dieser Position, um die Nachbarschaft auszuspionieren. Glaubte wohl, dass es uns nicht auffiele.

Nick wollte etwas erwidern, doch ich nutzte den Schwung und

schmiss die Tür mit voller Wucht ins Schloss. Etwas, was ich bis zu diesem Tag nie gewagt hätte. Vor der Tür war ein Fluchen und Wehklagen zu hören. Anscheinend hatte ich Nick verletzt. Das tat mir leid. Das wollte ich nicht. Dennoch wusste ich, dass es kein Zurück mehr gab. *Edinburgh, ich komme!*, dachte ich siegessicher.

Kapitel 2

Logan

Meine Kehle schnürte sich mir immer weiter zu. Ich hasste es, den obersten Knopf meines Hemdkragens zu schließen. Für gewöhnlich tat ich das auch nie. Doch wenn mein Vater zu einem dieser Events einlud, erwartete er von mir, dass ich mich gebührend kleidete.

»Silentium, Silentium! Ich bitte für einen Moment um Ihre geschätzte Aufmerksamkeit.«

Jetzt kam wieder eine seiner endlosen Reden, in der es um die Familie, das Unternehmen und seine Verdienste in den letzten vierzig Jahren ging. Schließlich hatte er die marode Whiskydestillerie, die er von seinem Vater geerbt hatte, zu einer der erfolgreichsten des Landes gemacht. Ohne ihn wäre die Firma den Bach runtergegangen.

Ich will gar nicht leugnen, dass es so gekommen wäre, aber letztlich hörte ich diese Worte zum gefühlt tausendsten Mal. Mit meinen fast fünfunddreißig Jahren war ich schon des Öfteren in den Genuss gekommen, seinen nicht enden wollenden Ausführungen zu lauschen.

Noch immer pfriemelte ich an meiner Krawatte herum und versuchte, sie etwas zu lockern, um den Druck auf die Kehle zu mindern. Währenddessen verfolgte ich die Rede meines Vaters nur mit halbem Ohr.

Im Raum war es mucksmäuschenstill geworden. Die Kellnerin, mit der ich vor wenigen Minuten heftig zu flirten begonnen hatte, stand nur wenige Schritte von meinem Tisch entfernt. *Genau das Richtige für den heutigen Abend*, ging es mir durch den Kopf, wie als wenn ich mich für die Torturen des Tages dringend belohnen müsste.

Dabei war es bisher gar nicht mal so schlimm gewesen wie bei Grannys neunzigstem Geburtstag. Damals hatte ich als unverheirateter Mann im besten Alter ziemlich in der Pflicht gestanden, musste ihre Gäste betüdeln und den Playboy, der ich nun einmal war, hinter der Fassade des perfekten Schwiegersohns verstecken. Das war eine der härtesten Veranstaltungen meines Lebens gewesen. Am Ende ging ich mit nicht weniger als vier Heiratsanträgen von besorgten Müttern nach Hause, die ihre betuchten Töchter nur allzu gerne unter der Haube gewusst hätten.

Erstaunlich, wie wenig Zeit die ältere Generation mittlerweile nur noch in das Lesen der Tageszeitungen investierte. Täten sie es, wüssten sie nämlich, dass ich ganz und gar nicht der Mann war, der ihren Töchtern ein glückliches Familienleben hätte bieten können.

Es verging kaum eine Woche, ohne dass mich die Paparazzi ablichteten und die Bilder an irgendwelche Schmierblätter verkauften. Wilde Partys, ausschweifende Gelage, eine Veranstaltung mit rotem Teppich? Ich war dabei. Dank meines ehrenwerten Familiennamens stand ich auf all diesen wichtigen Listen, die mir bei jedem angesagten Event Einlass gewährten.

Auf die Einladung zum fünfundsechzigsten Geburtstag meines Vaters hätte ich dennoch gut und gerne verzichten können. Seit nahezu einer Stunde saß ich nun umgeben von der buckligen Verwandtschaft an dem runden Tisch meinem Vater gegenüber und mimte den guten Sohn, oder wie ich es bezeichnen würde: den Wolf im Schafspelz.

Wieder trafen meine Blicke wie beiläufig die der brünetten

Kellnerin mit dem Doppel-D-Körbchen. Das Mädchen war genau meine Kragenweite. Blutjung. Noch keine fünfundzwanzig. Wahrscheinlich verdiente sie sich auf Vaters Feier etwas zum Studium in Edinburgh dazu.

Noch immer kreisten meine Gedanken um das, was ich mit ihrem wohlgeformten Körper alles anstellen würde, sobald ich mich von diesem lästigen Pflichttermin loseisen konnte, als plötzlich alle Augen auf mich gerichtet schienen.

Zunächst gab ich nichts darauf, erwiderte die fordernden Blicke mit einem freundlichen Lächeln. Als mir zudem auffiel, dass mein Vater seine Rede unterbrochen hatte und ebenfalls in meine Richtung sah, spürte ich zusehends, wie die Schlinge um meinen Hals, die sich als Krawatte tarnte, noch eine Spur enger wurde.

»Ja, mein Sohn, du hast ganz richtig gehört.«

Was hatte ich gehört? Verdammt! Bisher war ich mit meiner Durchzugstaktik immer gut gefahren. Mein Vater hatte noch nie direkt das Wort an mich gewandt, wenn er in Erinnerungen schwelgte und nicht müde wurde, von seinen Erfolgen zu berichten. Heute schien es leider anders zu sein. Ich zwang mich zu einem gequälten Lächeln, während ich aus den Gesichtern meiner Schwestern und meiner Mutter abzulesen versuchte, was mein Vater in den vergangenen Minuten gesagt hatte.

Sophie war plötzlich ziemlich weiß um die Nase geworden, während Mum aufgeregt an ihrer Stoffserviette herumfummelte. Felicitas hatte ihr hämischstes Grinsen aufgesetzt, was mich nichts Gutes vermuten ließ.

Mit meiner großen Schwester hatte ich mich noch nie besonders gut verstanden. Ginge es nach ihr, würde sie die Firma einmal erben. In ihren Augen war ich ein Taugenichts, der sich auf Kosten der Firma einen schönen Lenz machte. Aber wer konnte ihr das bei meiner Vita schon verübeln?

Dummerweise war Vater ein glühender Verfechter der alten Schule, der der Familientradition treu blieb und nur seinem einzigen Sohn das Unternehmen vermachen wollte. Ich hatte nie darum gebeten und zeitweise, vor allem während der Pubertät, vehement dagegen rebelliert. Heute konnte ich mir ein Leben ohne den zu erwartenden Status gar nicht mehr vorstellen. Die Frauen würden Schlange stehen, nur um eine Nacht mit dem reichsten Junggesellen des Landes zu verbringen. Darauf arbeitete ich hin. Was aus der Whiskydestillerie wurde, war mir dabei ziemlich egal.

Sollte Felicitas doch weiterhin die Fäden in der Hand halten und sich um das operative Geschäft kümmern. Wenn es ihr Freude bereitete, wollte ich ihr ihr Spielzeug nicht wegnehmen. Danach stand mir gar nicht der Sinn.

Wenn es nach mir ginge, würde alles so weitergehen, wie es die letzten Jahre gelaufen war: Meine große Schwester kümmerte sich um die Drecksarbeit, während ich tagsüber meine Füße auf den Schreibtisch legte und mir Gedanken darüber machte, welche schöne Frau mich des Abends zum Dinner begleiten dürfte.

Sophie hatte sich von Anfang an aus diesem Krieg um die Firma rausgehalten und eine künstlerische Karriere eingeschlagen. Vater finanzierte bereitwillig ihren Lebensunterhalt, immerhin sah er sich gern als Mäzen der schönen Künste.

Mein Leben war so, wie es war, einfach perfekt. Nicht im Traum wäre mir eingefallen, je etwas daran zu ändern. Doch irgendetwas im Gesicht meiner jüngeren Schwester und dem meiner Mutter sagte mir, dass es schon bald anders kommen würde, als ich es mir für meine Zukunft erhoffte.

Als mein Blick abermals den meines Vaters traf, erkannte ich diese tiefe Furche auf seiner Stirn, die immer dann zutage trat, wenn ihm etwas sehr ernst war. Erst vor einigen Tagen war sie mir begegnet, als er in meinem Beisein meine Assistentin feuerte, weil er mitbekommen hatte, dass wir beide etwas am Laufen hatten. Nichts von Bedeutung, wie ich ihm mehrfach zusicherte. Leider war mein Vater jedoch zu verklemmt, um zu verstehen, dass wir dennoch ein eingespieltes Team waren. Natürlich nicht nur auf meinem Schreibtisch.

Das arme Ding war von heut auf morgen vor die Tür gesetzt worden. Nicht einmal eine Abfindung hatte sie erhalten, da sie erst wenige Wochen im Unternehmen tätig gewesen war.

»Logan, du bist jetzt in einem Alter, in dem man Verantwortung übernehmen muss.«

Okay, daher wehte der Wind. Offenbar hatte sich mein alter Herr dazu entschieden, mir das operative Geschäft früher zu übergeben als geplant. Anscheinend wollte er sich mit seinen fünfundsechzig Jahren endlich zur Ruhe setzen und sein Leben genießen.

Bisher war er ja leider noch nicht dazu gekommen. Zumindest konnte ich mich nicht daran erinnern, dass er je länger als sieben Tage am Stück der Firma ferngeblieben wäre. Nicht einmal dann, wenn er ernstlich erkrankt war.

Dabei lag ihm Mum schon seit Jahren in den Ohren, dass sie gerne mal eine dieser schicken Kreuzfahrten in der Karibik machen würde. Wie schön, dass er endlich ein Einsehen mit ihr hatte und sich selbst etwas Ruhe gönnen wollte.

Für mich würde sich derweil nicht viel ändern. Schließlich kam Felicitas ganz nach Dad. Sie würde sich in die Arbeit stürzen und uns keine Schande machen. Da war ich mir ganz sicher. Also war ich geneigt, das zaghafte Lächeln, das im krassen Gegensatz zu

Dads tiefer Furche auf der Stirn stand, zumindest ansatzweise zu erwidern.

»In wenigen Wochen wirst du fünfunddreißig. In deinem Alter war ich bereits verheiratet, hatte drei Kinder und war Erbe einer Firma, die ich vor dem sicheren Konkurs bewahren musste.«

Die alte Leier wieder. Ich kannte das Lied schon auswendig. Wie er jeden Groschen einzeln umgedreht und sich jeden Pence vom Mund abgespart hatte. Dennoch versuchte ich, ein genervtes Stöhnen zu unterdrücken und die freudige Fassade aufrechtzuerhalten.

Mum griff unterdessen mit fahrigen Fingern nach ihrem Weinglas. Für gewöhnlich trank sie nicht oder nur wenig. Umso mehr irritierte es mich, dass sie es in einem Zug leerte.

»Die Zeit ist gekommen, endlich Nägel mit Köpfen zu machen.«

Das sah ich ganz ähnlich. Es war an der Zeit, mich öffentlich als seinen Nachfolger zu deklarieren. Schließlich wollte ich nicht wie Prinz Charles enden und mit sechzig noch immer darauf warten, dass mein Vater das Zeitliche segnete.

»Die Entscheidung ist mir nicht leichtgefallen, aber du lässt mir leider keine andere Wahl.«

Wie bitte? Was sollte das denn nun wieder? Meine kleine Schwester legte sich derweil ihre Hand an die Stirn. Kein gutes Zeichen. Früher hatte sie stets geglaubt, sie könnte sich unsichtbar machen, wenn sie ihre Augen mit ihren Händen bedeckte. Die Geste war ein Überbleibsel aus dieser Zeit.

Was konnte mein Vater nur gesagt haben, während ich mein ganz persönliches Dessert, den Lohn für meine Qualen in Form einer gut gebauten Kellnerin, in Augenschein genommen hatte?

»Schließlich geht es um den Fortbestand einer Dynastie, für

den wir alle Sorge zu tragen haben. Ganz besonders du, mein Sohn.«

Allmählich brach mir der kalte Angstschweiß auf der Stirn aus. Etwas ganz tief in mir sagte mir, dass es bei Vaters Worten nicht mehr ausschließlich um die Firma ging. Ein leises Stimmchen flüsterte mir Worte wie »Familie« und »Ehe« zu, doch ich versuchte, sie im Keim zu ersticken, sie nicht weiter an mich herankommen zu lassen.

Die Schlinge um meinen Hals zog sich unterdessen immer fester zusammen. Nur mit viel Mühe widerstand ich dem Bedürfnis, den obersten Knopf meines Hemdkragens zu öffnen.

Noch immer waren alle Augen auf mich gerichtet. Dicke Schweißperlen rannen mir seitlich an den Schläfen hinunter. Mein Pulsschlag erhöhte sich dermaßen, dass er in meinen Ohren dumpf widerhallte. Ich schluckte schwer, während ich wie ein Angeklagter auf meine Verurteilung wartete. Lebenslänglich mit anschließender Sicherheitsverwahrung war ein Dreck gegen das, was mein Vater ins Auge gefasst hatte.

Die Zweisamkeit oder, wie ich es nannte, die Einsamkeit einer Ehe war nichts für mich. Dieses gesellschaftstypische Modell mochte für die Mehrzahl der Menschen funktionieren, für mich hingegen war es die Hölle auf Erden. Jeder, der mich kannte, wusste, dass ich nicht bereit war, von nur einer Blüte zu kosten. Es gab einfach zu viele schöne Blumen, die allesamt bestäubt werden wollten. Wer war ich, einen Unterschied zwischen ihnen zu machen?

»Vielleicht sollten wir alles Weitere im familiären Kreis besprechen?«, fragte meine Mutter kleinlaut, während sie den Stiel des Weinglases fest umklammert hielt. Sie spürte offenbar auch, dass die Stimmung zu kippen drohte, und setzte alles daran, die Wogen zu glätten. Noch immer wagte es keiner, etwas zu sagen. In mir brodelte es, doch ich versuchte mit aller Kraft, es mir nicht anmerken zu lassen.

Dad irrte sich gewaltig, wenn er glaubte, mich auf diese Weise zu etwas nötigen zu können, dem ich unter vier Augen nie und nimmer zugestimmt hätte. Mit dem öffentlichen Druck konnte ich gut umgehen.

Ohne auf die Worte meiner Mutter einzugehen, setzte das Oberhaupt unserer Familie, Edward McGregor, seine Rede, die jetzt mehr einem Zwiegespräch glich, fort: »Jahr um Jahr hatte ich die Hoffnung, du würdest einsichtig werden und dein Leben der Herausforderung, ja der Bürde, die auf dich wartet, anpassen. Leider vergebens. Mein Entschluss steht fest: Bis zu deinem fünfunddreißigsten Geburtstag erwarte ich von dir, dass du eine Frau ehelichst, die unserer Familie würdig ist.«

Als Vater die Worte aussprach, die seit einigen Minuten wie ein Damoklesschwert in dem großen und üppig geschmückten Festsaal des Balmoral Hotels unheilverkündend über mir geschwebt hatten, schnürte sich mir die Kehle dermaßen zu, dass ich meinem inneren Bedürfnis endlich nachgab und den Knopf meines Kragens öffnete.

»Dad, ich muss Mum zustimmen. Das hier ist nicht der Ort, um …«

Doch mein Vater ließ mich gar nicht ausreden, fiel mir unwirsch ins Wort. »Die Gäste meiner Feier sind meine Zeugen. Solltest du bis zum neunten Juni dieses Jahres keine Frau gefunden haben, die bereit ist, dich zu ehelichen, geht das Unternehmen an deine ältere Schwester über.«

Meine große Schwester strahlte über das ganze Gesicht. Sicher hatte sie nie damit gerechnet, dass Vater die Firma in die Hände einer Frau übergeben würde. Und ich ehrlich gesagt auch nicht.

»Natürlich müsste Felicitas erst einen fähigen Mann heiraten, der meiner Vorstellung von einem würdigen Nachfolger entspricht.«

Ein Klirren war zu hören, als Felicitas das Glas aus der Hand fiel, das sie sich eben noch hinterhältig grinsend an den Mund geführt hatte. Da hatte sie sich wohl zu früh gefreut. Ich musste innerlich befriedigt auflachen, als ich ihr totenbleiches Gesicht bemerkte. Dieses zeitweilige Hochgefühl verpuffte allerdings sofort wieder, als mein Blick zurück auf meinen Vater fiel.

Noch immer stand er mir gegenüber, während ich mir in meiner sitzenden Haltung plötzlich furchtbar klein vorkam. Genau wie damals, als ich gerade neun Jahre alt geworden war und mein Vater mir zu erklären versucht hatte, welch schwere Aufgaben auf mich warteten und wie entbehrungsreich mein Leben einmal sein würde.

Vielleicht hatte ich mich deshalb grundlegend gegen den Lebensweg entschieden, den er für mich vorgezeichnet hatte. Seit frühester Kindheit bekam ich mit, was es hieß, ein McGregor zu sein. Alle Bemühungen zielten darauf ab, die Firma zu stabilisieren, sie zum Marktführer auszubauen. Das Familienleben kam dabei oft viel zu kurz.

Wenn ich an die vielen Wochenenden zurückdachte, die Mum mit meinen Schwestern und mir allein verbracht hatte, wollte ich meinen Vater auslachen, ihm ins Gesicht sagen, was für ein Scharlatan er war. Auf der einen Seite spielte er den liebevollen Vater, der sich um das Wohl seiner Kinder sorgt, während er auf der anderen Seite diese Rolle nie wirklich ausgefüllt hatte.

Während er auf Geschäftsreisen war, lernte ich das Radfahren.

Während er ein vermeintlich wichtiges und unter keinen Umständen verschiebbares Meeting hatte, fand die erste Aufführung in meiner Schule statt, in der ich die Hauptrolle spielte. Zugegebenermaßen hatte ich nur ein Blatt dargestellt, das sich zu den Klängen der Titelmusik von Pocahontas hin- und herbewegte. Aber Mum hatte mir das Kostüm eigens geschneidert. Sie war eine begnadete Schneiderin, hatte sogar ihren Meister gemacht.

Als ich meinen Vater mit flehenden Kinderaugen darum bat, dabei zu sein, hatte er wieder von der Verantwortung zu sprechen begonnen, die auf uns lastete. Spätestens zu diesem Zeitpunkt entschied ich mich, ein anderes Leben führen zu wollen als das, das mir vorbestimmt war.

»Edward, ich denke, wir sollten an dieser Stelle mit der Vorspeise beginnen. Unsere Gäste sind ja schon ganz ausgehungert.« Wieder war es Mum, die von uns allen als Erste die Fassung zurückerlangte. Ich bewunderte die ruhige kleine Frau, die stets wusste, wie sie ihren eigensinnigen und oft störrischen Ehemann in die Schranken verweisen konnte. Sie war der perfekte Deckel zu seinem Topf. Etwas, was in dieser Form gar nicht mehr hergestellt wurde.

»Rose, du hast natürlich wie immer recht.« Er räusperte sich. Ein Hauch von Verlegenheit lag auf seinem Gesicht, während ihm sein Widerwille deutlich von den Augen abzulesen war. Dennoch fügte er sich den weisen Worten meiner Mutter. »Dann will ich Sie, meine werten Gäste, nicht länger warten lassen. Das Büfett ist eröffnet.«

Bis zu diesem Augenblick hätte man eine Stecknadel auf den Boden fallen hören können, so still war es gewesen. Allmählich setzten die Unterhaltungen der nahezu zweihundert Gäste wieder ein, und ich atmete erleichtert auf. Die Sache zwischen Dad und mir war noch lange nicht ausgestanden, doch für den Moment hatte mich Mum aus der Schusslinie gebracht. Nicht für lange. Dafür kannte ich meinen alten Herren zu gut. Wenn er sich etwas in den Kopf gesetzt hatte, dann zog er es auch durch. Ohne Wenn und Aber.

Viele behaupteten stets, dass das der Grund für seinen Erfolg war. Er konnte einen Geschäftspartner in nur wenigen Sätzen davon überzeugen, seine Meinung grundlegend zu ändern. An mir würde er sich jedoch die Zähne ausbeißen. Schließlich war ich keiner seiner Geschäftspartner, sondern sein Sohn, sein Fleisch und Blut.

Kapitel 3

Logan

Gemessen an dem, was mein Vater bisher veranstaltet hatte, um aus mir einen ehrenwerten Bürger dieses Landes zu machen, kam die Vorstellung auf seinem Geburtstag einem Erdbeben mit anschließendem Tsunami gleich.

Vor diesem Tag waren seine Bemühungen eher unterschwelliger Natur gewesen. So hatte er schon des Öfteren versucht, mir eine Tochter aus gutem Hause als zukünftige Ehefrau anzudienen, nicht eine davon hatte meinen Geschmack getroffen. Wenn ich da nur an die dicke Meredith, die Tochter eines befreundeten Bankiers meines Vaters, dachte, bekam ich schon Schweißausbrüche. Wie konnte er von mir erwarten, dass ich mich an solch eine Frau band? Für immer.

Am gestrigen Tag hatte sich etwas entscheidend verändert. Mein Vater beließ es nicht mehr bei seinen Verkupplungsversuchen, nein, er setzte mir unverhohlen die Pistole auf die Brust und erwartete, dass ich seinem Ansinnen Folge leistete.

»Mr. McGregor. Mr. McGregor?«

Um mich von den Strapazen des gestrigen Tages zu erholen, hatte ich das Büro Büro sein lassen und war in ein nahe gelegenes Spa gefahren, um auf andere Gedanken zu kommen. Bisher mit nur mäßigem Erfolg.

»Mr. McGregor, Chantal hätte gleich Zeit für Sie.«

Meine Lippen verzogen sich zu einem freudigen Grinsen. Mit der Kleinen hatte ich schon einige schöne Stunden verbracht. Neben ihren magischen Fingern, die wirklich jede Verspannung im Handumdrehen lösen konnten, war Chantal noch in vielerlei anderen Dingen talentiert.

»Das klingt wunderbar«, erwiderte ich voller Vorfreude. Genau das Richtige für den day after.

Die korpulente Mittdreißigerin hinter dem Tresen notierte etwas in einem übergroßen Buch, ehe sie das Telefon zückte, um Chantal von meiner Anwesenheit in Kenntnis zu setzen.

»Sie sollen noch einen Moment Platz nehmen. Chantal kommt dann gleich persönlich vorbei, um Sie abzuholen.«

Im Wartebereich des Spas lagen einige Zeitschriften aus, deren Titelblätter namhafte Promis sowie weitaus weniger bekannte Möchtegernprominente zierten. Auf einem der Titelbilder war auch ich zu sehen, wie ich lässig neben einer vollbusigen Blondine posierte. Ich konnte mich noch lebhaft an den Abend erinnern. Es war eine unglaublich angesagte Party gewesen, auf der heimische und internationale Schauspieler eine Filmpremiere feierten. Woran ich mich nicht erinnern konnte, war der Name der jungen gut aussehenden Frau, die mich an dem Abend begleitet hatte.

Wenn ich daran dachte, dass dieses Leben mit wechselnden hübschen Frauen an meiner Seite bald schon der Vergangenheit angehören könnte, schnürte sich mir die Kehle auch ganz ohne Krawatte und geschlossenen obersten Hemdkragenknopf bedrohlich zu.

Ein solches Leben käme einem Gefängnis gleich. Mein Vater erwartete von mir sicher, monogam zu leben. Allein die Vorstellung war grausam.

Dennoch wollte und konnte ich auf meinen Status nicht verzichten. Wer würde mich dann noch auf die angesagtesten Events der Stadt einladen? Wer war ich denn, wenn Dad die Firma an Felicitas übergab? Wenn wir einmal ehrlich waren, das

Erste, was sie veranlassen würde, wäre mein Rauswurf. Sie verstand meine Art zu leben nicht und würde mich nicht weiter in ihrem Unternehmen tolerieren. Das stand außer Frage.

Nein, die Firma und ihr Standing waren maßgeblich für mein Ansehen in gewissen Kreisen verantwortlich. Wenn ich die Whiskydestillerie nicht erben würde, wäre ich ein Niemand, austauschbar wie die netten Damen an meiner Seite, die mich zu besagten Veranstaltungen stets begleiten durften.

Während ich auf Chantal wartete, begann das Smartphone in meiner Hosentasche zu vibrieren. Felicitas.

»Wo steckst du?«, zischte meine Schwester vorwurfsvoll in den Hörer.

Genervt verdrehte ich die Augen. »Wieso willst du das wissen? Ich wüsste nicht, dass ich dir neuerdings zur Rechenschaft verpflichtet wäre.«

Meine Laune befand sich auf dem Tiefpunkt. Felicitas' Anruf würde an diesem Umstand nichts verbessern. Ganz im Gegenteil.

»Die Vertragsunterzeichnung mit Birmingham ist in einer Viertelstunde. Du weißt, wie sehr Dad daran gelegen ist, dass wir beide bei dem Termin anwesend sind. Also, wo steckst du? Und wage es nicht, mir zu sagen, dass du dieses wichtige Treffen vergessen hast.«

Verdammt. Seit meine Assistentin gefeuert worden war, war ich, was derlei organisatorische Belange anging, auf mich selbst gestellt. Die Stelle war zwar bereits ausgeschrieben worden, doch bisher hatte ich noch kein Feedback von der Personalabteilung erhalten, wann ich mit einer neuen Vorzimmerdame rechnen konnte.

»Den Termin habe ich natürlich nicht vergessen«, erwiderte ich fahrig, während ich mich auf den Weg zur Tür machte. Chantal würde heute ohne mich auskommen müssen. Zu schade. Ich wäre nur zu gerne in den Genuss ihrer Dienste gekommen.

Mit einem Fingerzeig verdeutlichte ich der Dame an der Rezeption, dass ich mich leider verabschieden musste. Diese wirkte zunächst irritiert, nickte mir dann jedoch verstehend zu.

»Wo zur Hölle steckst du dann? Du weißt, wie sehr Vater Unpünktlichkeit verabscheut.«

Was hasste mein alter Herr eigentlich nicht? Es gab so viele Möglichkeiten, bei ihm in Ungnade zu fallen, dass die Liste nahezu unendlich war. Zu spätes Kommen, zu frühes Gehen, zu lautes Atmen, zu leises Zustimmen – mein Vater war der Inbegriff an Tugend. Jeder, der auch nur ansatzweise mit ihm zu tun haben wollte, musste sich seinem Wertesystem beugen oder die Konsequenzen ziehen.

»Gib mir noch fünf Minuten.« Es war beinahe aussichtslos, in der veranschlagten Zeit auch nur in die Nähe unseres Firmengebäudes zu gelangen, aber das würde ich meiner großen Schwester mit Sicherheit nicht auf die Nase binden.

Kaum dass ich das Spa verlassen hatte, begann ich wie um mein Leben zu rennen. Nachdem ich meine Schwester am Handy wenig galant abgewürgt hatte, erhöhte ich das Tempo weiter. Sie sollte nicht merken, wie beschissen es um mich stand. Diese Genugtuung wollte ich ihr nicht gönnen.

Ich rannte um mein Leben. Nach Dads Offenbarung vom Vortrag war es wenig klug, sich mit ihm anzulegen. Noch hatte ich den kleinen Funken Hoffnung, dass er seine Meinung doch ändern könnte.

Trotz meines ausschweifenden Partylebens war ich gut in Form. Bis zu zwei Stunden täglich verbrachte ich im Gym.

Schließlich kam ein athletischer Körper nicht von ungefähr. Dabei war meine breite Brust bei der Damenwelt besonders gefragt. Alle Frauen liebten es, sich an sie zu schmiegen, auch wenn dieser Genuss meist nur von kurzer Dauer war.

Gegen ebendiese prallte mir gerade mit voller Wucht jemand, als ich um eine Ecke bog, eine Abkürzung über den Hinterhof eines Hotels. »Entschuldigen Sie bitte.« Ich hielt inne, um sie hochzuziehen. Einige ihrer wirren dunkelbraune Locken hatten sich aus ihrem streng nach hinten gebundenen Dutt gelöst. Die kantige und viel zu große Brille saß merkwürdig verdreht auf ihrer Nase. Bis auf die eisblauen Augen war die Frau ziemlich unscheinbar.

»Danke, es geht schon«, erwiderte sie, während ich ihr meine Hand reichte, um ihr wieder auf die Beine zu helfen. Anschließend klopfte sie sich den Staub von den Kleidern. Viel zu weite Hose und eine Bluse, die an Hässlichkeit ihresgleichen suchte.

»Also, wenn alles in Ordnung ist, würde ich dann mal …« Ich will nicht leugnen, dass ich weitaus mehr Interesse an dem Wohlergehen der Frau gehabt hätte, wenn sie etwas mehr aus sich gemacht hätte. So allerdings war mir das Meeting mit Birmingham um einiges wichtiger.

»Alles okay. Gehen Sie ruhig. Ich komme schon klar.«

Ihre Stimme klang sanft, engelsgleich. Wirklich zu schade, dass sie weder Make-up auftrug, noch Stilsicherheit bei ihrem Outfit bewies. Sicher hätte man etwas aus dem grauen Mäuschen machen können. Mit viel Fantasie und einem Eimer voll Farbe könnte das junge Ding sogar noch zu Cinderella mutieren. Aber das war nicht mein Job. Meiner lag einige Straßen weiter in einem backsteinfarbenen Firmengebäude. Wenn mir daran gelegen war, ihn zu behalten, musste ich dringend einen Zahn zulegen.

Besser wäre es sicher gewesen, einfach weiterzulaufen, doch Vaters Erziehung hatte anscheinend zumindest ansatzweise Früchte getragen. »Hier haben Sie meine Karte. Falls Ihre Kleider in die Reinigung müssen, lassen Sie es mich wissen. Ich würde gerne dafür aufkommen.«

Am liebsten hätte ich der jungen Frau vorgeschlagen, ihre Klamotten in die Altkleidersammlung zu bringen und auf meine Kosten shoppen zu gehen. Der Fummel, den sie am Körper trug, war so altbacken und bieder. Sie musste das Zeug aus dem Fundus eines Theaters haben. Eines Theaters, das Ende der Neunziger für immer seine Pforten geschlossen hatte.

Als ihre Finger die Karte entgegennahmen, berührten sich unsere Hände. Doch mir blieb keine Zeit, darüber nachzudenken, warum ich das überhaupt zur Kenntnis nahm.

»Entschuldigen Sie bitte. Ich muss dringend weiter.«

»Wie siehst du denn aus?« Das waren die freundlichen Worte, mit denen mich Felicitas unweit des Konferenzraumes mit vor der Brust verschränkten Armen willkommen hieß.

Ich wischte mir mit einem Taschentuch über die Stirn und strich das weiße Polo glatt, das Dads Ansprüchen sicher nur unzureichend genügte. »Ich weiß nicht, was du meinst.« Damit schritt ich an meiner großen Schwester vorbei in Richtung des Raumes, in dem besagter Termin stattfinden sollte. Betonung lag auf *sollte*.

Durch die gläserne Fensterfront zum Gang hin konnte ich deutlich erkennen, dass sich niemand in dem Raum befand. Merkwürdig. Ich war keine zwei Minuten vor dem anberaumten Termin durch die Eingangshalle der Firma gehetzt.

»Wo sind denn alle?«

Felicitas sah mich mit spöttisch nach oben gezogenen Mundwinkeln an. »Ich weiß nicht, wen du meinst.« Ihre Augen funkelten diabolisch und zeugten von der Genugtuung, die ich ihr eben geschenkt hatte. »Der Termin mit Birmingham ist erst morgen.«

»Was soll das?« Noch immer hämmerte mein Herz hart gegen meinen Brustkorb. Ganz aus der Puste war ich noch immer kaum in der Lage zu sprechen.

Felicitas lachte höhnisch auf, ehe sich ihre Augen zu schmalen Schlitzen verengten. »Wenn du dich mit mir anlegen willst, liebster Bruder, musst du früher aufstehen. Du machst mir nichts vor, auch wenn Dad dich zum Nachfolger ernannt hat. Ich habe hier das Sagen im Haus. Verstanden?«

»Das war Dads Entscheidung und nicht meine«, versuchte ich, die angespannte Situation zu entkräften. Schließlich waren wir doch noch immer Geschwister und keine Rivalen.

Doch Felicitas war nicht milde zu stimmen. »Aber du denkst, du könntest eine Firma leiten? Du nimmst seine Entscheidung hin und glaubst, das, was ich seit Jahren mache, ebenso gut zu können? Du schaffst es ja nicht einmal, einen Termin zu behalten. Mit ein bisschen Showlaufen auf dem roten Teppich hat das hier nichts zu tun. Das ist harte Arbeit, mein Lieber. Das wirkliche Leben und keine endlose Party.«

Felicitas wandte sich daraufhin zum Gehen und streifte meine Schulter, als sie an mir vorbeilief.

Genervt blickte ich ihr nach. Sie hatte mich mal wieder wie den dummen Jungen dastehen lassen und mich eiskalt erwischt. Eins zu null für sie.

Kapitel 4

Anna May

Was für ein Idiot, dachte ich, während ich noch immer den Staub von meinen Klamotten klopfte. Der Hinterhof der Absteige – Hotel konnte man diese Bruchbude beim besten Willen nicht nennen –, in der ich für die nächsten Tage untergekommen war, glich einer Müllhalde.

Ich ärgerte mich noch immer über den Umstand, dass die Wohnung, die ich bereits vor einigen Wochen angemietet hatte, inzwischen von jemand anderem bewohnt wurde. Angeblich wäre der unterschriebene Mietvertrag, den ich fristgerecht zurückgeschickt hatte, nie angekommen, ebenso wenig wie meine Kaution. Das ganze Geld, was ich für meinen Neustart in Edinburgh angespart hatte, war einfach futsch.

Aber mir machte dieser schmierige Halsabschneider von Vermieter nichts vor. Offensichtlich hatte er einen anderen Deppen gefunden, der bereit war, sogar noch mehr als ich für die Einzimmerwohnung mit Plumpsklo zu zahlen, die immerhin im Herzen von Edinburgh lag.

Dumm nur, dass ich ausgerechnet während des Internationalen Film Festivals beschlossen hatte, meinen Lebensmittelpunkt in die Hauptstadt zu verlegen. Ein gutes Hotel zu finden, war um diese Zeit fast aussichtslos. Dank der Wohnungsknappheit würde ich so schnell sicher auch nichts Dauerhaftes in meiner Preislage finden. Vor allem, nachdem mein angespartes Guthaben nahezu aufgebraucht war.

So war ich also gezwungen, eine Bleibe zu nehmen, in der sich die Bettwanzen beim Namen kannten und der Mief des schimmligen Raumes den Jahreszeiten trotzte. Selbst wenn ich mir einredete, dass es nur für kurze Zeit sein würde, widerstrebte es mir, auch nur einen Fuß in Richtung des Hotels zu setzen.

Ein Stich durchfuhr mein Herz, als ich an das Gesicht des Mannes zurückdachte, der mich vor wenigen Minuten unsanft zu Boden gerissen hatte. Ich konnte mich noch genau an den desinteressierten Ausdruck in seinen Augen erinnern. Eigentlich sollte ich mich darüber freuen, denn offenbar war meine Verwandlung zum hässlichen Entlein geglückt.

Doch auch wenn ich mir das noch so oft einzureden versuchte, gelang es mir nicht, die karamellfarbenen Augen aus meinem Kopf zu verdrängen. Ein leises Stimmchen ganz tief in mir wünschte sich inständig, dass die alte Anna May zugegen gewesen wäre, als ich mit dem gut aussehenden Unbekannten zusammengeprallt war.

Sicher hätte er mir dann ein freundliches Lächeln geschenkt und mich zur Entschädigung zum Lunch eingeladen. Aber so hatte er mich einfach mir selbst überlassen und war sang- und klanglos davongezogen.

Ein neuer Anfang war nicht immer leicht. Ich musste mich erst noch daran gewöhnen, nicht mehr mit meiner Schönheit zu glänzen, sondern mit den Fähigkeiten, die sich in meinem Inneren verbargen. Wenn ich wollte, dass die Leute hinter meine hübsche Fassade blickten, musste ich damit zurechtkommen, dass sie mir nur nichtssagende Blicke zuwarfen.

Ich seufzte, als mir bewusst wurde, dass der Mann mit dem dunklen Bartschatten sicher auch wieder ein Typ von der Sorte meines Ex-Freundes war, der die alte Anna May hofiert hätte und die neue keines Blickes würdigen würde. Aber das war okay. Irgendwie.

Wahrscheinlich musste ich einfach noch lernen, mit der Wirkung meines neuen äußeren Ichs umzugehen. Nun hieß es erst mal, den Koffer, der neben mir auf dem Boden stand, über die Hintertür des Hotels ins Haus zu bringen. Wäre ich noch die hübsche Anna May, hätte mich der Kerl von eben sicher gefragt, ob er mir damit behilflich sein dürfte.

Ich schüttelte den Kopf. Wehmut war definitiv das falsche Gefühl, um neu durchzustarten. Also straffte ich meinen Rücken und tastete nach dem Griff meines Koffers. Der Aufzug im Empfangsbereich des Hotels war ausgefallen. Der Mann hinter der Rezeption, dessen Nase unglaubliche Ähnlichkeit mit einem verbeulten Angelhaken besaß, hatte mir geraten, den Lastenaufzug im hinteren Bereich des Hotels zu nutzen. Da sich mein Zimmer im vierten Stock befand, nahm ich sein Angebot dankend an.

Aufgrund einer Großbaustelle mitten in der Lobby, bei der der komplette Boden eben erst mit ockerfarbenen Fliesen ausgelegt worden war und somit trocknen musste, war ich zu allem Überfluss gezwungen, das Hotel wieder zu verlassen, um über den schmutzigen Hinterhof zum Nebeneingang zu gelangen. Dank Mr. Hier-haben-Sie-meine-Karte war ich dabei gleich auch noch in den Genuss einer Bodenprobe gekommen.

Richtig. Der Typ hatte mir ja seine Visitenkarte in die Hand gedrückt. Er war also nicht länger ein Unbekannter, den ich hoffentlich nie wiedersehen würde. Natürlich würde ich mich nicht bei ihm melden, um mir die Kosten für die Reinigung erstatten zu lassen. Das war völlig ausgeschlossen.

Ich hielt in der Bewegung inne und zog das rechteckige Stück

Papier, das ich gedankenverloren weggesteckt hatte, aus meiner Hosentasche. Als ich die wenigen Zeilen darauf gelesen hatte, wurde mir ganz anders.

Die Hoffnung, den gut aussehenden Mann mit dem schwarzen wirr vom Kopf abstehenden Haar so schnell nicht wiedersehen zu müssen, würde sich leider nicht erfüllen. Schließlich war es unmöglich, sich vor seinem künftigen Vorgesetzten zu verstecken. Zumindest wenn man dessen Assistentin war und nur wenige Meter von ihm entfernt im Vorzimmer saß.

Mir wurde heiß und kalt bei der Vorstellung. Ein Prickeln überzog meine Haut an der Stelle, die vor wenigen Minuten seine Hand berührt hatte. Wenn ich nur daran dachte, dass ich morgen früh meinen neuen Job anfangen sollte, überkam mich der Wunsch, alles rückgängig zu machen und zurück nach Hause zu fahren.

Aber das war keine gute Idee. Schließlich hatte ich meine Heimat nicht grundlos verlassen. Ich hatte mich nach einem neuen Leben gesehnt und die Konsequenzen gerne in Kauf genommen. Wenn ich jetzt einfach wieder zurückfuhr, dann würde ich letztlich die Achtung vor mir selbst verlieren.

Vielleicht hatte ich ja Glück und Mr. McGregor junior erinnerte sich gar nicht mehr an mich. Doch auch dieser Gedanke gefiel meinem trügerischen Herzen kein bisschen. Ohne weiter auf seine Befindlichkeiten einzugehen, zog ich meinen Koffer hinter mir her und eilte zu dem Lastenaufzug, der mir meine Last doch nicht gänzlich würde abnehmen können.

Kapitel 5

Logan

Neuer Tag, neues Glück oder einfach nur die Wiederkehr des Unabdingbaren.

Etwas weniger schwungvoll als sonst betrat ich den Trakt des Gebäudes, der mich zu meinen Büroräumen führte. Seit Felicitas mir gestern den Streich gespielt hatte, war meine Laune am Tiefpunkt angelangt und wurde auch nicht besser, nachdem ich Celine, eine alte Bekannte, angerufen hatte, um mit ihr die Nacht zu verbringen.

Die Nacht war schön gewesen. Ohne Frage. Doch so gänzlich abschütteln konnte ich die verkorksten vergangenen Tage dennoch nicht.

»Guten Morgen, Mr. McGregor.« Nancy aus der Marketingabteilung streifte mich wie beiläufig auf dem Gang, während mein Blick völlig unabsichtlich in ihrem viel zu weit geöffneten Blusenausschnitt hängen blieb.

Die junge und engagierte Kollegin war nicht nur nett anzusehen, sondern auch äußerst talentiert. Zumindest auf den Gebieten, die wir bisher gemeinsam erkundet hatten. Blieb nur zu hoffen, dass mein Vater keinen Wind davon bekam. Sonst würde es ihr bald schon so ergehen wie meiner ehemaligen Assistentin.

»Hey, Logan.« Mitch aus der Personalabteilung kam mir mit diesem aufgesetzten Grinsen aus der Teeküche entgegen. Noch ehe ich michs versah, klopfte er mir kumpelhaft auf die Schulter. Menschen wie Mitch, die zu dieser frühen Tageszeit bereits ein Lächeln auf den Lippen trugen, waren mir grundlegend suspekt.

Dennoch grüßte ich freundlich zurück und wandte mich zum

Gehen. Doch Mitch war einer dieser aufdringlichen Typen, die einen nicht so schnell ziehen ließen, wenn man ihnen einmal ins Netz gegangen war.

»Heute ist nun also der Tag«, begann er bedeutungsschwanger zu philosophieren. Dabei legte er seinen Arm um meine Schultern und zog mich eine Spur näher an sich.

Ich hatte keine Ahnung, wovon der Kerl überhaupt sprach, während ich mich aus seiner Umarmung zu lösen versuchte. »Was meinst du?« Dank der noch immer unbesetzten Stelle meiner persönlichen Assistentin war ich, was meine Termine anbelangte, nicht auf dem aktuellen Stand der Dinge.

Mitch hielt in der Bewegung inne und zwang mich unwillkürlich, es ihm gleichzutun. »Na, ab heute herrscht hier doch ein ganz neuer Wind. Hast du es denn noch gar nicht mitbekommen?«

Was zum Henker war bloß vorgefallen? Als ich Mitch irritiert anstarrte, offenbarte er weitere Details. »Es ist sicher hart für dich.« Doch leider konnte ich mit seinen kryptischen Aussagen nichts anfangen. Außerdem hasste ich es, wenn man mir am frühen Morgen noch vor dem ersten Espresso derlei mysteriöses Geschwafel zum Frühstück servierte.

»Mitch, sprich Tacheles! Was ist los? Ich hab nicht den ganzen Tag Zeit.« Genervt lief ich weiter. Doch Mitch blieb mir wie ein Kaugummi an den Fersen haften.

»Ist ja schon gut. Kein Grund, so aggressiv zu werden.« Ich hatte wirklich nichts gegen Männer vom anderen Ufer. Wenn sie mir nicht an die Wäsche gingen, waren sie mir genauso willkommen wie alle anderen auch. Mitch jedoch brachte mich mit seinem gespielt eingeschnappten Verhalten langsam auf die Palme.

Einige weitere Kollegen passierten uns, ließen mich allerdings dankenswerterweise in Ruhe. Mittlerweile war es mir auch ziemlich egal, was Mitch mir sagen wollte. Ich bog bei nächster Gelegenheit links ab und landete im Kopierraum. Sackgasse.

»Dann hast du die Kleine also noch gar nicht gesehen?« Mitch war einer der Schwulen, die ihr Schwulsein herrlich provokant auslebten. Wie ein bunter Papagei stand er in seinem rot-gelb gestreiften Sakko und der lilafarbenen Krawatte vor mir. Bei jedem anderen hätte das komisch ausgesehen, doch zu ihm passte es wie die Faust aufs Auge. Er bewies stets Stilbewusstsein und Finesse, was sein Äußeres anbelangte.

»Von wem sprichst du?« Bei fast zweihundert Angestellten konnte es schon mal vorkommen, dass ich nicht ganz auf dem neuesten Stand war, was das Personelle betraf. Außerdem kümmerte sich für gewöhnlich Felicitas um diesen Sektor.

Mitchs Mundwinkel kräuselten sich zu einem verschmitzten Lachen. Er konnte sich kaum mehr zurückhalten. Was zum Geier war hier los? »Mitch, wenn du jetzt nicht mit der Sprache herausrückst, sehe ich mich gezwungen, Eduardo aus der Qualitätssicherung zu stecken, dass du auf seinen heißen Hintern scharf bist.«

»Bist du wahnsinnig?« Mitchs Gesicht bekam in erstaunlicher Geschwindigkeit verblüffende Ähnlichkeit mit einer überreifen Tomate. Hastig zog er die Tür hinter sich ins Schloss. »Also, dann weißt du es wohl wirklich nicht.«

»Zum hundertsten Mal, ich habe keine Ahnung, wovon du sprichst.«

»Du hast eine neue Assistentin«, ließ Mitch die Bombe schließlich platzen.

Ich runzelte die Stirn. »Okay. Das ist gut, denke ich.« Doch etwas in Mitchs Gesichtsausdruck ließ mich daran zweifeln.

»Störe ich?« Nancy blickte irritiert zwischen Mitch und mir hin und her. Ohne anzuklopfen, war sie in das kleine Kabuff gekommen. Als sie mich dort so dicht neben dem Kollegen aus der Personalabteilung stehen sah, fielen ihr beinahe ihre Unterlagen aus der Hand. Keine Ahnung, was die Kleine von mir dachte, aber so langsam wurde mir das alles hier zu bunt.

»Natürlich nicht.« Mit diesen Worten verließ ich den viel zu kleinen Raum und marschierte im Stechschritt zu meinem Büro. Kollegen, die mich auf dem Weg dorthin grüßten, nickte ich nur kurz zu. Ich würde den Fehler nicht noch einmal machen und einfach stehen bleiben.

Wenige Meter vor dem Ziel erblickte ich meine große Schwester, die offenbar bereits auf mich gewartet hatte. Was war das heute nur für ein merkwürdiger Tag? »Guten Morgen, Felicitas«, begrüßte ich sie dennoch bemüht freundlich, ehe ich geschäftig an ihr vorbei in mein Zimmer lief.

»Guten Morgen, Bruderherz«, säuselte sie zuckersüß und drängte sich – ohne zu fragen –in mein Büro.

Ich beachtete sie nicht weiter, setzte mich an meinen Schreibtisch und fuhr den Laptop hoch. Als Felicitas noch immer keine Anstalten machte, den Raum wieder zu verlassen, wurde es mir dann doch zu bunt. »Kann ich noch etwas für dich tun?«

Sie grinste. Ein untrügliches Zeichen dafür, dass sie genau auf diese Frage gewartet hatte. »Deine neue Assistentin sollte in wenigen Minuten hier eintreffen, und ich wollte den Moment nicht verpassen, wenn du ihr das erste Mal gegenüberstehst.«

»Ich verstehe nicht …«

»Ach, da sind Sie ja schon«, kommentierte meine Schwester triumphierend das Eintreffen einer unscheinbaren grauen Maus, die mir irgendwie bekannt vorkam. Ich konnte mich nur beim besten Willen nicht mehr daran erinnern, woher.

»Logan, darf ich dir Anna May Fisher vorstellen? Sie ist deine neue Assistentin. Miss Fisher verfügt über ausgezeichnete Referenzen und wird dich in Zukunft tatkräftig unterstützen.«

Leider nicht in dem Bereich, der mir wichtig gewesen wäre. Bisher hatte ich immer kurvige Blondinen in meinem Vorzimmer sitzen gehabt. Die Personalabteilung wusste eben, worauf es mir ankam. Ganz im Gegenteil zu meiner Schwester, die bei der Wahl meiner neuen Assistentin offensichtlich ihre Finger im Spiel gehabt hatte. Das würde sie mir noch büßen.

Was hatte sie sich nur dabei gedacht, mir dieses blasse Wesen auszusuchen?

»Miss Fisher wird dir dabei behilflich sein, dich wieder auf die wesentlichen Dinge deines Jobs zu konzentrieren.« Der unterschwellige Vorwurf in ihrer Aussage war mir nicht entgangen. Dennoch wollte ich ihr nicht die Genugtuung geben und auf ihre Spitze eingehen.

»Guten Morgen, Anna May Fisher. Auf gute Zusammenarbeit.« Mit diesen Worten ging ich auf sie zu und reichte ihr meine Hand, ohne weiter auf die vielsagenden Blicke meiner Schwester einzugehen.

»Guten Morgen, Mr. McGregor.« Ihr Händedruck wirkte kräftig, während sie mich akribisch musterte.

Aus der Nähe betrachtet, war das Ausmaß der Katastrophe erst so richtig auszumachen. Das Mädchen vor mir war keine fünfundzwanzig Jahre alt, kleidete sich jedoch wie eine Frau in der Menopause. Viel zu weite beigefarbene Leinenhosen gaben an ihrem unteren Ende den Blick auf zwei durchaus zweckmäßige, jedoch wenig ansehnliche Birkenstock-Sandalen preis.

Ich musste schlucken, als mein Blick an ihr nach oben glitt und an der weißen Rüschenbluse mit den Puffärmeln hängen blieb. Ihr Gesicht war bis auf die riesige Brille auf ihrer Nase nackt. Weder Wimperntusche noch Make-up setzten irgendwelche Akzente. Das krause dunkelbraune Haar war zu einem strengen Dutt im Nacken gebunden. Nur ihre eisblauen Augen boten einen Hoffnungsschimmer, der allerdings in dem Meer aus Nichtigkeiten glanzlos verglühte.

Erst jetzt fiel mir auf, dass wir noch immer Händchen hielten. Etwas verlegen zog ich meine Hand schließlich zurück. Wieder fragte ich mich, wo mir die Frau bereits begegnet war, doch es wollte mir einfach nicht einfallen.

»Dad lässt dich übrigens schön grüßen«, unterbrach Felicitas unwirsch meinen Gedankengang. Sie lebte, im Gegensatz zu mir, noch immer bei meinen Eltern unweit der Firma. Sie brauchte die Gewissheit, alles im Blick zu behalten. »Denke bitte an den Termin mit Birmingham um dreizehn Uhr. Miss Fisher wird dir die Unterlagen bereitlegen.« Bei diesen Worten machte sie schwungvoll auf dem Absatz kehrt und rauschte aus dem Zimmer.

»Nun, dann mal ans Werk«, quittierte ich den fragenden Blick meiner Assistentin. Nur zu gern hätte ich sie gefragt, ob wir uns bereits einmal begegnet waren. Doch die Blöße wollte ich mir nicht geben. Es würde mir schon wieder einfallen.

»Ja, Mr. McGregor«, erwiderte Anna May devot.

»Nennen Sie mich Logan.« Das Du hatte ich bisher all meinen Assistentinnen angeboten. Auf diese Weise war ich meist schneller an mein Ziel gekommen. Bei Anna May musste ich mir jedoch erst einmal Gedanken darüber machen, worin dieses bestehen könnte.

Kapitel 6

Anna May

Was für ein arrogantes, selbstgefälliges Arschloch!, waren die primären Gedanken, die mir nach der ersten offiziellen Begegnung mit meinem Chef durch den Kopf schossen. Und was war das mit seiner Schwester? Warum hatte sie mich wie einen preisgekrönten Pudel vorgestellt? Hatte nur noch gefehlt, dass sie mir über das Köpfchen gestrichen und dabei ein Leckerli zugeworfen hätte.

»Miss Fisher.« Ich zuckte zusammen, als ich Mr. McGregors Stimme vernahm. Für einen Moment glaubte ich, er könnte meine Gedanken gehört haben.

»Ja, Mr. McGregor?« Mit Zettel und Stift bewaffnet, lief ich schnellen Schrittes in das Büro meines Chefs und wartete auf weitere Anweisungen.

McGregor stand hinter seinem Schreibtisch und durchforstete einen viel zu hohen Aktenberg. Offenbar war er auf der Suche nach etwas. »Nennen Sie mich nicht Mr. McGregor. Mr. McGregor ist mein Vater. Mein Name ist Logan.«

Die Vertraulichkeit, mit der mir mein Vorgesetzter begegnete, behagte mir nicht. Ich hätte mir etwas mehr professionelle Distanz gewünscht. Verlegen strich ich mir eine meiner langen dunklen Locken aus dem Gesicht, die sich aus meinem Dutt gelöst hatte. »Okay, Mr. Mc … Logan. Was kann ich für Sie tun?«

Für den Bruchteil einer Sekunde erwartete ich eine Antwort in der Art wie »Oh, Baby, es gäbe einige Dinge, die du für mich tun könntest«, aber dann erinnerte ich mich wieder an mein neues äußeres Ich und daran, was Logan offenkundig von diesem hielt.

Schließlich hatte er bei meiner Vorstellung durch seine Schwester keinen Hehl daraus gemacht, dass meine Erscheinung so gar nicht seinen Erwartungen entsprach. Bisher hatte ich immer geglaubt, die lüsternen Blicke der Männer auf meinen Körper wären unangenehm. Da war ich allerdings auch noch nicht mit den entsetzten Musterungen von Logan McGregor konfrontiert gewesen.

»Heute ist ein wichtiger Tag.« Während er zu reden begann, kramte er weiter durch den Stapel und würdigte mich keines Blickes. »Mein Vater plant die Übernahme der zweitgrößten Whiskydestillerie des Landes, müssen Sie wissen. Aus diesem Grund hat er den Eigentümer der Firma für heute Nachmittag in unsere bescheidenen Räumlichkeiten eingeladen und mir aufgetragen, alles über Birmingham und sein Unternehmen in Erfahrung zu bringen.« Als der Turm aus Pappe und Papier umzufallen drohte, hastete ich die wenigen Schritte zu Logans Schreibtisch und versuchte schnell, die Papierlawine vor dem Herabstürzen zu hindern. Logan tat das Gleiche. Unsere Hände berührten sich unweigerlich. Völlig unerwartet war ich schon wieder mit diesem Kribbeln in meinem Bauch konfrontiert, das mich an meine Jugendzeit erinnerte.

Vor ungefähr zwölf Jahren war ich das erste Mal so richtig verliebt gewesen. Mit allem, was dazugehörte. Ich hatte dem Jungen sogar ein Gedicht geschrieben und war den Cheerleadern beigetreten. Wirklich alles, nur um seine Aufmerksamkeit auf mich zu lenken. Es hatte geklappt. Er bemerkte mich und fragte, ob ich Lust hätte, mit ihm zum Schulball zu gehen, und wir wurden ein Paar. Zumindest bis zu dem Tag, als er mich für die vollbusige

Louise wie eine heiße Kartoffel einfach fallen ließ. Damals waren meine Brüste kaum größer als Golfbälle gewesen.

Unsere Blicke trafen sich, verkeilten sich regelrecht ineinander. »Jetzt weiß ich, woher ich Sie kenne. Wir sind uns bereits begegnet. Es war erst gestern in dem Hinterhof des grauenhaften Hotels, dessen Name mir gerade nicht einfallen will. Warum sind Sie bloß in dieser Absteige gelandet? Zahlt Ihnen mein alter Herr so wenig?«

Völlig überrumpelt von seiner plötzlich wiedergefundenen Erinnerung, offenbarte ich Dinge, die ich ihm so auf keinen Fall anvertrauen wollte.

»Meine Wohnung wurde an einen anderen Interessenten vermietet. Angeblich wäre mein Mietvertrag nie angekommen. Genau wie meine Kaution. Was so natürlich überhaupt nicht stimmen kann. Sicher gab es jemanden, der bereit war, mehr für die Wohnung zu zahlen als ich. Nun, dieser Jemand sitzt jetzt auf der rot-weiß gestreiften Couch, die das Herzstück des möblierten Ein-Zimmer-Apartments ausmacht.«

Ich hatte mir fest vorgenommen, meinem Chef nichts Persönliches von mir zu erzählen und unser Miteinander auf eine rein geschäftliche Ebene zu beschränken. Als ich meinen Redefluss endlich bremste, war es dazu bereits zu spät. »Aber ich habe das alles im Griff«, beendete ich wenig überzeugend den Einblick in meine momentan desaströse Lage.

Anders konnte ich die Bruchbude, in der ich mich notgedrungen aufhalten musste, nicht bezeichnen. Das von Schimmel und Bettwanzen dominierte Zimmer verfügte über kein angeschlossenes Bad. Ich war also dazu gezwungen, die Toilette und die Dusche auf dem Flur zu benutzen. Der Zustand der sanitären Anlagen des Hotels war mehr als bedenklich. Über gesprungene

Fliesen und schwarze, vom Schimmel gezeichnete Fugen sah ich mittlerweile geflissentlich hinweg. Aber die schwarze Maserung der Kloschüssel, die augenscheinlich von den Hinterlassenschaften der anderen Gäste gezeichnet war, konnte und wollte ich nicht länger tolerieren. Es ekelte mich allein schon, meine Zähne in diesem Raum zu putzen.

»Verstehe. Sie haben auf die Schnelle sicher nichts anderes bekommen. Das Filmfestival läuft ja gerade.«

Schlaues Kerlchen, ging es mir durch den Kopf, während ich nur darauf wartete, dass er mir seine Bleibe anbot. Irgendwie war die Vorstellung so klischeehaft, passte aber wunderbar in das Bild, das ich mir von Logan gemacht hatte. Umso enttäuschter war ich, als meine Annahme nicht erfüllt wurde.

»Nun, dann drücke ich Ihnen ganz fest die Daumen, dass Sie möglichst bald etwas anderes finden.«

»Danke«, erwiderte ich knapp, ehe ich meine Hände ohne Vorwarnung zurückzog und die Unterlagen ihrem Schicksal überließ.

Logan hatte augenscheinlich nicht damit gerechnet, dass ich einfach loslassen würde. So segelten die Blätter einzeln zu Boden und verzierten den schwarzgrau karierten Teppichboden mit ihrem satten Weiß. »Verdammt!«, entfuhr es Logan, als er sich der Misere bewusst wurde. »Das hat mir gerade noch gefehlt. Ich brauche dringend die Bilanzdaten der letzten fünf Jahre. Wenn ich im Meeting mit Unwissenheit glänze, bin ich geliefert. Dann ist die Sache mit der Heirat …« Erst jetzt realisierte er, wem er sich da eben anvertraute und endete abrupt.

»Darf ich Ihnen bei der Suche behilflich sein?«, fragte ich ergeben und versuchte, mir das Schmunzeln, das sich immer wieder auf meine Lippen stehlen wollte, während Logan auf dem Boden vor mir auf allen vieren den Blätterhaufen durchforstete, nicht anmerken zu lassen.

»Was machen Sie denn noch da oben? Schauen Sie zu, dass Sie zu mir herunterkommen. Ich habe nur noch knapp eine Stunde, in der ich mich mit den Daten vertraut machen muss. Mein alter Herr darf nicht merken, dass ich mich bis dato noch nicht mit den grundlegenden Fakten der Übernahme beschäftigt habe.«

Ohne weiter über seine forschen Worte nachzudenken, begab ich mich zu ihm auf den Boden. Die Situation hatte etwas Verqueres an sich, trotzdem versuchte ich, mich nur auf die sachlichen Aspekte zu konzentrieren. »Ich glaube, ich habe hier etwas.« Wie einen Pokal streckte ich das Schriftstück in die Höhe, von dem ich wusste, dass es meinem Chef den Arsch retten würde.

»Sehr gut. Sie sind ein Goldstück, Miss Fisher.« Mit diesen Worten zog Logan mich ohne Vorwarnung schwungvoll zurück auf die Beine. Ich konnte mein Gleichgewicht nicht halten und fand schließlich Halt an seiner breiten Brust. Wieder einmal. Erschrocken löste ich mich hastig von dieser, während ich spüren konnte, wie meine Wangen vor Hitze zu glühen begannen.

Die mit Fensterglas versehene Brille auf meiner Nase war mir abermals verrutscht. »Miss Fisher, Sie sind mir ja eine! Bisher hat man mir immer nachgesagt, ich wäre auf der Pirsch nach meinen Assistentinnen. Dass es einmal anders herum kommen würde, hatte ich nicht zu träumen gewagt.« Das schallende Gelächter, mit dem Logan seine Worte untermalte, hallte mir unangenehm in den Ohren wider.

Verlegen rückte ich meine noch ungewohnte Brille auf der Nase zurecht. »Wenn Sie mich nicht mehr brauchen, dann würde ich mich gerne mit meinem Schreibtisch vertraut machen.«

Erst zu spät verstand ich, dass ich Logan damit eine weitere Steilvorlage lieferte. Dieser warf sich übermütig in seinen Sessel und lachte abermals schallend auf. »Machen Sie das, Anna May. Aber umklammern Sie das Holz nicht zu fest. Nicht, dass Sie sich noch einen Splitter holen.«

»Ich werde Sie jetzt in Ruhe lassen, damit Sie sich gebührend mit den Daten der Firma Birmingham auseinandersetzen können.« Logans Lachen erstarb auf seinen Lippen, während er fahrig an seiner Krawatte herumfingerte und sie zu richten versuchte.

»Ja, das wird wohl das Beste sein. Falls ich Sie zwischenzeitlich noch einmal brauchen sollte, melde ich mich bei Ihnen.«

Ich atmete erleichtert aus, als ich die Tür zu Logans Zimmer ins Schloss gezogen hatte. Doch viel Zeit zum Verschnaufen blieb mir nicht. »Hey, du musst Logans neue Assistentin sein«, bemerkte eine rothaarige Frau mit überdurchschnittlich vielen Sommersprossen auf der Nase vorwitzig, während sie wie selbstverständlich in mein Büro schlenderte.

»Ähm … ja, die bin ich«, stotterte ich überrumpelt. In Gedanken schmiegte ich mich noch immer an Logans muskulöse Brust. Dabei erinnerte ich mich auch noch äußerst genau an seinen Geruch. Zedernholz und Minze. Eine sehr erfrischende und zugleich maskuline Note. Zudem fühlten sich meine Finger so an, als würden sie noch immer den weißen Stoff seines Hemdes berühren.

Nun begann mich die Rothaarige unverhohlen zu taxieren. »Du entsprichst so gar nicht Mr. McGregors Beuteschema. Ich kann mir kaum vorstellen, dass seine Wahl auf dich gefallen wäre. Wer hat dich eingestellt?« Diese vorwitzige Person war mir in den wenigen Minuten, in denen ich sie nun kannte, bereits unsympathisch.

»Es freut mich auch, deine Bekanntschaft zu machen«, überging ich ihre Frage und eilte zu meinem Schreibtisch, um mich hinter diesem zu verschanzen. »Ich muss leider noch ein paar wichtige Dinge für meinen Chef erledigen.« Hoch konzentriert blickte ich in den noch immer dunklen Bildschirm meines Computers. Aber Miss Naseweis musste ja nicht unbedingt wissen, dass ich noch gar nicht dazu gekommen war, mich häuslich einzurichten.

»Entschuldige bitte meine forsche Art. Ich bin Kelly.« Mit einem Satz stand sie unmittelbar vor meinem Schreibtisch und spähte auf den dunklen Bildschirm. »Du weißt aber schon, dass du erst das Knöpfchen drücken musst, oder?«

Abermals schoss mir die Hitze ins Gesicht. Das war heute einfach nicht mein Tag. Ich hätte nie nach Edinburgh kommen sollen. Alles in mir sehnte sich nach der Vertrautheit meiner gewohnten Umgebung zurück. Meine Heimat in den Lowlands erschien mir plötzlich unglaublich reizvoll.

»Was kann ich für dich tun, Kelly?«, entschied ich mich schließlich dazu, in die Offensive überzugehen.

Aufgeben war nicht. Ich hatte mich bewusst dazu entschieden, in die Großstadt zu gehen, um an Selbstvertrauen zu gewinnen. Die Menschen sollten lernen, mich als Person wertzuschätzen und mich nicht länger auf mein Äußeres zu reduzieren. Und genau das würde mir auch gelingen.

»Eigentlich wollte ich nur nach dir sehen und … dich fragen, ob ich dir irgendwie behilflich sein kann.« Das verlegene Grinsen auf ihren Lippen verriet sie.

Im Volksmund wurde zwar immer behauptet, dass Lügen kurze Beine hätten, allerdings stellte Kelly dabei offensichtlich eine Ausnahme dar. Ich selbst war fast einen Meter und fünfundsiebzig groß, während meine neue Kollegin mich sicher noch um einen Kopf überragte.

»Miss Fisher, könnten Sie das Chaos beseitigen, das wir eben in meinem Büro angerichtet haben, solange ich im Meeting bin?«

Kelly runzelte die Stirn. Erst jetzt bemerkte Logan, dass ich nicht allein war. »Hey, Kelly, schön, dich zu sehen. Wir sollten unser … Gespräch von neulich fortsetzen«, wandte sich mein Chef in einer verschlüsselten Botschaft an die vorwitzige Rothaarige, die plötzlich ziemlich unterkühlt wirkte. Offenbar hatte sie etwas von Logans Beschreibung in den falschen Hals bekommen. Sollte mir nur recht sein. Vielleicht würde sie mich zukünftig in Ruhe lassen.

Ziemlich verschnupft verließ sie sogleich mein Büro. Logan folgte ihr auf dem Fuße. Endlich Ruhe. Mal sehen, wie lange dieser Zustand anhalten würde.

Kapitel 7

Logan

»Das hast du gut gemacht, mein Sohn.« Dad tätschelte meine Schulter, als wäre ich ein Dreijähriger, der seinen Teller artig leer gegessen hatte.

Müde lächelnd quittierte ich den Anflug eines väterlichen Lobs. »Ich bin gespannt, ob Birmingham dem Verkauf zustimmt. Er hat durchaus interessiert gewirkt, aber so ganz hinter seine Fassade hat er uns nicht blicken lassen.«

Vater hatte Felicitas vor wenigen Minuten aus dem Konferenzraum geschickt, somit waren nur mehr wir beide an dem übergroßen Besprechungstisch übrig geblieben. »Schade, dass der alte Birmingham nur diese missratene Tochter hat.« Lesbische Neigungen waren für meinen alten Herrn abartig und wider die Natur. Dass Felicitas ebenfalls dem weiblichen Geschlecht zugeneigt war, würde er nie wahrhaben wollen, auch wenn Mum ganz sicher wusste, wie es um das Herz ihrer Tochter bestellt war. »Anders wäre es ein Leichtes für dich, seine Tochter für dich zu gewinnen. Eine Heirat ist immer die einfachere Alternative zu den meist lange andauernden Übernahmeverhandlungen.«

Waren wir also schon wieder beim Thema. »Wenn du sonst nichts Wichtiges für mich hast, würde ich in mein Büro zurückkehren, um meine neue Assistentin einzuweisen.«

Vater schenkte mir einen abschätzigen Blick. Dabei war mir wirklich nur daran gelegen, Miss Fisher mit ihren Aufgaben vertraut zu machen. Anna May war der Typ Frau, der nun wirklich nicht in mein Beuteschema passte. Bei ihrem biederen Äußeren kam mir nicht mal ansatzweise der Gedanke, sie in die Riege ihrer Vorgängerinnen einzureihen.

»Logan, meine Absicht, dich bis zu deinem Geburtstag mit einem Ehering am Finger zu sehen, steht. Dennoch solltest du deine zukünftige Braut mit Bedacht wählen.«

Daher wehte der Wind. »Ich soll mir also eine Frau aus gutem Hause aussuchen, da eine Assistentin mit dem Prestige der Familie McGregor nicht vereinbar wäre? Darf ich dich daran erinnern, dass Mum Schneiderin war, als du dich unsterblich in sie verliebt und sie wenig später geheiratet hast?«

Zornig blickte ich auf den Mann, der mich zum Zuchtbullen seiner Dynastie degradiert hatte.

»Nun, ich wollte damit nur sagen, dass du nichts überstürzen sollst. Wähle mit Bedacht, mein Sohn.« Selbstgefällig lehnte er sich in dem ledernen Bürostuhl zurück.

Ich lachte wütend auf. »Um eine Frau wohlüberlegt auswählen zu können, sollte man einem Mann aber keine Deadline setzen, Vater.« Das Wort »Vater« presste ich mit all der Abneigung, die ich in diesem Moment für ihn empfand, druckvoll zwischen meinen Lippen hindurch.

»Irgendwann wirst du mir dankbar dafür sein, Logan. Manchmal braucht es etwas Druck im Leben, um aus der Komfortzone, in die man sich zurückgezogen hat, wieder herauszukommen. Das Leben besteht nun mal nicht nur aus wilden Partys und belanglosen Weibergeschichten. Tugend und Anstand sind die Werte, die unsere Familie auszeichnen, und ich erwarte von dir, meinem einzigen Sohn, dass er ebenso wie ich für diese Werte einsteht.« Als ich widersprechen wollte, unterbrach er mich unwirsch. »Das ist keine Bitte, mein Sohn. Du hattest lange genug Zeit, dir die Hörner abzustoßen. Genug ist genug. Und jetzt will ich mich nicht länger mit diesem Thema auseinandersetzen. Mein Entschluss steht fest.«

Ohne ein weiteres Wort verließ ich aufgebracht den plötzlich viel zu kleinen Raum. Was bildete sich dieser alte Mann eigentlich ein? Ich war doch keine Aufziehpuppe, der man die Richtung weisen konnte. Nein, ich war ein gestandener Mann im besten Alter. Es war wider meine Natur, mich zu binden. Für das Bild der heilen Familie war ich einfach nicht gemacht. Nicht zuletzt deshalb, weil mein Vater es mir nicht vorgelebt hatte.

Familie hieß nämlich in meinen Augen nicht, nur theoretisch für Werte und Normen einzustehen, sondern tatsächlich Zeit miteinander zu verbringen und ein geregeltes Familienleben zu führen. Geregelt war meine Jugend zwar verlaufen. Allerdings nicht so, wie ich es mir gewünscht hätte.

Bereits mit zehn Jahren hatten mich meine Eltern in ein Internat gesteckt, aus dem ich nur an den Wochenenden nach Hause entlassen wurde. Ich hätte alles dafür getan, wenn mein Vater in der Zeit, die ich zu Hause verbrachte, etwas mit mir unternommen hätte. Aber die Firma war immer wichtiger gewesen als meine Befindlichkeiten.

Wütend stapfte ich durch den Korridor zurück zu meinem Büro. Mein alter Herr hatte vergessen, worauf es im Leben ankam, und ich sollte jetzt dafür bezahlen. Aber nicht mit mir.

»Mr. McGregor, eine Lorena hat für Sie angerufen.« Kaum dass ich meine Büroräume betreten hatte, textete mich meine neue Assistentin zu. Das hatte mir gerade noch gefehlt.

»Ich kenne keine Lorena!«, blaffte ich sie an, worauf sie merklich zurückschreckte. Im selben Augenblick tat es mir auch schon leid, dass ich meine schlechte Laune ausgerechnet an ihr ausgelassen hatte. Mein schlechtes Gewissen übermannte mich. »Wir sollten zu dem kleinen Italiener ums Eck gehen, um Ihren Einstand zu feiern«, wechselte ich unvermittelt das Thema. Essen war immer eine gute Möglichkeit, um das Eis zu brechen.

Die junge Frau war durch ihr unscheinbares Äußeres schon gestraft genug. Zudem war sie offenbar nicht aus der Stadt und kannte sicher noch keine Leute. Keine Ahnung, woher meine plötzliche wohltätige Ader sprudelte, aber irgendwie konnte ich sie nicht ihrem Schicksal überlassen.

»Ich denke nicht … Also, ich weiß nicht …«, stotterte sie verlegen, während sie ihre unglaublich hässliche Brille richtete. Wer um alles in der Welt hatte ihr geraten, ein solches Scheusal mitten im Gesicht zu platzieren? Hatte sie denn keine Freunde, die sie von solch einem Fehlkauf hätten abhalten können?

»Keine Widerrede, Miss Fisher«, blockte ich ihren Anflug von Verlegenheit ab. Das Rot, das sich plötzlich auf ihre Wangen geschlichen hatte, gefiel mir. Es verlieh Anna May einen Hauch von Unschuld, etwas, was ich schon seit Langem nicht mehr bei einer Frau gesehen hatte.

»Wenn Sie meinen.« Sie strich sich eine Strähne ihres langen lockigen Haares aus dem Gesicht. Wie sie wohl mit offenem Haar und ohne diese scheußliche Brille aussehen würde?

Ich ertappte mich dabei, wie ich mir zudem Gedanken darüber machte, wie es wohl unter diesen zeltartigen Klamotten aussehen könnte, als mir die Unterhaltung mit meinem Vater in den Kopf kam.

Wenn ich seiner Bitte schon entspräche, dann allerdings zu meinen Bedingungen. Mein alter Herr wollte mich im sicheren Hafen der Ehe sehen? Dann würde er sich mit meiner Wahl zufriedengeben müssen. Denn dass ich eines dieser versnobten Weiber der High Society Edinburghs heiratete, stand für mich außer Frage.

Wieder glitt mein Blick über die Kleine vor mir. Ich kannte ihre Personalakte nicht, aber auf mich hatte es den Anschein, als wäre sie noch ziemlich jung. Sie würde sich sicher dankbar und glücklich schätzen, wenn ein Mann von meinem Stand und meinem familiären Background ihr einen Antrag machen würde.

Das unerfahrene Ding schien aus einer ländlichen Gegend zu kommen. Sie hatte sicher noch nichts von meinem zwielichtigen Ruf gehört, der mir für gewöhnlich vorauseilte. Es sollte ein Leichtes für mich sein, sie von mir zu überzeugen.

In Gedanken malte ich mir bereits das Gesicht meines Vaters aus, wenn ich ihm meine Braut vorstellte. Die Genugtuung dieses Augenblicks ließ mich schließlich an meiner Idee festhalten. Anna May würde meine Frau werden.

Kapitel 8

Anna May

»Liebe Anna May, es kommt jetzt vielleicht etwas plötzlich.« War ja klar. Logan hatte mich bestimmt nur zu dem schicken Italiener eingeladen, damit ich mich bereit erklärte, heute Abend noch Überstunden für ihn zu machen.

»Schon okay«, lenkte ich ein. Für ein Drei-Gänge-Menü hatte ich schon weitaus schlimmere Dinge ertragen müssen. Da war beispielsweise das Date mit Kevin vor einigen Jahren. Der Typ hatte pausenlos von seiner Ex-Freundin erzählt und kaum dass ich Andeutungen gemacht hatte, gehen zu wollen, damit gedroht, sich umzubringen.

Logan runzelte die Stirn. »Dann wissen Sie also, was ich vorhabe? Ich kann Ihnen auch in finanzieller Hinsicht entgegenkommen, jetzt, da Sie sich erneut auf Wohnungssuche begeben müssen.«

Ich lächelte. »Es stellt kein Problem für mich dar. Ich habe heute Abend noch nichts vor und kann also gerne etwas länger im Büro bleiben. Aber nur wenn die Pannacotta wirklich so gut ist, wie der Kellner behauptet hat.«

»Was?« Logan schüttelte den Kopf. »Nein, ich wollte Sie nicht darum bitten, heute Abend länger zu bleiben. Vielmehr wollte ich Sie bitten, für immer zu bleiben. Also, für immer bei mir zu bleiben«, faselte er um den heißen Brei herum, während er sich aufgewühlt durchs Haar fuhr.

»Wie bitte?« Ich musste mich verhört haben.

Auf Logans Lippen stahl sich wieder dieser Hauch eines Lächelns, das die Grübchen in seinen Wangen zutage treten ließ.

Der Blick aus seinen dunklen Augen bohrte sich währenddessen fest in die meinen. Ich wollte nicht hinsehen, doch wie ein Rehkitz, das vor einem Vierzigtonner stand, ohne wegzulaufen, wich auch ich der drohenden Gefahr nicht aus.

»Sie haben mich schon ganz richtig verstanden. Ich möchte Sie bitten, meine Frau zu werden.«

Der Kerl war doch verrückt. Hastig griff ich nach meiner Tasche, um dem Theater hier ein Ende zu machen. Da kam der Kellner mit der bestellten Nachspeise und versperrte mir den sicheren Fluchtweg.

»Pannacotta für die Dame und ein Tiramisu für den Herrn. Guten Appetit.«

Der war mir reichlich vergangen. Ich würde keinen Bissen herunterbekommen. Nicht in der Gegenwart dieses Verrückten, der mir doch tatsächlich einen Heiratsantrag gemacht hatte. Logan hatte doch nicht mehr alle Tassen im Schrank.

Was musste ich denn noch machen, damit mich die Männer in Ruhe ließen? Jetzt kleidete ich mich bereits wie ein hässliches Entlein, trug kein Make-up und machte nichts aus meinem Haar und dennoch machte mir mein Boss gleich am ersten Arbeitstag solche Avancen. Was war nur los mit ihm? Bis vor wenigen Minuten war ich noch der festen Überzeugung gewesen, er hätte mich nur aus Mitleid zum Essen eingeladen, und nun das.

Der Typ brauchte dringend eine Sitzung bei einem renommierten Psychologen oder bei einem Augenarzt. Am besten beides.

Als der Kellner endlich wieder den Weg freigegeben hatte, wollte ich aufspringen und das Lokal verlassen. Doch Logan legte unvermittelt seine Hand auf die meine und zwang mich so, bei ihm zu bleiben. »Miss Fisher, das Ganze kommt jetzt vielleicht etwas plötzlich, aber ich bin gewillt, mein Leben grundlegend zu verändern. Eine Frau wie Sie an meiner Seite könnte mir dabei helfen, mich auf das Wesentliche zu konzentrieren und den Lastern meiner Vergangenheit abzuschwören.«

Verstohlen sah ich mich zu allen Seiten um. Das konnte doch nur ein schlechter Scherz sein. Sicher würde gleich ein Fernsehteam auf mich zustürmen und mir erklären, dass ich im Zuge ihrer Sendung aufs Korn genommen wurde. Es konnte gar nicht anders sein.

»Mein Vater wird bald abdanken und mich zu seinem Nachfolger erklären. Ich bin eine ziemlich gute Partie, würde ich meinen.«

Männer waren so einfach gestrickt. Glaubten wohl, dass wir Frauen gleich vor Freude aus dem Häuschen zu sein hatten, wenn man uns auf ihr üppiges Bankkonto und den beruflichen Erfolg, den sie zu verzeichnen hatten, hinwies. Wann würden sie kapieren, dass es uns um ganz andere Dinge ging. Einfühlungsvermögen und Verständnis waren eindeutig Fremdwörter für meinen Chef, ich korrigierte: Ex-Chef. Mit diesem Mann konnte ich keinen Tag länger zusammenarbeiten.

»Ich fühle mich geschmeichelt«, ging ich die Sache diplomatisch an. »Allerdings denke ich, dass ich nicht die Richtige für den Posten bin.« Mit diesen Worten versuchte ich, meine Hand aus seinen Fängen zu lösen, doch Logan presste sie nur noch fester auf die kalte gläserne Tischplatte. Hilfe suchend blickte ich mich im Restaurant nach dem vermaledeiten Kamerateam um, das nirgends zu sehen war.

»Anna May, es tut mir leid, wenn ich Sie mit meinem Antrag überrumpelt habe.«

Wie kam er nur darauf, dass mich ein Heiratsantrag eines Mannes, den ich weniger als vierundzwanzig Stunden kannte, aus der Bahn werfen könnte? Schließlich passierte so etwas doch ständig.

»Mr. McGregor, ich denke, wir sollten nicht mehr darüber sprechen« unterbrach ich ihn, um das Horrorszenario endlich zu beenden. *Wie lange es wohl dauern wird, bis mir die Personalabteilung meine Unterlagen ausgehändigt hat?*, ging es mir unvermittelt durch den Kopf.

Noch immer sah mir Logan tief in die Augen. Dabei bemerkte ich die karamellfarbenen Sprenkel, die seine Iris zierten. Ohne Vorwarnung beugte er sich noch ein Stück weiter über den Tisch, während ich mich so weit zurücklehnte, wie es mir mit festgehaltener Hand nur möglich war. »Anna May, ich kann mir kaum vorstellen, dass Sie …«, er stockte. Offenbar war er der Meinung, dass ich in meinem ganzen Leben nicht noch einmal in den Genuss eines solchen Angebots kommen würde und besser zuschlagen sollte.

Es gab sicher nur wenige Frauen, die dem wirr abstehenden schwarzen Haar, den großen dunklen Augen, dem markanten Kinn und dem Dreitagebart widerstehen konnten. Ich zählte mich zu diesen standhaften Damen, denen Logans Charme nichts anhaben konnte. Denn ich wusste, dass Logan einer dieser Männer war, die mir das Leben nur unnötig schwer machten.

Alles in seiner Haltung und in seinem Gebaren zeugte von dem Selbstvertrauen, das er ohne Zweifel im Übermaß besaß. Er kannte seine Wirkung auf das weibliche Geschlecht, und ich verfluchte das zaghafte Flattern in meiner Magengegend, das sich bei seinem Anblick in mir regte.

Doch eine Frage brannte mir förmlich auf der Seele. Warum ausgerechnet ich? Ich meine, der Mann strahlte so viel Sex-

Appeal aus, dass er jede haben konnte. Mir waren die neidischen Blicke meiner Kolleginnen nicht entgangen, als er gemeinsam mit mir das Geschäftsgebäude verlassen hatte, um mit mir Essen zu gehen. Mir war schleierhaft, was er an mir fand.

Schließlich besann er sich offenbar eines Besseren. »Wir müssen ja nichts überstürzen. Machen Sie sich Gedanken über meinen Vorschlag und geben Sie mir dann Bescheid«, sagte er mit unterkühlter Stimme. Das lodernde Feuer, das eben noch darin zu hören gewesen war, war erloschen.

Etwas in seinem Blick verriet mir, dass er enttäuscht über den Verlauf des Gesprächs war. Aber was hatte er denn bitte schön erwartet? Dass ich einem wildfremden Mann dankbar um den Hals fiel, weil er aus einer Laune heraus zwischen Hauptgang und Dessert um meine Hand anhielt?

Irgendwie schienen die Uhren hier in der Großstadt anders zu ticken als in meiner beschaulichen Heimat. »Das werde ich«, log ich und versuchte abermals, meine Hand aus der seinen zu befreien. Endlich gelang es mir.

Nun war es Logan, der überrumpelt dreinsah. »Das ist gut«, erwiderte er mit irritiertem Blick, während ich aufsprang, um das Lokal zu verlassen.

Dummerweise hatte ich mein Handy im Büro vergessen, sodass ich noch einmal in die Höhle des Löwen zurückkehren musste. Ich rannte los, als hinge mein Leben davon ab. Wenn ich mich beeilte, dann würde ich weg sein, noch ehe Logan zurück war. Schließlich hatte ich ihn mit der unbezahlten Rechnung sitzen lassen.

Völlig außer Puste rannte ich an Kelly vorbei, die mich erstaunt musterte und ihre Lippen zu einem spöttischen Grinsen verzog. Offenbar konnte man mir ansehen, wie verstört ich war.

In meinem Büro angekommen, stürzte ich mich auf den Schreibtisch und griff nach dem Handy. Drei Anrufe in Abwesenheit. Von Mum. Das hieß nichts Gutes.

Ohne darüber nachzudenken, wählte ich ihre Nummer. »Mum, was ist los? Ist etwas mit Granny? Geht es ihr nicht gut?«

Meine Großmutter war vor wenigen Tagen ins Krankenhaus gekommen. Sie war neben meinen Eltern und meiner kleinen Schwester meine wichtigste Bezugsperson. Granny hatte immer einen guten Rat für mich. Sie hatte mich nachdrücklich dazu aufgefordert, an meinem Plan, nach Edinburgh zu gehen, festzuhalten. Auch dann noch, als ich wegen ihrer Einlieferung ins Krankenhaus bleiben wollte.

»Hallo, Liebes. Nein, das ist es nicht«, druckste meine Mutter herum. Offenbar lag ihr etwas auf dem Herzen, das sie nur schwerlich über die Lippen brachte. »Mum, ich habe leider gerade sehr wenig Zeit. Kann ich dich zurückrufen?« Schlagartig fiel mir wieder ein, dass ich ja auf der Flucht vor Mr. Heiraten-Sie-mich-am-besten-gleich-jetzt-und-hier war.

Doch Mum überhörte meine Bitte geflissentlich. »Also, ich weiß nicht, wie ich es dir sagen soll. Aber du weißt ja, wie er sein kann. Er hat so lange auf mich eingeredet, dass ich gar nicht anders konnte, als es ihm zu sagen.«

Ich hasste es, wenn sie um den heißen Brei herumredete und sich in meinem Kopf ganz von allein die Titelmusik von Jeopardy einschaltete. Um wen handelte es sich nur bei ihrem kryptischen Gerede? Dad, vielleicht?

»Raus mit der Sprache, Mum.« Gehetzt blickte ich zur Tür.

Mum schnaufte tief aus. »Ich weiß, dass du mich darum gebeten hast, ihm nichts zu sagen. Aber …«

»Nick?«, rief ich erschrocken aus, als dieser plötzlich im Türrahmen stand.

»Ja, genau. Nick hat mich so lange bearbeitet, bis ich ihm erzählt habe, dass du nach Edinburgh gegangen bist.«

Mein Herz schlug mir bis zum Hals, als ich meinen Ex-Freund vor mir erblickte. Dieser schien derweil noch zu überlegen, ob er sich in der Tür geirrt haben könnte. »Anna May?«, fragte er nach einer langen Pause, während er die Augen zu schmalen Schlitzen zusammengezogen hatte. »Bist du das wirklich?«

»Anna May?«, fragte nun auch meine Mutter, da ich ihr nicht mehr antwortete.

»Ich muss jetzt auflegen.« Mit diesen Worten beendete ich das Gespräch abrupt, als mir bewusst wurde, dass meine Mutter nicht nur meinen Bestimmungsort verraten, sondern auch gleich noch meine neue Arbeitsstelle ausgeplaudert hatte.

Ich schluckte, als Nick auf mich zukam und mich abschätzig musterte. »Was ist nur mit dir passiert? Warum siehst du so aus, wie du aussiehst?« Abfällig sah er auf meine weite Kleidung, und trotz der Fülle an Stoff fühlte ich mich plötzlich nackt.

Noch ehe ich etwas sagen konnte, betrat Logan den Raum. »Anna May?« Als er erkannte, dass ich nicht allein war, blickte er zwischen Nick und mir hin und her. »Wer ist das?«, fragte er schließlich.

»Das ist niemand«, beeilte ich mich zu sagen. Nick war ein Kapitel meiner Vergangenheit, und das sollte auch so bleiben. Auch wenn ich Logan zu keiner Rechenschaft verpflichtet war, fühlte ich mich ertappt.

»Anna May, wer ist der Kerl?«, fragte nun auch Nick, während er mich unsanft am Arm zu sich zog, als würde er seinen Besitz schützen wollen. »Hast du mich wegen ihm verlassen?« Seine

Worte dröhnten durch den spärlich möblierten Raum und drangen ungehindert auf den Flur. Mir war die Situation fürchterlich peinlich. Schließlich wollte ich keine Aufmerksamkeit auf mich ziehen, sondern auf schnellstem Wege die Firma verlassen.

Sang- und klanglos hatte ich meine Sachen packen und von dannen ziehen wollen. Leider schien das Schicksal einen andern Plan für mich bereitzuhalten.

Und dann tat ich etwas, was bei näherer Betrachtung äußerst dumm war, mir aber in diesem Moment als einziger Ausweg aus diesem Schlamassel erschien. »Logan ist mein neuer Freund.«

Ich erhoffte mir wohl, die beiden Männer mit meinen Worten so sehr aus der Fassung zu bringen, dass mir Gelegenheit bliebe, heimlich, still und leise das Weite zu suchen. Leider machte ich meine Rechnung ohne Logan.

»Verlobter, mein Schatz«, säuselte dieser, während sich auf seinen Lippen ein siegesbewusstes Lächeln niederließ.

»Was?«, brauste Nick auf, dessen Augen brennende Funken auf Logan abschossen.

Mein Schachzug war deutlich nach hinten losgegangen. Anstatt mich vom Acker machen zu können, war ich innerhalb von einer Nanosekunde noch mehr in den Fokus gerückt. So schnell würde ich hier nicht wegkommen.

Als nun auch noch Logan auf mich zuschritt, um sein abgestecktes Revier zu markieren, brach mir der kalte Angstschweiß aus. »Das ist ein Missverständnis«, bemühte ich mich, die Wogen zu glätten, aber Logan ließ sich nicht beirren.

»Ich weiß doch, dass du erst deine Eltern von unserer Verlobung in Kenntnis setzen wolltest, ehe du es einem anderen erzählst. Aber da nun mal die Dinge so sind, wie sie sind …«

»Habe ich da etwa das Wort Verlobung fallen hören?« Ein älterer Herr räusperte sich im Türrahmen. »Logan, was hat das zu bedeuten?«, setzte er schließlich nach, als dieser ihm nicht schnell genug zu antworten schien.

»Dad, darf ich dir meine Verlobte vorstellen?« Das vormals zaghafte Lächeln nahm nun sein ganzes Gesicht ein. Er strahlte über beide Ohren, und ich wusste beim besten Willen nicht, was ich in einem meiner vorhergehenden Leben Schlimmes angestellt haben könnte, um solch ein bitteres Schicksal zu verdienen.

Offenbar war der Mann dort in der Tür Logans Vater. Dieser griff sich während Logans Worten an die Brust, ganz so, als litte er unter einer Herzschwäche. Unwillkürlich musste ich an meine arme Granny denken. »Das ist also deine Verlobte?« Zum gefühlt hundertsten Mal an diesem Tag wurde ich von oben bis unten taxiert. Das erste Mal jedoch schien man mich wohlwollend zu betrachten.

»Anna May, sag, dass das nicht wahr ist!« Regelrecht flehend sah Nick mich an. Ich bekam Mitleid mit ihm. Am liebsten hätte ich den Schwindel aufgeklärt, doch Logan kam mir wieder zuvor.

»Anna May und ich werden noch im Mai heiraten. Die Feierlichkeiten könnten auf unserem Landsitz stattfinden.« Dann richtete er sich erklärend an mich. »Das ist ganz in der Nähe von Duncansby Head, der Nordostspitze Schottlands. Würde dir das gefallen?«

McGregor senior griff sich abermals an die Brust. Die Widerworte, die ich mir zurechtgelegt hatte, erstarben auf meinen Lippen. Wenn ich jetzt sagen würde, dass es sich bei alledem hier, nur um ein schrecklich dummes Missverständnis handelte, würde er sicher einen Herzinfarkt erleiden. Das konnte ich nicht verantworten.

Erst musste ich zusehen, dass Logans Vater außer Reich- und Hörweite war und Nick das Gebäude und am besten Edinburgh auf Nimmerwiedersehen verlassen hatte, ehe ich Logan den Kopf waschen konnte. Was bildete sich dieser Idiot eigentlich ein? Ich würde nie und nimmer seine Frau werden. Nie und nimmer!

Kapitel 9

Logan

Manchmal brauchte es nur diesen einen Moment, um die Geschicke des Universums zu beeinflussen. Es waren diese unvorhersehbaren Ereignisse im Leben, die man nicht planen konnte, über die man sich aber im Nachhinein besonders freute.

Zufrieden mit mir und dem Tag lehnte ich mich entspannt in meinem ledernen Bürostuhl zurück. Gedankenverloren schwenkte ich den Whisky in meinem Glas, als ich an das Szenario von eben zurückdachte.

Der Moment, als Dad plötzlich im Raum stand und ich von der Verlobung mit Anna May berichtete. Einfach perfekt. Die Gesichtszüge meines alten Herren waren dermaßen entgleist, dass ich Sorge hatte, er könnte die Fassung verlieren. Wider Erwarten hatte er sich nicht abfällig zu meiner Wahl geäußert, auch wenn er sich verdächtig oft an die Brust gefasst hatte.

Das Überraschungsmoment war perfekt gewählt gewesen, und ich war dankenswerterweise so geistesgegenwärtig gewesen, die Gunst der Stunde beim Schopf zu packen.

Wer konnte auch ahnen, dass sich dieses einfältige Biest gegen eine Verbindung mit mir wehren könnte? Schließlich war ich mit Abstand das Beste, was ihr je hätte passieren können. Wer würde sich denn schon eines solch unscheinbaren Geschöpfes freiwillig annehmen? Mal abgesehen von diesem Tölpel, der – woher auch immer – plötzlich in ihrem Büro aufgetaucht war. Noch immer wunderte ich mich über das Verhalten der jungen Frau. Besonders dann, wenn ich daran dachte, wie viele der jungen Dinger, die sich in meinem Schlafzimmer durch die Laken meines Bettes gewälzt hatten, liebend gerne an ihrer Stelle stünden.

Ein wenig verschnupft hatte ich ihre Ablehnung zur Kenntnis genommen, als sie Hals über Kopf aus dem Restaurant geeilt war. Doch nun hatte sich zum Glück das Blatt gewendet.

Ein verhaltenes Klopfen an der Tür ließ mich aus meinen Gedanken aufschrecken. »Herein.«

Anna May stand dort mit durchgestreckten Schultern und erhobenen Hauptes. Sie wirkte entschlossen. »Ich wollte … Also, ich meine …«

»Nun kommen Sie erst mal näher«, unterbrach ich das hilflose Gestammel. »Und setzen Sie sich zu mir. Auch einen Whisky?« Ich hob das Glas mit der bernsteinfarbenen Flüssigkeit darin in die Höhe.

»Nein danke!«, lehnte sie mein Angebot kategorisch ab.

Als sie sich mir gegenüber an meinen Schreibtisch gesetzt hatte, hob sie abermals an. »Nach den Vorkommnissen des Tages wird es wohl das Beste sein, wenn ich meine Papiere in der Personalabteilung hole und gehe.«

Ihre Worte klangen wohlüberlegt und fest.

»Wieso denn das? Warum wollen Sie gehen? Ich verstehe nicht.« Plötzlich sah ich meine Felle erneut davonschwimmen.

»Mr. McGregor, wir sind uns doch beide dessen bewusst, dass Sie sich einen Scherz mit mir erlaubt haben. Wahrscheinlich ist es irgendeine Art Aufnahmeritus, den sie da mit mir veranstaltet haben. Ich meine, wer würde einem völlig fremden Menschen schon aus dem Blauen heraus einen Antrag machen?« Sie lachte eine Spur zu hysterisch auf. »Das ist total verrückt.« Dann wurde sie wieder eine Spur sachlicher. »Die Sache mit Nick tut mir leid. Ich wollte ihn nicht glauben lassen, dass Sie und ich ein Paar sind. Das heißt, ich wollte schon, dass er denkt, wir wären zusammen, allerdings nur, damit er dann so schnell wie möglich wieder verschwindet. Mein Ex-Freund begreift einfach nicht, dass wir besser getrennte Wege gehen.«

»Ich habe mir keinen Scherz mit Ihnen erlaubt, Miss Fisher. Meine Avancen waren ehrlicher Natur«, hofierte ich weiter. Eine Notlüge war an dieser Stelle unabdingbar.

»Dann tut es mir nur umso mehr leid, dass ich Ihren Antrag zurückweisen muss. Es kommt für mich nicht infrage, Sie zu ehelichen. Wir sind grundverschieden und kennen uns nicht einmal vierundzwanzig Stunden. Es würde nicht funktionieren. Ich hoffe, Ihr Vater wird das verstehen.«

Da sah ich meine Chance gekommen, Miss Fisher zu einem Umdenken zu bewegen. »Mein Vater wird sich fürchterlich aufregen. Sein Herz, wissen Sie. Es steht nicht mehr besonders gut um den alten Mann. Die Ärzte sagten uns bereits, dass wir jedweden Stress von ihm fernhalten sollten.«

Wie gebannt hing Anna May an meinen Lippen, während ihr die Sorge um den alten Mann, den sie bis zum heutigen Tag noch nie gesehen hatte, sprichwörtlich ins Gesicht geschrieben stand. »Was machen wir denn jetzt nur?« Verunsichert biss sie sich auf die Unterlippe, während sie das schlechte Gewissen quälte.

»Mein Vater hat drei Kinder«, holte ich aus, um Anna Mays schlechtes Gewissen weiter zu füttern. »Meine ältere Schwester Felicitas, die Sie bereits kennengelernt haben, meine jüngere Schwester Sophie, die als Künstlerin arbeitet, und mich. Seit Dad von seiner schlechten gesundheitlichen Verfassung weiß, spricht er von nichts anderem mehr, als von der Sehnsucht nach Enkelkindern.«

Der entsetzte Blick in Anna Mays Augen verriet mir, dass ich wohl etwas zu dick aufgetragen hatte. Also ruderte ich zurück.

»Vorerst wird eine Heirat jedoch ausreichend sein, um ihn vor Schlimmerem zu bewahren, denke ich.«

»Aber wir können doch nicht so tun, als wären wir ein glückliches Liebespaar, das sich eben erst gefunden hat und sofort heiraten will. Das wird uns niemand abkaufen. Außerdem würden wir Ihrem Vater und der ganzen Familie nur etwas vorspielen.«

Offenbar benötigte ich noch weitere schlagkräftige Argumente, um meine junge Assistentin von dem guten Vorsatz zu überzeugen, der in meinem Vorhaben lag. »Wir könnten vorgeben, uns aus der Schule zu kennen. Ich war auf einem Internat in Glasgow und bezweifle, dass meine Eltern auch nur den Hauch einer Ahnung davon haben, mit wem ich dort befreundet war.«

Die Wehmut, die in meinen Worten mitschwang, war ungewollt, erfüllte allerdings ihren Zweck. Miss Fisher biss sich abermals auf die Unterlippe. Es fehlte nicht mehr viel, und der Fisch hatte angebissen. »Unsere Bemühungen, meinem im Sterben liegenden Vater ein wenig heile Welt zu schenken, kann man wohl schwerlich als Schauspiel deklarieren. Finden Sie nicht auch?«

Anna May ließ sich schwer in ihren Stuhl zurückfallen. »Ich weiß überhaupt nicht mehr, was ich denken soll. Dieser Tag ist ein einziger Albtraum. Eigentlich bin ich doch nach Edinburgh gekommen, um von vorne anzufangen.«

Plötzlich hielt sie inne, sah verstohlen zu mir herüber. Warum wollte sie ein neues Leben beginnen? Was war vorgefallen, dass sie ihre Heimat verlassen hatte? »Ich fand den Tag bisher eigentlich ganz nett«, raspelte ich Süßholz, in der Hoffnung, den Deal damit endlich in trockenen Tüchern zu wissen. Wie lange wollte sie sich noch gegen das Unvermeidliche sträuben?

Ihr Gesicht rötete sich abermals, dabei kamen ihre hohen Wangenknochen besonders gut zur Geltung. Ein wenig Farbe hier, ein bisschen mehr Stilbewusstsein da, und man konnte aus der Frau sicher etwas machen.

»Hören Sie, ich möchte natürlich in erster Linie, dass Sie einfach Ihren Job hier behalten. Betrachten Sie doch unser Abkommen als ein kleines Extra-Geschäft, bei dem Sie mir in einer familiären Angelegenheit aus der Patsche helfen.«

»Ich soll also gar nicht wirklich Ihre Frau werden?« Hinter ihrer Stirn begann es zu arbeiten, das konnte ich ihr genau ansehen. Gleich würde ich sie so weit haben.

»Einer Gehaltserhöhung als Aufwandsentschädigung steht selbstverständlich auch nichts im Wege. Ich denke, das sollte Ihnen aus Ihrer misslichen Wohnungslage heraushelfen. Das ist doch eine Win-win-Situation für uns beide, finden Sie nicht auch?«

»Okay«, sagte Anna May gedehnt. Dann beugte sie sich verschwörerisch nach vorne und senkte die Stimme, ganz so, als könnte uns jemand belauschen. »Ich willige ein, Ihre Verlobte auf Zeit zu spielen.«

»Auf Zeit?«, hakte ich nach.

Da formten sich Anna Mays Lippen zu einem Lächeln, etwas, auf das ich am heutigen Tag gar nicht mehr zu hoffen gewagt hätte. »Ja, genau. Ich bin bereit, für eine gewisse Dauer Ihre zukünftige Braut zu spielen. Allerdings nur unter der Bedingung, dass Sie Ihrem Vater bei nächster Gelegenheit schonend beibringen, dass ich doch nicht die Richtige für Sie bin und wir lieber Freunde bleiben wollen.«

Diese Gelegenheit würde sich sicher nicht so schnell bieten. »Natürlich werde ich das machen. Das ist eine fantastische Idee.« Und sollte mir ausreichend Zeit verschaffen, um Anna May vom

Unabdingbaren zu überzeugen oder meinem Vater klarzumachen, dass es mir Ernst mit meiner Wahl war. Vielleicht hatte er dann doch noch ein Einsehen mit mir und nahm seine Forderung zurück. Schließlich entsprach Anna May so gar nicht seiner Vorstellung von einer standesgemäßen Schwiegertochter. Sie konnte weder mit einem bekannten Namen noch mit einem prall gefüllten Bankkonto aufwarten, was uns bei der Übernahme von Birmingham äußerst nützlich gewesen wäre.

So oder so wartete eine Menge Arbeit auf mich. Ohne das Glück des Zufalls sähe ich gerade ziemlich alt aus. Blieb nur zu hoffen, dass die Geschicke des Universums mir weiterhin gewogen waren.

Kapitel 10

Anna May

»Hey, Grandma. Wie geht es dir?«

Seit fünf Tagen war ich nun schon in Edinburgh. Die Geschehnisse der ersten Tage hatten mir ganz schön zugesetzt. Plötzlich war ich nicht mehr nur die Assistentin meines Chefs, sondern auch noch seine Verlobte. Die Vorstellung war noch immer so abwegig für mich, dass ich sie bei jeder Gelegenheit verdrängte.

»Hallo, Liebes. Mir geht es ganz gut. Außer dass das Essen eine Zumutung ist. Aber ich will nicht meckern. Sie sind alle sehr bemüht um mich. Wie geht es dir? Hast du dich schon etwas in Edinburgh eingelebt? Hast du vielleicht schon jemanden kennengelernt?«

Meine Großmutter hatte schon immer so etwas wie einen sechsten Sinn. Sie sprach Dinge an, von denen niemand wissen konnte, sendete unterschwellige Botschaften und traf damit meist mitten ins Schwarze.

»Mir geht es gut.« Mein Blick schweifte über das Loch, in dem ich hauste, und ich verdrängte den Gedanken, dass ich ebenso gut unweit des Water of Leith in einem sehr exquisiten Apartment mein Dasein fristen könnte. Logan hatte mir noch am Tag unserer Scheinverlobung vorgeschlagen, bei ihm einzuziehen.

Allein die Vorstellung, mit diesem Mann auf engstem Raum zusammenzuleben, ließ die Schmetterlinge in meinem Bauch aus ihrem tiefen Winterschlaf erwachen. Törichte Biester! Logan war nicht der Typ Mann, den ich mir wünschte. Im Grunde wusste ich überhaupt nicht, wer er eigentlich war. Einerseits fand ich es rührend, wie sehr er sich um das Wohl seines Vaters sorgte. Andererseits konnte ich es nicht gutheißen, dass er ihm und seiner Familie, aus welchem Grund auch immer, etwas vormachte.

Am kommenden Wochenende stand der Antrittsbesuch bei Logans Familie an. Beim Gedanken daran zog sich mein Magen zu einem winzig kleinen harten Stein zusammen. Nervös pfriemelte ich an einem abstehenden Faden an meiner Bluse.

»Das höre ich gern, mein Kind. Aber dir liegt doch etwas auf dem Herzen. Leugne es nicht, ich kann es ganz deutlich an deiner Stimme ausmachen.«

Von draußen drang der Lärm der Großstadt herein. Autotüren knallten und kündeten von den ankommenden neuen Hotelgästen. Ob sie wohl wussten, worauf sie sich einließen? Außerdem vernahm ich immer wieder das Gluckern der Wasserrohre, wenn jemand auf dem Flur das Badezimmer benutzte.

»Es ist …« Wie sollte ich Grandma erklären, was gerade bei mir los war, wenn ich es doch selbst kaum verstand? Warum nur passierte mir das Ganze und wie kam ich aus der Sache wieder raus?

Zunächst dachte ich, es wäre die beste Lösung, meinen Job zu kündigen und mir irgendwo etwas anderes zu suchen. Allerdings konnte ich das Mr. McGregor senior und seinem schwachen Herzen nicht antun. Nicht nachdem ich seit einigen Jahren, als die Ärzte Granny ein schwaches Herz attestierten, ständig um sie bangte. Sie hatte bereits einen Infarkt erlitten und wäre dabei fast gestorben. Noch einen würde sie nicht überleben, hieß es.

Zudem musste man erst mal etwas Neues finden. Bevor mir die McGregor-Destillerie eine Stelle anbot, hatte ich weit mehr als hundert Absagen kassiert. Die Jobsuche gestaltete sich in Edinburgh nämlich fast ebenso schwierig wie die Suche nach einer geeigneten und bezahlbaren Wohnung. Mittlerweile hatte ich mich auf weit mehr als zwanzig Wohnungsanzeigen in der Zeitung gemeldet. Immer ohne Erfolg. Besonders verheerend war die Tatsache, dass ich wegen der verlorenen Kaution nicht wusste, wie ich das Geld für eine neue Wohnung aufbringen sollte. Ich brauchte Zeit und Geld. Beides stand mir jedoch nicht ausreichend zur Verfügung, weil ich ja auch noch die Absteige, in der ich hauste, zahlen musste. Ein Teufelskreis, aus dem noch kein Entkommen absehbar war.

Abermals musste ich an Logan denken, der mir schließlich sogar vorgeschlagen hatte, mir Geld zu geben, wenn ich seine Verlobte spielte.

»... alles bestens«, erwiderte ich mit leicht zitternder Stimme. Grandma roch den Braten sicher zwanzig Kilometer gegen den Wind. Dennoch brachte ich es einfach nicht übers Herz, ihr von der Sache mit Logan zu erzählen.

»Wir haben doch alle unsere kleinen Geheimnisse. Nicht? Manchmal überrollen einen die Ereignisse des Lebens dermaßen, dass man nur zuschauen und sich wundern kann. Was auch immer dich bedrückt, mein Herz, ich hoffe, es entwickelt sich für dich zum Guten.«

Die Ruhe und Fürsorge, die aus Grannys Worten zu mir sprachen, schenkten mir Mut und Zuversicht. Meine Großmutter würde immer für mich da sein – so, wie auch der Rest meiner Familie. Doch in Edinburgh wollte ich es alleine schaffen.

Ich wollte mir und dem Rest der Welt etwas beweisen. Mit meinen sechsundzwanzig Jahren war es an der Zeit, auf eigenen Füßen zu stehen und mich selbst zu behaupten. Ich hatte Nick und mein altes Leben zurückgelassen, um noch einmal bei null anzufangen.

Ferner lag mir daran, endlich eine wahre Freundin zu finden. Eine, mit der man durch dick und dünn gehen konnte und die immer für einen da war. Zu Hause waren mir die meisten Mädchen und Frauen in meinem Alter voller Neid und Missgunst begegnet. Dabei war es meist ich, die eifersüchtig auf sie war.

Kaum sahen mich die Leute, fällten sie im gleichen Zuge auch schon ihr Urteil über mich. Ich war zwar nicht blond, aber ein schöner Mensch konnte in den Augen der meisten Leute, die ich bisher getroffen hatte, nicht gleichsam auch noch intelligent oder gar witzig sein. Dabei war ich ein sehr humorvoller Mensch, wie ich fand.

»Granny, ich muss jetzt leider Schluss machen.« Ein Blick auf meine Armbanduhr verriet mir, dass ich in zwanzig Minuten mit Logan in einem Café verabredet war. Er wollte mir außerhalb der hellhörigen Firmenwände ein paar Dinge über sich und seine Familie erzählen. Als könnte man mit ein paar Daten und Fakten darüber hinwegtäuschen, kein wirkliches Liebespaar zu sein.

Allein beim Gedanken daran, lügen zu müssen, wurde mir speiübel. Meine Eltern sahen mir meist gleich an der Nasenspitze an, wenn ich nicht die Wahrheit sprach. Vielleicht hatte ich aber auch Glück, und die McGregors würden es nicht bemerken. Aber allein die Vorstellung, wildfremden Menschen einen Bären aufzubinden, war gegen meine Natur.

Blieb nur zu hoffen, dass alles gut gehen würde. Wieder dachte ich an das schwache Herz von Logans Vater. Ich wollte auf keinen Fall dafür verantwortlich sein, wenn er einen Infarkt erlitt. Das durfte nicht passieren. Wenn ich daran dachte, dass er sich in einer ebenso heiklen gesundheitlichen Verfassung befand wie Granny, wurde mir ganz anders zumute.

Bei der Lüge um unsere Verlobung ging es nicht um einen

Dumme-Jungen-Streich, nein, es ging um die Sehnsüchte und Wünsche eines Mannes, der sich am Ende seines Lebens befand. Ich hätte einiges dafür gegeben, wenn ich meinem viel zu früh verstorbenen Großvater ebenso bei der Erfüllung seiner sehnlichsten Wünsche hätte behilflich sein dürfen.

Logans Vater erhoffte sich für seine Familie eine rosige Zukunft. Eine Zukunft, in der ich eine Rolle spielen sollte, die mir jedoch nicht vorbestimmt war. Logan würde hoffentlich bald Gelegenheit finden, seinem Vater zu erklären, dass ich nicht die Richtige für ihn war.

Denn je länger wir die Scharade aufführten und je besser mich die Familie kennenlernte, desto schwieriger würde es werden, das Spiel glaubhaft wieder zu beenden. Darüber war ich mir im Klaren. War nur zu hoffen, dass ich auch Logan davon überzeugen konnte.

»Wie gefällt es dir hier?«, durchbrach Logan das Schweigen, das sich plötzlich zwischen uns gelegt hatte.

Keine Ahnung, woran es lag, aber irgendwie blickten wir beide uns heute, außerhalb der schützenden Mauern des Firmengebäudes, wie verlegene Teenager an, die sich zum ersten Date trafen. Besonders der sonst so laute und forsche Mr. McGregor junior wirkte dabei plötzlich sehr kleinlaut.

»Es ist nett«, erwiderte ich wortkarg. Die Einrichtung war im Stil eines gemütlichen Wohnzimmers gehalten. Ich saß auf einer alten geblümten Couch, die jedoch unglaublich bequem war, während Logan mir auf einem Ohrensessel gegenüber Platz genommen hatte. Der Tisch, auf dem die nette Bedienung das Shortbread und den Earl Grey angerichtet hatte, war ein klassischer Nierentisch aus den Fünfzigerjahren.

Ein wenig erinnerte mich das Interieur an die Wohnung meiner Granny. Dort schien die Zeit ebenso stillzustehen. Was gäbe ich nur darum, gerade jetzt in ihrem Wohnzimmer zu sitzen?

»Nun, wir sollten gleich durchstarten. Ich habe leider nicht allzu viel Zeit.« Logan griff nach einer der süßen Köstlichkeiten und biss herzhaft hinein.

Ich würde aufgrund der latent aufgeregten Stimmung, in der sich mein Körper seit Tagen befand, sicher keinen Bissen hinunterbekommen. »Ja, das wird wohl das Beste sein.«

»Ich habe, wie bereits gesagt, noch zwei Schwestern. Felicitas ist die ältere von beiden und etwas eigen. Sie glaubt, sie wäre die bessere Nachfolgerin für unseren Vater, wobei ich ihr sogar in gewisser Hinsicht zustimmen würde. Doch mein alter Herr legt großen Wert auf Traditionen und wird sich in dieser Hinsicht nicht für eine Frau in einer leitenden Führungsposition entscheiden.«

Es stand mir nicht zu, über derartige Traditionen zu urteilen, auch wenn ich nicht verstand, warum eine Frau nicht das Gleiche leisten können sollte wie ein Mann.

»Dann gibt es da noch meine jüngere Schwester Sophie. Sie ist Künstlerin und ein echter Sonnenschein. Außerdem hat sie meist gute Laune. Sie steckt einen unvermittelt damit an, auch wenn man gerade am Boden zerstört ist. Manchmal ringt sie sogar der griesgrämigen Felicitas ein Lächeln ab.«

Ohne es zu wollen, musste ich bei Logans Worten grinsen. Auch er lächelte mich an und wieder waren da die zwei süßen Grübchen auf seinen Wangen zu sehen. Den Dreitagebart hatte er zu meinem Leidwesen abrasiert. Wobei dadurch sein kantiges Kinn besser zur Geltung kam. Seine Augen ruhten auf mir. Das Eis schien gebrochen.

»Wie ist es bei dir? Hast du auch Geschwister?«, fragte mich Logan. Schlagartig wurde mir bewusst, dass auch ich etwas über mich preisgeben musste, um den Schein unseres Pärchendaseins nach außen hin aufrechtzuerhalten.

»Ich habe eine Schwester«, gab ich kurz angebunden zur Antwort. Ich würde mich hüten, Logan allzu tiefe Einblicke in mein Privatleben zu gewähren. Schließlich würde er nur für begrenzte Zeit ein Teil davon sein, und ich musste ihn auf Abstand halten. Denn wenn ich es nicht tat, würde ich es sicher mit einem gebrochenen Herzen bereuen.

Logan war genau der Typ Mann, auf den ich schon viel zu oft hereingefallen war. Ich brauchte einen bodenständigen Partner an meiner Seite, jemanden, auf den ich mich immer verlassen konnte. McGregor war das krasse Gegenteil. Er war ein Lebemann, so viel konnte ich nach den wenigen Tagen mit ihm schon sagen.

»Jünger oder älter?«

»Wie bitte?« Ich war so in Gedanken, dass ich nicht gleich verstand, worauf er hinauswollte.

Logans Mundwinkel verzogen sich zu einem schelmischen Grinsen. »Ein Pence für Ihre Gedanken.« Seine Augen bohrten sich so sehr in die meinen, dass ich mir verlegen die übergroße Hornbrille auf der Nase zurechtrückte. Wie um mein Äußeres noch etwas mehr zu verhüllen, schlang ich den Seidenschal etwas fester um meine Schultern.

Auch heute hatte ich mir wieder große Mühe dabei gegeben, meinen Körper unter weiten und vor allem unscheinbaren Kleidern zu verstecken. Dabei diente mir besonders die alte Umstandskleidung meiner Mutter als Fundus. Unglaublich hässlich waren besonders diese weiten Blusen mit Puffärmeln und Rüschen. Aber sie erfüllten ihren Zweck.

Mir war nicht entgangen, wie entgeistert mich Logan angestarrt hatte, als ich das Café betreten hatte. Meine langen braun gelockten Haare hatte ich heute unter einem sommerlichen Strohhut versteckt. Frisch gewaschen war es fast unmöglich, die Haarflut in einem Dutt zu bändigen. Der knallgelbe Seidenschal um meinen Hals biss sich herrlich mit dem Ocker meiner Bluse und der grauen Leinenhose.

»Sie ist jünger.« Ohne auf seine Anspielung einzugehen, schlug ich ein Bein über das andere und ließ meinen Blick durch das kleine Café schweifen.

An der weißen Holztheke gab es eine Vitrine mit verschiedenen Kuchensorten, besonders der Death by Chocolate, sicher ein Schokoladenfudge, sprach mich unglaublich an. Granny war eine Meisterin in der Küche und verzauberte meist sonntags die ganze Familie mit ihren Backkünsten. Dabei waren es nicht nur die Klassiker, in denen sie sich versuchte.

Logan rutsche ein Stück näher an den Tisch heran, um nach seiner Teetasse greifen zu können. Dabei berührten sich versehentlich unsere Knie. Ich zuckte zurück, als hätte ich soeben einen Stromschlag bekommen.

»Warum so schreckhaft, Miss Fisher?« Der schelmische Ausdruck in seinen Augen ließ mich erröten. Ich verfluchte meinen verräterischen Körper, der sich doch in Abstinenz üben sollte, anstatt das hundertste Mal in der gleichen Falle zu landen. Hatte er denn gar nichts dazugelernt?

»Was gibt es noch, was ich über Sie wissen sollte?«, kam ich stur auf das ursprüngliche Thema zurück.

Um Logan nicht länger ansehen zu müssen, beobachtete ich

ein Pärchen, das sich vor wenigen Minuten an einem Tisch in Logans Rücken niedergelassen hatte und merkwürdig oft zu uns blickte. Sicher Touristen. Zumindest sprach die Spiegelreflexkamera auf ihrem Tisch dafür.

»Ich stehe auf Sex an außergewöhnlichen Orten.«

Augenblicklich schoss mir die Hitze ins Gesicht und meine bisher nur zart geröteten Wangen mussten nun unglaubliche Ähnlichkeit mit überreifen Tomaten angenommen haben. »Okay«, wisperte ich, während ich mir den Schal von den Schultern streifte, um nicht vor Scham zu verglühen.

Mein Scheinverlobter lachte unverhohlen auf. »Ich finde es übrigens äußerst amüsant, wie leicht Sie in Verlegenheit zu bringen sind.« Wie das verwaiste Lamm, das dem Wolf auf der Wiese gegenübersteht und nicht weglaufen kann, saß ich zur Salzsäule erstarrt auf der gut gepolsterten Couch. Im letzten Augenblich widerstand ich dem Drang, mir eines der runden rot-weiß karierten Kissen zu schnappen, um es als Schutzschild vor meiner Brust zu drapieren.

»Mr. McGregor, ich denke nicht, dass wir so weiterkommen. Wenn Ihr kleines Geheimnis am Samstag nicht auffliegen soll, dann würde ich vorschlagen, wir konzentrieren uns wieder auf das Wesentliche.« Ich setzte mich aufrecht hin, um meinen Worten Nachdruck zu verleihen.

Logan grinste noch immer. »Oh, Sie fahren die Krallen aus. Das hätte ich Ihnen gar nicht zugetraut.« Ein Hauch von Anerkennung lag in seiner Stimme. »Chapeau, es gibt nicht mehr viele Frauen, die mich noch überraschen können.«

Damit wollte er wohl auf den Umstand anspielen, dass er bereits besonders viele kennengelernt hatte. Zu dem Playboyimage, das er für mich perfekt verkörperte, würde das äußerst gut passen.

Am Tisch der Touristen begann eine hitzige Diskussion. Dabei blickten sie immer wieder interessiert zu uns herüber. Ich versuchte, nicht weiter darauf zu achten. Erst als sie begannen, Fotos von Logan und mir zu knipsen, wurde es mir dann doch zu bunt.

»Sagen Sie mal, kennen Sie die beiden Leute dort am Tisch hinter uns?« Verstohlen senkte ich die Stimme und beugte mich über den Tisch ganz nahe zu Logan hinüber. Dieser wollte sich sogleich umdrehen, doch ich unterband sein Vorhaben, indem ich meine Hand auf seinen Unterarm legte. »Sehen Sie nicht hin.«

Mein Chef blickte irritiert auf meine Hand. »Sie sind ein Scherzkeks. Wie soll ich denn dann rausfinden, ob ich die beiden kenne?«

»Pst«, zischte ich, um nicht noch mehr Aufmerksamkeit auf uns zu ziehen und streckte ihm mein Handy entgegen. »Öffnen Sie die Handytasche. Auf der linken Seite ist ein Spiegel. Mit diesem sollten Sie die beiden sehen können.« Logan tat, wie ihm geheißen, als sich die beiden von ihrem Platz erhoben und ein Foto nach dem anderen schossen. Das Klackern der Spiegelreflexkamera glich dabei dem Rattern eines Maschinengewehrs. Den angenehm beleuchteten Raum durchzuckten nun im Sekundentakt grelle Lichtblitze.

»Was ist hier los?« Logan sprang von seinem Sessel auf und eilte zum Nachbartisch.

»Mr. McGregor, ist das Ihre neue Freundin? Sie scheint so gar nicht in Ihr Beuteschema zu passen. Wie kommt es, dass Sie jetzt nach grauen Mäusen und nicht mehr nach heißen Bunnys Ausschau halten? Gibt es da vielleicht einen Zusammenhang mit dem fünfundsechzigsten Geburtstag Ihres werten Vaters?«

»Was zur Hölle?«

Als die Frau ohne Punkt und Komma auf Logan einquasselte, verfinsterte sich seine Miene zusehends. »Wer sind Sie?«

»Mary Fletcher, vom *The Scotsman*.«

Die Presse?, schoss es mir durch den Kopf. Was wollte die denn von uns? Und was hatten sie mit den Fotos vor, die der Mann noch immer von uns machte?

»Unsere Leser brennen darauf, zu erfahren, wie es in Ihrem Liebesleben aussieht, Mr. McGregor. Stehen Sie womöglich in Wirklichkeit auf das einfältige junge Mädchen vom Land und bevorzugen nur für den roten Teppich den Vamp?«

Die schlanke Blondine hielt ihr Mikrofon unter Logans Mund.

»Hören Sie sofort damit auf, mir nachzustellen.« Dabei riss Logan ihr das Teil aus der Hand und schlug mit der anderen nach der Kamera des Fotografen.

»Das wird für Sie ein böses Nachspiel haben!«, blaffte der bisher stille, schätzungsweise gerade Zwanzigjährige, der sich bis eben noch hinter dem Fotoapparat verschanzt hatte, Logan ungehalten an. Es war ihm deutlich anzusehen, dass Logan mit dem Schlag gegen seine Kamera weit mehr getroffen hatte als ein Arbeitsgerät.

Wie eine Mutter, die ihr gestürztes Kind zurück auf die Beine holt und an die Brust schmiegt, bis die Tränen getrocknet sind, hob der junge Mann seine geliebte Kamera fürsorglich auf und besah sie sich von allen Seiten.

Während die drei sich noch immer zankten und die zuvor so ruhige Atmosphäre des Cafés zerstörten, wurde mir das volle Ausmaß meiner Zusage erst richtig bewusst. Logan stand als Firmenerbe der größten Whiskydestillerie des Landes in der Öffentlichkeit. Über kurz oder lang würde man mich an seiner Seite in irgendeinem Schmierblatt ablichten. Tausende von Menschen würden es sehen. Möglicherweise sogar meine Eltern.

Erneut musste ich an Grannys Worte denken, die so unglaublich passend für meine Situation waren: *Manchmal überrollen einen die Ereignisse des Lebens dermaßen, dass man nur zuschauen und sich wundern kann.*

Kapitel 11

Logan

»Hey, mein Schatz. Wo ist denn deine zukünftige Braut?«

Seit dem Vorfall im Café vor einigen Tagen hatten Anna May und ich nicht mehr wirklich die Gelegenheit gehabt, miteinander zu reden. Vielleicht lag es aber auch daran, dass sie mir aus dem Weg zu gehen versuchte, wann immer es ihr möglich war. Keine guten Voraussetzungen für das heutige Familientreffen. Wir hatten bisher nicht einmal die Eckdaten unseres Kennenlernens geklärt.

Mum war eine scharfe Beobachterin. Ihr entging nichts. Mit Argusaugen scannte sie jede meiner Bewegungen und Gesichtsregungen. Es war beinahe unmöglich, sie anzulügen. Schon im Kindesalter war ich kläglich an dieser Herausforderung gescheitert. Dabei war es meist nur um Banalitäten gegangen. Wie sollte es mir nun gelingen, sie davon zu überzeugen, dass es mir mit Anna May ernst war?

»Sie sollte jeden Moment da sein. Anna May musste noch etwas in der Stadt erledigen und wollte dann nachkommen.« Ich bemühte mich, Mum während meiner Lüge nicht in die Augen zu sehen. Seit der Blitzlichtattacke vor einigen Tagen wollte meine junge Assistentin nicht mehr mit mir in der Öffentlichkeit gesehen werden.

Dabei war es mir geglückt, der Dame von der Presse das Versprechen abzuringen, die Bilder von Anna May und mir nicht zu veröffentlichen. Im Gegenzug musste ich ihr die Exklusivrechte an den Bildern unserer Verlobungsfeier versprechen. Blieb nur zu hoffen, dass sie sich damit zufriedengeben würde. An die Hyänen der anderen Schundblätter wollte ich erst gar nicht denken.

»Dein Vater ist auch noch nicht angekommen. Er hängt noch in einem Meeting fest.«

Das Bedauern in Mums Stimme war nicht zu überhören. Eigentlich hatte ihr Dad schon vor einigen Jahren versprochen, an den Wochenenden kürzerzutreten. Anscheinend gelang ihm das jedoch nicht immer.

Seit ich vor einigen Jahren in meine eigene Wohnung gezogen war, kam ich nur noch selten auf das Anwesen meiner Eltern in die Highlands. Es dauerte eine halbe Ewigkeit, um dorthin zu kommen. Außerdem wurde hier neben der wirklich traumhaften Natur und dem kalten Gemäuer kaum etwas geboten.

»In einem Meeting, sagst du? Ich wusste gar nicht, dass noch etwas Wichtiges ansteht.« Dankbar für den Themenwechsel ging ich bereitwillig auf die Unterhaltung ein. Dabei wunderte es mich wirklich, was mein alter Herr an einem Samstagnachmittag noch in der Firma zu erledigen hatte.

»Ja, dein Dad ist zu Birmingham gefahren. Sein Landsitz ist ja nur einige Kilometer von Duncansby Head entfernt.«

Was Dad wohl außerhalb unseres Firmensitzes in Edinburgh mit Birmingham zu besprechen hatte? »Hat er Felicitas mitgenommen?«, fragte ich weiter.

»Nein, die müsste jeden Moment hier eintreffen.«

Natürlich ließ sich meine Schwester die Gelegenheit nicht nehmen, Anna May auf Herz und Nieren zu prüfen.

Mum und ich passierten die großzügige Eingangshalle des alten Kastens, den irgendeiner meiner ruhmreichen und äußerst vermögenden Vorfahren hatte errichten lassen, und schritten gemächlich ins ausladende Wohnzimmer. Trotz der umfangreichen

Bemühungen meiner Mutter war es ihr nie wirklich gelungen, eine wohnliche Atmosphäre zu schaffen. Die hohen Decken und das massive dunkle Eichenholz des Bodens, das im Fischgrätenmuster angeordnet war, ließen den Raum erdrückend und düster wirken.

»Setz dich doch, mein Schatz. Möchtest du etwas trinken?« Als ich auf der braunen Ledercouch Platz genommen hatte, stand Mum noch immer vor mir. Sie schien auf eine Art besorgt, ließ ihren Blick fest auf mir ruhen.

»Mum, ist alles okay bei dir?«, fragte ich schließlich, als ich die Sorge in ihrem Blick nicht mehr ertragen konnte.

Sie setzte sich in den Clubsessel mir gegenüber. »Die Sache mit der Heirat.« Sie legte eine Pause ein. »Es tut mir leid, dass dich dein Vater dermaßen unter Druck gesetzt hat.« Sie seufzte. »Aber du musst ihn auch verstehen. Er hat zeit seines Lebens für diese Firma gelebt und gearbeitet. Die Vorstellung, dass es nach seinem Tod mit der Firma nicht weitergehen könnte, macht ihn krank vor Sorge.« Mum senkte den Blick und legte ihre Hände ineinander.

Die zierliche Frau Anfang sechzig hatte schon immer größtes Verständnis für die Belange meines Vaters gehabt. Nicht selten hatte sie in der Vergangenheit zurückgesteckt, um ihm beizustehen. Waren es Urlaube, die kurzerhand abgesagt werden mussten, weil etwas schrecklich Wichtiges in der Firma erledigt werden musste, oder private Termine, die Dad wenige Stunden vor Beginn absagte, sodass sie alleine hingehen musste – Mum hatte all dies immer stoisch ertragen und ihr Schicksal mit Würde getragen. Merkwürdigerweise war ich der Überzeugung, dass sie das sogar gern für ihn tat. Das war dann wohl so etwas wie wahre Liebe. Anders konnte ich mir das nicht erklären.

»Mum, ich weiß, woran Dad gelegen ist. Ich kann ihn sogar ein Stück weit verstehen. Dennoch war der Weg, den er gewählt hat, nicht unbedingt fair mir gegenüber.«

Wo blieb nur Anna May? Sie hätte schon längst hier sein müssen. Ob sie wohl doch noch einen Rückzieher gemacht hatte? Was sollte ich meiner Familie sagen, wenn sie es sich anders überlegt hatte?

Im Sekundentakt schielte ich auf die Uhr an meinem Handgelenk. Sie hatte weder angerufen, noch mir eine Nachricht geschickt, dass sie sich verspäten würde. Wo war sie also?

»Glaube ja nicht, dass ich es gutheiße, wie er dir in aller Öffentlichkeit die Pistole auf die Brust gesetzt hat.«

Ich beugte mich etwas nach vorne, um meine Hand auf die ihre zu legen. »Ich weiß doch, Mum.« Sie sah mich milde lächelnd an.

Da klingelte es an der Tür.

Mum sprang aus ihrem Sessel. »Das ist sicher deine Anna May. Ich freue mich schon sehr, sie kennenzulernen. Wirklich ein glücklicher Zufall, dass gerade sie sich für die Stelle der Assistentin beworben hat. Wo ihr beiden euch doch noch aus Schultagen kennt.«

»Sie wusste ja nicht, dass sie bei mir landen würde«, versuchte ich, den Ereignissen der letzten Tage etwas mehr Glaubwürdigkeit zu verleihen.

Doch Mum ging nicht weiter darauf ein. »Dann wollen wir sie mal in ihrem neuen Heim willkommen heißen.«

Ich schluckte bei ihren Worten gegen den Kloß in meinem Hals an. Plötzlich bekam ich Zweifel an meinem Vorhaben. Was, wenn Dad an seinem Ultimatum festhielt? Was, wenn er sich mit meiner Wahl tatsächlich zufriedengab? Was, wenn Anna May erfuhr, dass ich ihr nicht die ganze Wahrheit gesagt hatte?

Wäre es nur eine Sache zwischen Dad und mir, wäre mein schlechtes Gewissen sicher um einiges geringer ausgefallen. So tat es mir allerdings leid, Mum und schließlich auch Anna May zwischen die Fronten zu drängen. Einen Weg zurück gab es jedoch nicht mehr.

Wie um Halt zu finden, umklammerte ich die kleine quadratische Schachtel in meiner Hosentasche. Der Ring darin sollte die Verlobung mit Anna May nach außen hin besiegeln. Ein weiterer Schritt, um das Konstrukt aus Lügen und Täuschungen beizubehalten.

Bei meinem Entschluss, meiner schüchternen Assistentin aus heiterem Himmel einen Heiratsantrag zu machen, hatte ich so überstürzt gehandelt, dass ich mir über einige Dinge gar keine Gedanken gemacht hatte.

Der Wunsch, meinem Vater eins auszuwischen, war größer gewesen als der Weitblick, der mich womöglich von solch einer Verbindung abgehalten hätte. Nun war ich gezwungen, dem Leben, wie ich es bisher gelebt hatte, bis auf Weiteres Lebewohl zu sagen.

Zudem hatte ich mich an eine Frau gebunden, der ich beim besten Willen nichts abgewinnen konnte. Was für eine Schnapsidee! Nicht, dass ich Anna May und ihre Fähigkeiten nicht schätzte. Sie war eine ausgesprochen kluge und interessierte Assistentin, erledigte ihre Aufgaben bisher zu meiner vollsten Zufriedenheit. Doch wenn ich mir schon eine Frau an meiner Seite vorstellen sollte, dann doch nicht so eine freudlose Gouvernante.

»Kommen Sie ruhig näher. Logan ist bereits im Wohnzimmer«, hörte ich die Stimme meiner Mutter sanft auf jemanden einreden.

Ich stand auf, als die beiden den Raum betraten. »Hallo, Anna May.« Erleichtert darüber, dass sie Wort gehalten hatte, blendete ich die Auseinandersetzung mit dem Für und Wider meines Vorhabens aus. Zumindest für den Moment.

»Hey.« Sie hob die Hand, wie zum Gruß, blickte mich dabei jedoch kaum an. Auch heute war ihr Geschmack, was ihre Kleidung betraf, mehr als grenzwertig. Neben einem langen schwarzen und weit geschnittenen Glockenrock hatte sie sich für ein einfaches weißes Männershirt entschieden. Ihr Haar trug sie wieder zu einem Dutt, der auf mich so fest geknotet wirkte, dass mir allein das Hinsehen schon Schmerzen bereitete.

»Nehmen Sie doch neben Logan Platz«, durchbrach meine Mum die Stille, die sich plötzlich zwischen uns niedergelassen hatte.

Anna May zögerte für einen Moment. Unsicher blickte sie zu mir. Ihre Arme verschränkte sie dabei fest vor dem Oberkörper. Schließlich fügte sie sich in ihr Schicksal und setzte sich neben mich auf die Couch, tunlichst darum bemüht, möglichst viel Platz zwischen uns zu lassen.

Abermals war ein Läuten zu hören.

»Entschuldigt mich, bitte«, kommentierte meine Mum die erneute Störung und verließ den Raum.

»Hast du gut hergefunden?«, fragte ich in die Stille hinein, als Anna May ein Stück von mir wegrutschte, um einen noch größeren Abstand zwischen uns zu schaffen.

»Ja danke! Der Bus, der mich hergebracht hat, hatte allerdings ein wenig Verspätung. Deshalb war ich nicht ganz pünktlich.«

Anna May starrte währenddessen auf den Kamin vor uns.

»Ich hätte dich mitnehmen oder dir eine Limousine schicken können«, erwiderte ich, obwohl ich wusste, dass sie nie darauf eingegangen wäre.

Anna May seufzte. »Ich möchte nicht mehr Aufsehen erregen

als nötig.« Sie seufzte abermals und setzte flüsternd hinzu: »Ich hoffe, Sie finden bald eine Möglichkeit, Ihrem Vater schonend beizubringen, dass wir beide nicht zueinanderpassen.«

»Die Gelegenheit wird sich sicher bald bieten. Doch jetzt bitte ich Sie darum, einfach mitzuspielen.« Wie um meinen Worten Nachdruck zu verleihen, legte ich meine Hand auf die ihre. Sie zuckte dabei erschrocken zusammen, als meine Finger auf ihre kalte Haut trafen. Abermals wich sie ein Stück von mir zurück.

Ich verfluchte mich für meine Wahl. Nie und nimmer würde man uns das verliebte Paar abkaufen. Als die Stimme meiner Schwester Felicitas in der Eingangshalle zu hören war, schickte ich ein Stoßgebet gen Himmel.

»Ah, da ist ja das junge Glück«, zischte meine Schwester. Ihr stand das Misstrauen offen ins Gesicht geschrieben. Alles in ihrem Gebaren zeugte von der Entschlossenheit, uns zu entlarven und als Scharlatane dastehen zu lassen.

Abschätzig blickte sie von einem zum anderen. Anna May und ich waren aufgestanden. Schützend legte ich ihr meinen Arm um die Hüfte. Sie zuckte wiederholt kaum merklich zusammen, sodass ich mich unweigerlich fragen musste, ob sie etwas gegen mich hatte. Anscheinend behagten ihr meine Berührungen nicht. Vielleicht war ich aber auch nur der erste Mann, mit dem sie engeren Kontakt hatte. Bei ihrem blassen Äußeren wäre es nicht weiter verwunderlich.

»Hallo, Felicitas. Wie schön, dass du Zeit gefunden hast, heute hier zu sein.« Auch wenn mir die Worte nur schwer über die Lippen kamen, wusste ich doch, was sich gehörte.

Felicitas nahm schwungvoll in dem wuchtigen Clubsessel Platz, auf dem zuvor Mum gesessen hatte. Graziös schlug sie die Beine übereinander. Felicitas war in ihrem maßgeschneiderten

Anzug das krasse Kontrastprogramm zu Anna May. »Den ersten Antrittsbesuch von deiner Verlobten und dir hätte ich unter keinen Umständen verpassen wollen.« Abermals lächelte sie selbstzufrieden vor sich hin, während sie Anna May und mich musterte.

»Kinder, seid lieb zueinander. Nicht, dass Anna May noch einen falschen Eindruck von euch bekommt«, bemühte sich Mum, die Wogen zu glätten. Ihr war nicht entgangen, wie angespannt die Situation war.

Dabei waren Reibereien zwischen mir und Felicitas nichts Neues. Als wir noch unter einem Dach gelebt hatten, hatten sie auf der Tagesordnung gestanden. Seit frühester Kindheit verband uns eine Hassliebe. Wir waren einfach grundverschieden. Wirklich verbunden fühlte ich mich hingegen mit meiner kleineren Schwester Sophie, die soeben den Raum betrat.

»Ihr seid ja schon alle da. Warum hast du mich nicht gerufen, Mum?«, fragte sie gespielt beleidigt. Mit einem Lächeln auf den Lippen steuerte sie auf Anna May und mich zu und fiel mir sogleich schwungvoll um den Hals.

Ich drückte sie fest an mich, ehe ich ihr meine Verlobte vorstellte. »Sophie, das ist Anna May.«

Sophie war ungefähr in Anna Mays Alter. Sie lächelte sie freundlich an und nahm sie schließlich herzlich in die Arme. »Willkommen in der Familie, liebe Anna May. Ich hoffe, mein Bruder hat dir nicht allzu viel von uns erzählt. Einige Dinge könnten dich abschrecken und dich von einer Heirat mit ihm abhalten.« Sie lachte, ehe sie sich verschwörerisch bei Anna May unterhakte.

»Ihr habt doch nichts dagegen, wenn ich Anna May für einen Moment entführe, um ihr unseren Rosengarten zu zeigen?«

Ohne eine Antwort abzuwarten, hatten die beiden Frauen auch schon den Raum verlassen.

Kapitel 12

Anna May

Sophie blickte sich prüfend nach hinten um. »Das war ja einfacher als gedacht. Es scheint uns wirklich keiner gefolgt zu sein.«

Freudig lachend lief sie noch immer, unter meinem Arm eingehakt, neben mir her. »Du willst also meinen Bruder heiraten?«, fiel sie sogleich mit der Tür ins Haus.

Ihre herzliche Art hatte mich für einen Moment vergessen lassen, weswegen ich heute auf den Landsitz der Familie McGregor gekommen war. »Ja«, hauchte ich verlegen, als wir den üppigen Rosengarten betraten.

Der Kies unter meinen Schuhen knirschte, als ich an den Wild- und Parkrosen vorbeilief, die bereits in strahlendem Rosé und Cremegelb den Weg zierten. Nicht mehr lange und die Edelrosen würden zu blühen beginnen. Ich schloss für einen Moment die Augen, um mich auf ihren Duft zu konzentrieren.

Der Garten lag direkt hinter dem Anwesen. Dahinter war die Weite des Landes zu sehen. Nur Sträucher, Wiesen und Wälder, so weit das Auge blicken konnte. Irgendwo dahinten waren die Steilküsten, die massiv ins Meer hineinragten und an denen sich die Wellen brachen. Wenn man sich viel Mühe gab, konnte man sogar das Rauschen des Meeres hören.

»Wunderschön hier, nicht wahr?«, schreckte mich Sophie unvermittelt aus meinem Gedankengang auf.

Ich nickte.

»Wenn du Logan heiratest, dann wird das hier irgendwann alles dir gehören.« Dabei deutete sie in Richtung des Meeres. »Bis zu dem angrenzenden Waldgrundstück gehört unserer Familie der gesamte Landstrich.«

Ich wusste, dass Logans Familie sehr wohlhabend war, doch das Ausmaß ihrer Besitztümer war mir bisher nicht klar gewesen.

»Die Familie, in die du hineinheiraten möchtest, hat sich schon vor Jahrhunderten auf das Brauen von Single Malt Whisky spezialisiert. Man munkelt sogar, dass Maria Stuart einem Whisky unseres Hauses nicht abgeneigt gewesen war.« Verschwörerisch blinzelte sie mir zu.

»Das ist wirklich sehr interessant.« In Sophies Gegenwart war die Stimmung der letzten unangenehmen Minuten wie weggeblasen. Es gab nur noch sie und mich und den angenehmen Frühlingswind, der mir um die Nase wehte.

»Ich freue mich sehr, dass du dich von dem Ruf, der Logan vorauseilt, nicht hast abschrecken lassen und ihm eine Chance gibst. Wie ich gehört habe, kennt ihr euch bereits aus der Schule. Merkwürdig, Logan hat nie von dir erzählt.«

Das anfängliche Hochgefühl drohte zu kippen. »Wir waren damals nicht so eng befreundet«, log ich und neigte mich zu einer Rose hinunter, wie um sie näher in Augenschein zu nehmen.

»Logan hat damals sehr wenig über sich und seine Freunde preisgegeben. Er war ein verschlossener Junge, der oft mit Anpassungsschwierigkeiten zu kämpfen hatte. Du weißt ja, dass er als Kind recht mollig war.« Sophie offenbarte mir neue Details über den Mann, der mich ehelichen wollte.

»Wer kümmert sich um diesen wundervollen Garten?«, versuchte ich, das Gespräch in eine andere Richtung zu lenken.

Sophie grinste. »Das ist Mums Reich. Dad hat ihr schon an die hundert Mal angeboten, einen Gärtner einzustellen, da sie wegen ihres Rheumas oft Schmerzen in den Gelenken hat, aber Mum hat immer dankend abgelehnt. Sie liebt es, sich in der Natur aufzuhalten und dieser kleine Garten ist ihr ganz persönlicher Rückzugsort, wenn sie sich mal wieder über Dad aufgeregt hat.«

Wir schwiegen einige Minuten. »Es ist sicher nicht einfach, mit einem solch erfolgreichen und einflussreichen Mann verheiratet zu sein«, bemerkte ich schließlich.

Sophie seufzte. »Mum hat in all den Jahren so oft zurückstecken müssen. Die Firma ging immer vor. Dennoch bewundere ich sie. Sie hat gelernt, mit der Nebenbuhlerin zu leben.«

»Nebenbuhlerin?«, fragte ich irritiert.

»So nennen wir die Firma scherzhaft.« Sophie lachte.

»Ach so.« Nun musste auch ich lachen.

»Sophie? Anna May?«, hörte ich plötzlich die Stimme von Mrs. McGregor nach uns rufen. Sophie und ich liefen in die entsprechende Richtung. »Ja?«, fragte Sophie.

»Dad ist da. Er möchte Anna May gerne sehen«, gab Mrs. McGregor kurz und bündig zur Antwort.

»Miss Fisher, ich bin mir dessen bewusst, dass diese Situation durchaus befremdlich für Sie sein mag. Aber verstehen Sie mich bitte nicht falsch. Das Ansehen meiner Familie steht auf dem Spiel. Diese Tatsache zwingt mich regelrecht zu dieser kleinen Unterredung«, versuchte Mr. McGregor senior, das Vieraugengespräch, zu dem er mich gebeten hatte, zu rechtfertigen.

Logan hatte sich außerstande gezeigt, ihn von seinem Vorhaben abzubringen. Mit weit aufgerissenen Augen und über dem Kopf zusammengeschlagenen Händen hatte er mir nachgesehen, während sein Vater und ich das Wohnzimmer verließen.

Nun saß ich hier in dem äußert gemütlichen Kaminzimmer und wartete wie eine Angeklagte auf ihr Verhör. Meine Hände waren kalt und schweißnass. Auch das prasselnde Feuer konnte mich nicht aufwärmen.

Ich antwortete Mr. McGregor senior mit einem zaghaften Nicken, das er mit einem kaum merklichen Lächeln quittierte. »Miss Fisher, was machen Ihre Eltern beruflich?«

Verwundert blickte ich in seine Richtung. Mit dieser Frage hatte ich nicht gerechnet. »Mein Dad ist Grundschullehrer und Mum ist Hausfrau. Warum wollen Sie das wissen?«

Mr. McGregor antwortete nicht auf meine Frage, sondern stellte mir bereits die nächste. »Ist jemand in Ihrer Familie in der Politik aktiv oder steht aus anderen Gründen in der Öffentlichkeit?«

Ich überlegte einen Moment. »Nicht, dass ich wüsste. Wir leben ein eher zurückgezogenes Leben in Giffnock.«

Erleichtert nahm er daraufhin in dem Sessel mir gegenüber Platz. »Das hört sich wunderbar an. Dann sind Sie so etwas wie die Unschuld vom Lande?«

Ohne eine Antwort von mir abzuwarten, griff er nach der gläsernen Karaffe zu seiner Linken, öffnete den massiven Verschluss und goss sich eine bräunliche Flüssigkeit in ein Glas. Sicher Whisky. »Möchten Sie auch einen?«, fragte er wie beiläufig, während er mich mit hochgezogenen Augenbrauen fest im Blick behielt.

Was sollte ich tun? Alkohol bekam mir nicht sonderlich gut. Meist reichte schon ein Glas Sekt, um mich tanzen und singen zu lassen. Was würde da wohl ein Glas Whisky mit mir anstellen?

Andererseits wäre es sicher ziemlich unhöflich, das Angebot auszuschlagen. Schließlich handelte es sich bei dem Whisky nicht um irgendeinen Whisky. Er war sicher in der Whiskydestillerie von Mr. McGregor, meinem Chef, destilliert worden, der in Personalunion auch noch mein Schwiegervater in spe war.

»Sehr gerne«, erwiderte ich schließlich kleinlaut und beobachtete voller Sorge das sich immer weiter füllende Glas.

Mr. McGregor überkreuzte die Beine und zündete sich zu seinem Whisky eine dicke Zigarre an. Ich musste husten. »Ich verhandle für gewöhnlich nur mit Menschen, die mit mir einen Whisky trinken. Die erste Hürde haben Sie also genommen, liebe Anna May.«

Mit zittrigen Händen umschloss ich das schwere Glas.

»Cheers!«, rief mein Gegenüber und hob das Glas in die Höhe.

Ich tat es ihm gleich und setzte anschließend das Glas an meine Lippen. Als das Getränk meinen Rachen erreichte, brannte dieser lichterloh. Ich unterdrückte den Impuls, aus dem Raum zu stürmen, um den Brand in meinem Inneren zu löschen. Mehrere Male räusperte ich mich, ehe ich schließlich dem Drang nachgab und aus vollem Leibe hustete.

Mr. McGregor lachte. »Sie sind wohl nichts gewöhnt. Auch das macht Sie sehr sympathisch. Ich kann dem Trend der Jugend, sich ständig und überall maßlos zu besaufen, beim besten Willen nichts abgewinnen.« Sein Blick ruhte bedächtig auf mir. »Ich hätte ja nicht gedacht, dass mein Herr Sohn meinem Wunsch so schnell nachkommen würde.« Er schmunzelte. »Auch wenn Sie nicht ganz meinen Vorstellungen entsprechen, werde ich mit Ihnen vorliebnehmen.«

Dabei zog er selbstzufrieden an seiner Zigarre und nahm anschließend einen riesigen Schluck aus seinem Glas. Wieder überkam mich die Sorge um den alten Mann. Sicher waren weder die Zigarre noch der Alkohol sonderlich gut für sein Herz. Irgendjemand musste ihm sagen, dass er davon Abstand nehmen musste, wenn er weiterleben wollte.

Als ich mein eigenes Glas zurück auf den kleinen runden Tisch stellen wollte, auf dem auch die Karaffe stand, goss Mr. McGregor noch einmal nach und reichte es mir erneut. Als er mir abermals zuprostete, sah ich bereits die ersten Sterne am Firmament aufleuchten, dabei war es gerade einmal früher Nachmittag.

Die plötzliche Leichtigkeit, die mich umgab, war dennoch nicht von der Hand zu weisen, und schließlich waren mir die Sterne, Logan und die ganze Familie McGregor ziemlich egal.

Ich nippte ein letztes Mal am Glas. Dieses Mal brannte es etwas weniger im Hals. Allmählich begann das braune Gebräu mir sogar zu schmecken.

»Ziemlich gutes Zeug«, hörte ich mich plötzlich selbst sagen. Meine Lippen bewegten sich wie ganz von alleine. Ich hatte keinen Einfluss mehr auf die Worte, die aus meinem Mund sprudelten.

Dennoch riet mir ein zaghaftes Stimmchen in meinem Inneren, die Bremse zu ziehen und zu verschwinden. Wer wusste schon, was ich in einer solchen Ausnahmesituation alles preisgab. Im Handumdrehen tat ich Dinge oder sagte etwas, das mir im Nachhinein leidtun könnte.

Schwankend kämpfte ich mich zurück auf die Beine. »Vielen Dank, Mr. McGregor, für dieses anregende Gespräch«, versuchte ich, so würdevoll wie möglich zu klingen, doch irgendwie hörte sich das, was ich tatsächlich von mir gab, mehr nach einem einzigen Genuschel an. »Ich freue mich, Sie kennengelernt zu haben. Doch jetzt sollte ich besser wieder nach Hause fahren.«

Mr. McGregor saß noch immer auf seinem Sessel und machte keine Anstalten, sich aus diesem zu erheben. »Oh, dann hat Sie Logan noch gar nicht in Kenntnis darüber gesetzt, dass Sie hier übernachten werden?« Er räusperte sich. »Sie werden zusammen sicher eine wunderbare erste Nacht in Ihrem neuen Heim verleben.« Dabei zwinkerte er mir vielsagend zu.

Kapitel 13

Logan

Schwankend kam mir Anna May entgegen. »Was ist passiert?«, fragte ich und hastete zu ihr.

»Dein Vater ist passiert.«

Als sie im Begriff war hinzufallen und sich eben noch an der Wand des Korridors abstützen konnte, schlang ich den Arm um ihre Hüften und zog sie zu mir. »Was hat er dir angetan?« Ich begutachtete sie von allen Seiten, während mir ihr alkoholgetränkter Atem entgegenschlug. »Hast du etwa getrunken?«

»Ich wurde genötigt«, lallte Anna May, während sie ihren Zeigefinger in die Höhe streckte und große Mühe hatte, ihren Arm gerade zu halten. Etwas ruhiger, doch nicht weniger lallend, so meinte sie dann: »Dein Vater sollte dringend mit der Trinkerei aufhören. Die bekommt seinem Herzen sicher nicht. Hicks. Oh, Pardon.« Verlegen legte sie eine Hand vor den Mund und errötete.

Das schummrige Licht des Flurs ließ die zierliche Gestalt in meinen Armen ziemlich blass wirken. Ich zog sie noch eine Spur enger an mich und blickte durch die hässliche schwarze Hornbrille hindurch in ihre eisblauen Augen.

Schon bei unserem ersten Aufeinandertreffen waren mir diese unglaublich schönen Augen aufgefallen. Die Tiefe darin zog mich unwillkürlich hinein.

Als Anna May es bemerkte, senkte sie den Blick und wich ein Stück von mir zurück. »Könnten Sie mich bitte wieder loslassen?«, bemerkte sie verunsichert.

»Kommen Sie, ich bringe Sie nach oben in mein Zimmer. Dort können Sie sich etwas ausruhen. Das Abendessen findet in weniger als zwei Stunden statt. Bis dahin müssen wir sie wieder hinkriegen.« Ich schüttelte den Kopf, als mir bewusst wurde, dass die Kleine voll war wie eine Strandhaubitze. Diese Tatsache hatte unsere missliche Lage noch um einiges verschlechtert. Dass Alkohol die Zunge lockerte, war kein Gerücht. Blieb nur zu hoffen, dass Anna May schottischem Single Malt Whisky gewachsen war. »Haben Sie denn noch nie etwas getrunken?«

»Natürlich habe ich das. Hicks. Allerdings meist nur Prosecco. Ich vertrage das Zeug nicht so gut, müssen Sie wissen.« Wie zum Beweis griff sie sich an die Stirn.

»Nur gut, dass Sie in eine Whiskydynastie einheiraten wollen, in der das Zeug quasi bereits mit der Muttermilch verabreicht wird.« Schnaubend zog ich Anna May derweil den Gang entlang. Sie machte sich so schwer, dass ich sie am liebsten geschultert hätte. Das Aufsehen, das dieses Unterfangen allerdings nach sich gezogen hätte, wollte ich jedoch tunlichst vermeiden.

»Von *wollen* kann überhaupt keine Rede sein, Mr. Ich-spiele-meiner-Familie-den-glücklichen-Verlobten-vor.« Das Blitzen in Anna Mays Augen offenbarte eine ganz andere Seite an der jungen Frau. Die Kampfeslust darin weckte in mir ein Interesse an der Frau in meinen Armen, das ich bis zu diesem Moment in ihrer Gegenwart nicht erwartet hätte.

Für die Treppen ins erste Obergeschoss des Herrenhauses hatten wir eine halbe Ewigkeit gebraucht. Anfangs hatte sich Anna May mit Händen und Füßen dagegen gewehrt, in meinem Bett zu schlafen und auf ein Gästezimmer gedrängt.

Sie war nur mit Mühe davon zu überzeugen gewesen, dass

meine Familie unter Umständen hellhörig werden würde, wenn meine Verlobte nicht das Zimmer mit mir teilte. Irgendwann hatte sie schließlich ein Einsehen gehabt und sich gefügt.

Dort lag sie nun leise schnarchend vor mir und glich doch irgendwie einem Engel, während ihre unförmige Brille auf dem Nachttisch ruhte. Der schwere Saum ihres langen Rockes hatte sich etwas nach oben gezogen und ließ den Blick auf zwei schlanke lange Beine zu. Der feste Dutt auf ihrem Hinterkopf hatte sich etwas gelöst. Einzelne lange dunkle Locken hingen ihr weit über den Rücken und fielen ihr ins Gesicht.

»Verträgt wohl nichts, deine Angebetete«, hörte ich Felicitas in meinem Rücken sagen. Im gleichen Zuge bereute ich es, die Tür nicht ins Schloss gezogen zu haben.

Die letzten Meter auf dem Weg zu meinem Zimmer war Anna May immer wieder gestolpert, sodass ich sie schließlich tragen musste. »Was willst du, Felicitas?«, blaffte ich sie leise an, um Anna May nicht aufzuwecken. Ohne auf ihre Befindlichkeiten zu achten, drängte ich meine Schwester aus dem Zimmer.

»Ich werde dich und deine Pseudoverlobte enttarnen. Dann wird Vater endlich einsehen, dass ich die bessere Wahl für seine Nachfolge bin.«

Ich schnaubte verächtlich. »Wir sind hier nicht bei einem Kostümball. Es gibt nichts zu enttarnen. Ich wüsste beim besten Willen nicht, worauf du hinaus möchtest.« Ich vergrub meine Hände in den Hosentaschen und beäugte meine Schwester akribisch. Felicitas war eine der Frauen, die sich ungern etwas nehmen ließen, das sie für sich beansprucht hatten.

»Du weißt so gut wie ich, dass ihr beiden hier nur eine billige Show abzieht, um Dads Ultimatum einzuhalten. Mich kannst du nicht täuschen.« Als ich auf ihre Finte nicht einging, setzte sie nach: »Besonders Mum wird furchtbar enttäuscht von dir sein. Tief in ihrem Herzen sehnt sie sich schließlich nach Enkelkindern – ein Hauch heiler Welt.«

Felicitas kräuselte ihre Lippen und schmunzelte in sich hinein, während sie ihre Arme siegessicher vor der Brust verschränkte und auf meinen Konter wartete.

»Lass Mum aus dem Spiel.« Mir war klar, dass sie nur auf diese Worte gewartet hatte, doch es war mein voller Ernst. Mum hatte ein bisschen Ruhe und heile Welt verdient.

Sie war eine so uneigennützige Person, immer darum bedacht, für ihre Liebsten alles zu geben. Es gab keinen Menschen, der mehr um das Wohl seiner Familie bemüht war als Mum.

»Da spricht ja wieder das Muttersöhnchen«, ätzte sie angewidert.

Für Felicitas war Mum eine schwache Frau, die sich hinter dem Herd verkroch, anstatt im Unternehmen mitzuwirken. Sie hatte nie verstanden, dass es genau das war, was Dad so an unserer Mutter schätzte.

Während er da draußen in der Welt das Familienunternehmen führte, sorgte sie hier in den Mauern des McGregor-Anwesens für eine angenehme Atmosphäre. Bei ihr konnte er abschalten und sich vom Stress und Trubel des Alltags erholen. Mum hatte schnell gemerkt, worin die Rolle ihres Lebens bestand und sich in diese gefügt.

Mit vertanen Chancen und dem Aufgeben einer wie auch immer gearteten Karriereleiter hatte das nichts zu tun, auch wenn Felicitas das nicht einsehen wollte. Für sie war es noch immer ein Dorn im Auge, dass Mum ihr nicht die Weichen für die Firmenübernahme gestellt hatte. Denn hätte es bereits vor ihr eine Frau aus der Familie geschafft, meinen Vater von ihren Führungsqualitäten zu überzeugen, so hätte sie nun sicher ein wesentlich einfacheres Spiel gehabt.

Meine große Schwester verstand einfach nicht, dass meiner Mutter nie daran gelegen war, sich beruflich zu verwirklichen. Sie war glücklich als Hausfrau und Mutter. Etwas, was Felicitas nicht in den Schädel hineinbekam und wofür sie sie in der Vergangenheit schon des Öfteren angefeindet hatte.

»Vielleicht sollte ich Mum und vor allem Dad von deiner Vorliebe für junge bildhübsche Frauen erzählen? Was unsere Eltern wohl davon halten würden, wenn sie erführe, dass ihre Tochter am anderen Ufer fischt?«

Bisher hatte ich meine Schwester nie mit meinem Wissen konfrontiert, auch wenn ich bereits seit meinem sechzehnten Lebensjahr wusste, dass sie auf Frauen stand. Für mich war das kein Thema. In meinen Augen sollte jeder nach seiner Façon glücklich werden.

Ganz im Gegenteil zu meinen konservativen Eltern, die nicht müde wurden, meiner fast vierzigjährigen Schwester ins Gewissen zu reden, sich endlich zu binden und Kinder in diese Welt zu setzen. Für die beiden wäre es der Weltuntergang, zu erfahren, dass Felicitas anders veranlagt war.

Innerhalb weniger Sekunden lief das Gesicht meiner großen Schwester rot an. Sie ballte ihre Hände zu Fäusten und funkelte mich böse an. »Das würdest du nicht wagen«, presste sie mit vor Wut zitternder Stimme zwischen den Lippen hervor.

»Wollen wir wetten?«, bot ich ihr die Stirn, obwohl ich nie so weit gehen würde.

Aber ich wusste, dass ich Felicitas mit diesem Wissen in der Hand hatte. Sie wirkte noch immer entsetzt. Offenbar war ihr nicht bewusst gewesen, dass ich sie damals – vor so vielen Jahren – mit ihrer Schulfreundin Clara Birmingham am Teich unweit des Rosengartens gesehen hatte. Mum und Dad waren an dem besagten Wochenende in Edinburgh geblieben. Die beiden nackten ineinander verschlungenen Frauenkörper wären für einen sechzehnjährigen Jungen sicher recht anregend gewesen, hätte es sich bei der einen der jungen Damen nicht um seine Schwester gehandelt.

»Du wirst mit Miss Unscheinbar sicher keine Pokale gewinnen. Keiner wird dir abkaufen, dass du das hässliche Entlein wirklich heiraten willst. Ich brauche mir die Finger gar nicht erst schmutzig zu machen, um dich anzuschwärzen. Das Schicksal ist auf meiner Seite. Ich muss mich nur entspannt zurücklehnen und abwarten. Alles andere fügt sich wie von ganz allein.« Die eben noch entgleisten Gesichtszüge meiner Schwester hatten sich wieder zu einem Pokerface verformt, von dem sich jeder CEO eine Scheibe abschneiden konnte.

Felicitas war viel zielstrebiger, als ich es wohl je sein würde. Zumindest, was das geschäftliche Gebaren anbelangte. Da war sie mir und vielen Männern weit voraus. Insofern war es wirklich eine schreiende Ungerechtigkeit, dass Dad sie nicht in seinem Imperium dulden wollte. Sie wäre sicher geeigneter, die Geschäfte weiterzuführen, als ich.

Auch wenn ich Felicitas' Groll in gewisser Hinsicht nachempfinden konnte, lag mir daran, Miss Fisher in Schutz zu nehmen. Das arme Ding hatte sich in die Höhle der Löwen gewagt und war von meinem Vater gezwungen worden, unseren Whisky zu probieren. Gleich würde sie sicher mit schrecklichen Kopfschmerzen aufwachen. Dann auch noch mit meiner griesgrämigen Schwester konfrontiert zu werden, wäre wirklich der Gipfel an Boshaftigkeit. Das musste ich ihr ersparen.

Für ihr Handeln schuldete ich Anna May so etwas wie Loyalität. Anders waren die Worte an meine Schwester nicht zu erklären. »Miss Fisher weckt ein Interesse in mir, das ich vorher nicht gekannt habe. Ihr Äußeres mag vielleicht nicht deinem Geschmack entsprechen, doch das juckt mich nicht die Bohne.«

Damit ließ ich meine Schwester mit weit aufgerissenem Mund im Korridor vor meinem Zimmer stehen. Das Schmunzeln, das sich daraufhin auf meine Lippen legte, bot einen Hauch von Genugtuung an diesem sonst so tristen Tag.

Kapitel 14

Anna May

Mein Schädel drohte zu platzen, während ich überlegte, ob ich das, was ich gehört zu haben glaubte, wirklich gehört hatte, oder ob es sich dabei nur um eine Erinnerung aus meinem Traum handelte.

»O Gott!«, rief ich den Allmächtigen an, als ich mich aufrecht hinsetzte und mein Kopf dermaßen schmerzte, dass ich beinahe zurück in die Federn gefallen wäre. Federn, die mir ziemlich unbekannt vorkamen. Wo zur Hölle war ich und was war geschehen?

»Na, sind Sie wieder wach?«, hörte ich plötzlich eine Männerstimme durch das dunkle Nichts fragen. Hektisch zog ich an der Bettdecke, um mich dahinter zu verschanzen.

»Wer will das wissen?«, fragte ich in die Dunkelheit hinein, ehe jemand die schweren Samtvorhänge vor den sicher zwei Meter hohen Fenstern zur Seite schob und strahlenden Sonnenschein einließ.

Schlagartig schloss ich die Augen wieder. »Machen Sie das weg«, jammerte ich, während ich mich zur Seite fallen ließ, die Decke über den Kopf zog und mich wie ein Baby im Mutterleib krümmte.

»Aufwachen! Wir müssen in einer halben Stunde unten bei meinen Eltern sein. Die werden sich sonst fragen, was wir hier oben Anrüchiges anstellen.«

Wer zum Geier war das und was hatte ich mit seinen Eltern zu schaffen?

Als der Kerl auch noch damit begann, an meiner Decke zu ziehen, reichte es mir. »Was soll das? Lassen Sie sofort meine Decke los.«

»Ich muss Sie enttäuschen, Mylady. Bei dieser Decke handelt es sich mitnichten um die Ihre.« Damit zog er mir die Decke schwungvoll vom Leib. Ein zufriedenes Grinsen breitete sich daraufhin auf seinen Lippen aus. »Äußerst ansprechende Schenkel. Treiben Sie Sport, Miss Fisher? Und was sehe ich denn da? Ist das etwa Reizwäsche, die sie da tragen? Ein roter Tanga?« Er pfiff anerkennend. »Hätte nicht gedacht, dass sich unter dem Haufen aus Hanf und Leinen, den Sie da am Körper tragen, so nette Unterwäsche verbirgt. Sie überraschen mich, Miss Fisher.«

Hektisch zog ich an dem Saum meines Rockes, um ihn nach unten zu ziehen. Schlagartig fiel mir dabei wieder ein, um wen es sich bei dem Mann handelte und weshalb ich hier war. »Wenn Sie so weitermachen, dann fahre ich jetzt gleich auf der Stelle nach Hause. Dann können Sie Ihren Eltern vom ersten Streit der Jungverlobten berichten.«

McGregor lachte. »Na, wer wird denn gleich so aufmüpfig werden? Ich war bereit, Ihnen eine Kopfschmerztablette zu spendieren, muss meinen Entschluss nun jedoch noch mal überdenken.«

»Sadist«, fluchte ich, während ich fieberhaft überlegte, ob ich nicht selbst eine Tablette in meiner Handtasche hatte.

»Ich muss Sie enttäuschen, Anna May. Ich stehe zwar auf Sex an ausgefallenen Orten, jedoch verspüre ich keine Lust dabei, andere Menschen zu demütigen, zu unterdrücken oder ihnen Schmerzen zuzufügen. Diese Dinge hebe ich mir für das Büro auf. Im Speziellen für unartige Assistentinnen, die nicht machen, was ich ihnen aufgetragen habe. Und jetzt raus aus den Federn!

Dad hasst es, wenn man zu spät zum Essen kommt, und Ihr lädiertes Äußeres schreit förmlich nach einer Dusche.«

Ein wahrer Charmeur. »Sie wissen, wie man eine Frau umgarnt und ihre tiefsten Sehnsüchte befriedigt«, spottete ich, während ich mich quälend langsam aus dem Bett erhob.

Ohne Vorwarnung begann sich alles um mich herum zu drehen. Ich hielt abrupt in der Bewegung inne, schloss abermals für einen Moment meine Augen. Der Whisky der Familie McGregor war ein Teufelszeug. Direktimport aus der Hölle. Ebenso wie der jüngste männliche Spross der Familie. Was zum Henker fanden die Leute nur an dem Gebräu? Es schmeckte nicht und bereitete nach dem Genuss Höllenqualen.

»Diese Seite an Ihnen kenne ich ja noch gar nicht. Aber sie gefällt mir. Sehr sogar. Vielleicht sollten Sie öfter mal ein Glas Whisky trinken. Der lockert Ihre Zunge und macht einen ganz anderen Menschen aus Ihnen«, hörte ich Logan in meinem Rücken sagen.

»Nur über meine Leiche. Das Zeug braucht einen Waffenschein, wenn Sie mich fragen, und sollte auf gar keinen Fall frei verkäuflich sein. Wenn ich es mir recht überlege, sollte es überhaupt nicht destilliert werden.« Mühsam stieg ich in das Paar Birkenstocks, dabei hielt ich mich an einer der vier Stangen fest, die den Himmel über dem Bett hielten. Megakitschig, das Arrangement, aber wahrscheinlich waren in einem Herrenhaus alle Betten mit einem solchen Baldachin ausgestattet.

Machte sicher auch mächtig Eindruck bei den Frauen, die Logan mit hierherbrachte. Auch wenn mir weder der Mann noch seine Familie besonders zusagten, gefiel mir das Bett ausgesprochen gut. Was zum Geier machte ich mir hier eigentlich für Gedanken?

Logan lachte kehlig auf. »Erzählen Sie meinem Vater bloß nichts davon. Das könnte sonst böse für Sie enden. Wenn jemand schlecht über seinen Whisky redet, dann versteht der alte Mann keinen Spaß, müssen Sie wissen.«

»Jaja«, quittierte ich seine Worte und tappte in das angrenzende Badezimmer.

Neben einem Waschbecken mit goldenem Wasserhahn war dort zudem eine frei stehende Badewanne mit geschwungenen Füßen und eine separate ebenerdige Dusche zu finden. Man war in diesem Haus offensichtlich darum bemüht, den Charme der letzten Jahrhunderte zu konservieren. Andererseits wollte man dennoch nicht auf die Vorzüge der heutigen Zeit verzichten. Die Massagedüsen in der Dusche waren auf dem neuesten Stand der Technik und fügten sich dennoch nahtlos in das Herrenhausambiente ein.

Wobei ich überhaupt nicht sagen konnte, wie denn dieses Herrenhausbild, das ich mir gerade zusammenspann, wirklich aussah. Natürlich hatte ich in den Highlands schon einige Prachtbauten dieser Art gesehen, allerdings meistens eher aus der Ferne und noch nie war ich in den Genuss gekommen, dort zu nächtigen.

Quälend langsam schälte ich mich aus der Bluse und dem Rock meiner Großtante Abigail. Zufällig hatte ich mitbekommen, dass sie ins Altersheim übersiedeln wollte und zu diesem Zweck einen Großteil ihrer Kleidung ausgemustert hatte. Ein Glücksfall für mich, da Tante Abigail mir, zumindest was die Größe anbelangte, sehr ähnlich war.

Als ich eben dabei war, meinen BH auszuziehen, hörte ich Logan hinter mir sagen: »Ich lege Ihnen ein Handtuch raus. Falls Sie sonst noch etwas … Wow! Wer sind Sie und was machen Sie in meinem Badezimmer?«, scherzte er, während ich mir den eben erst ausgezogenen Rock meiner Großtante vom Boden griff und ihn schützend vor mich hielt.

»Verschwinden Sie! Wenn ich bei Ihrem Spielchen weiter mitspielen soll, dann hören Sie auf, mir nachzustellen. Hören Sie? Ich erwarte von Ihnen, dass Sie meine Privatsphäre respektieren. Zwischen Ihnen und mir wird nie etwas laufen. Sobald Sie Ihrem Vater die ganze Sache mit uns erklärt haben, bin ich weg.«

Abwehrend hob Logan die Hände in die Höhe. »Ist ja schon gut. Ich wollte Ihnen lediglich ein Handtuch bringen. Ich hege Ihnen gegenüber überhaupt keine Absichten. Sie entsprechen in keinster Weise dem Typ Frau, den ich bevorzuge. Und jetzt machen Sie sich nicht ins Höschen. Pardon, in den Tanga und stellen sich unter die Dusche. Es verbleiben kaum mehr als zehn Minuten.«

Kapitel 15

Logan

Grinsend zog ich die Tür zu meinem Badezimmer ins Schloss. Anna May hatte heute Facetten von sich gezeigt, die ich nie an ihr vermutet hätte.

Sie war so anders als all die Frauen, die ich bisher in meinem Leben kennengelernt hatte. Die meisten waren recht einfach gestrickt. Schenkte man ihnen einen üppigen Strauß roter Rosen oder verbrachte mit ihnen ein Candle-Light-Dinner, so hatte man gute Chancen, all das zu bekommen, worauf man es abgesehen hatte.

Irgendetwas sagte mir jedoch, dass man mit dieser Masche bei Anna May nicht landen konnte. Die Frau wirkte auf eine Art verletzlich und dann wieder so selbstsicher.

Kopfschüttelnd durchquerte ich das Zimmer und zog mir eine Krawatte aus der obersten Schublade der Kommode. Dabei musste ich wieder an Miss Fishers ausgesprochen ansehnlichen Körper denken.

Anna May verfügte über all die weiblichen Rundungen und Reize, die ich an einer Frau besonders zu schätzen wusste. In den wenigen Sekunden, in denen ich ihren Körper in Augenschein hatte nehmen können, waren mir ihr üppiger Busen und der apfelförmige Po nicht entgangen. Mit geschultem Blick hatte ich sie Millimeter für Millimeter abgescannt und mehr und mehr Gefallen an dem gefunden, was ich sah. Schade nur, dass sie nicht wusste, wie sie ihre natürlichen Reize besser zur Geltung bringen konnte.

Wenn es sich nicht um meine unscheinbare Assistentin handelte, die ich da gerade splitterfasernackt in meinem Badezimmer gesehen hatte, wäre ich durchaus interessiert gewesen. So aber war es nur Anna May, die Unschuld vom Lande.

Ein plötzlicher Aufschrei ließ mich aus meinem Gedankengang aufschrecken. Schnellen Schrittes eilte ich zurück ins Badezimmer und riss die Tür auf, ohne lange darüber nachzudenken oder um Einlass zu bitten. »Anna May?«, rief ich. »Ist alles in Ordnung?«

»Drehen Sie sich sofort um. Hören Sie?«, schrie sie mir entgegen, während sie nackt unter der Dusche stand. »Was muss man in diesem Haus nur tun, um warmes Wasser zu bekommen? Ich habe gerade einen Eisschauer aus der Brause abbekommen. Ein Blizzard ist nichts dagegen.«

Wieder musste ich in mich hineinlachen. Die Frau mochte zwar einen unmöglichen Kleidungsstil pflegen, aber sie traf genau meinen Humor. »Man muss mit dem Sohn des Eigentümers schlafen.« Ich war mir dessen bewusst, dass ich mich mit meiner Stichelei auf ganz dünnes Eis wagte, und dennoch konnte ich es einfach nicht lassen.

Anna May zu necken, bereitete mir große Freude. Es war ganz so, als würde ich sie schon immer kennen. Vielleicht war das der Grund für die Vertrautheit, die ich inzwischen in ihrer Nähe verspürte.

Anna May schnaubte verächtlich aus.

Um die Stimmung nicht gänzlich kippen zu lassen, ruderte ich einige Meter zurück. »Spaß beiseite. Es dauert ein paar Sekunden, bis sich das Wasser erwärmt.«

»Hören Sie sofort auf, mich so unverhohlen anzustarren. Wenn Sie nicht augenblicklich das Zimmer verlassen, schreie ich so laut, bis mir jemand zu Hilfe eilt.«

»Und was wollen Sie demjenigen dann sagen? Dass Ihr Verlobter Sie nackt gesehen hat?« Ich musste lachen, auch wenn ich mir dessen bewusst war, dass ich Miss Fisher damit nur noch mehr provozierte. Womöglich war mir sogar daran gelegen, sie weiter aus der Reserve zu locken.

Anna May stockte. Offenbar leuchtete ihr ein, wie absurd ihr Verhoben war. »Wenn Sie mich nicht sofort in Ruhe lassen, packe ich meine Sachen und verschwinde mit dem nächsten Bus von hier.«

Ich schmunzelte abermals, während ich meinen linken Oberarm lässig im Türrahmen anlehnte und die Hände vor der Brust verschränkte. »Das können Sie gerne machen.« Dann legte ich eine kurze Pause ein, um den folgenden Worten mehr Nachdruck zu verleihen. »Der nächste Bus fährt jedoch erst morgen früh gegen sechs Uhr. Das wird eine lange und vor allem kalte Nacht, wenn Sie mich fragen.« Ich stellte mich auf die Zehenspitzen, um doch noch einen Blick hinter die Fassade zu erhaschen. Leider ohne Erfolg.

Miss Fisher verdrehte genervt die Augen. »Gott, Sie sind ja ein wahrer Charmebolzen. Ich kann es kaum erwarten, Sie endlich vom Hals zu haben. Sagen Sie bitte nicht, dass Sie mit dieser Masche schon mal bei einer Frau gelandet sind. Das würde den Glauben an mein eigenes Geschlecht zerstören.«

Plötzlich schien ihr ihre Nacktheit nichts mehr auszumachen. »In der Tat hatte ich schon einige Male das Vergnügen. Aber ein Gentleman genießt und schweigt, Mylady.« Bei diesen Worten zog ich mir in alter James Bond-Manier die Krawatte zurecht.

»Lustmolch.«

»Zimtzicke.«

Und damit waren der Worte genug gewechselt.

»Was sagten Sie noch gleich, was Ihre Eltern beruflich machen?«, fragte Dad eben, als die Vorspeise abgetragen wurde. Ich wappnete mich innerlich für das, was nun kommen würde. Dennoch musste man ihm zugutehalten, dass er sich mit seinem weiteren Verhör bis zu diesem Zeitpunkt zurückgenommen hatte.

»Mein Vater ist Lehrer an einer Grundschule und meine Mutter ist Hausfrau«, erwiderte Anna May ruhig und sachlich. Wenn sie aufgeregt war, merkte man es ihr jedenfalls nicht an. Zu meinem Leidwesen hatte sie ihren sexy Körper erneut mit diesen unsäglich hässlichen Klamotten verhüllt. Wirklich zu schade, wenn ich da an das Bild zurückdachte, das ich von ihr unter der Dusche erhascht hatte.

»Richtig, richtig. Sie sagten es bereits«, bestätigte mein alter Herr ihre Aussage, während er sich in seinem Stuhl etwas nach hinten lehnte und bedächtig die Beine überkreuzte.

Felicitas hatte bisher eher lustlos in dem feinen Tatar schottischer Highlandrinder herumgestochert und es nahezu unberührt in die Küche zurückgehen lassen. Was für eine Vergeudung, wenn man bedachte, dass die Tiere dafür hatten sterben müssen.

Mum lächelte vergnügt und mit sich und der Welt im Reinen vor sich hin. Der Gedanke, bald eine Schwiegertochter zu bekommen, schien sie nahezu zu beflügeln. Offenbar wünschte sie sich so sehr ein heiles Familienleben, dass sie nicht erkannte, wie grundverschieden Anna May und ich doch waren. Sonst hätte sie sicher gemerkt, dass eine Verbindung zwischen uns beiden nie und nimmer funktionieren würde.

»Sophie, was machst du denn da unter dem Tisch?«, durchbrach Dads heisere Stimme die Wohlfühlatmosphäre, die die zwei überdimensionierten Kerzenleuchter auf der Tafel und das gedimmte Licht im kleinen Festsaal hinter der Bibliothek verströmten.

Schuldbewusst hob meine kleine Schwester ihren Kopf und legte das Handy, das sie unter der Tischdecke verborgen hatte, neben ihre Serviette. »Entschuldige, Dad.« Geknickt blickte sie gen Boden, wagte es nicht, ihm in die Augen zu sehen.

Ich ahnte bereits, was nun kommen würde, und überlegte fieberhaft, wie ich meiner Schwester zu Hilfe eilen könnte. »Wir wollten es euch eigentlich noch gar nicht sagen …«, begann ich schließlich mich um Kopf und Kragen zu reden. Plötzlich ruhten alle Augen auf mir. Ich musste mir schleunigst etwas aus den Fingern saugen. Nur was? »Hm, ja, also … Ich denke, ich kann das süße Geheimnis, das Anna May und ich haben, nicht länger für mich behalten.«

Mein Blick streifte beiläufig das Gesicht meiner Verlobten, die plötzlich ziemlich blass um die Nase wirkte. Mit vor Schock geweiteten Augen hing sie mir an den Lippen, ehe sie kaum merklich mit dem Kopf zu schütteln begann. Offenbar dämmerte ihr, worauf ich gleich zu sprechen kommen würde.

Doch ich ließ mich dadurch nicht von meinem Vorhaben abbringen. »Anna May ist schwanger.«

»Potz Blitz.« Bei diesen Worten schlug mein Vater mit der rechten Handfläche auf dem Holztisch auf, sodass die Gläser darauf zu klirren begannen. »Da brat mir aber einer ’nen Storch. Das sind ja ganz vorzügliche Neuigkeiten. Nicht wahr, Rose?«

Mum begann sogleich über das ganze Gesicht zu strahlen. »Das sind die besten Neuigkeiten seit Langem. Ein wahres Wunder!« Voller Freude schlug sie die Hände vor dem Mund zusammen und blickte glücklich zwischen Anna May und mir hin und her. Ich vermied es, meiner Fastangetrauten in die Augen zu schauen. Mir schwante Übles, allein schon beim Gedanken daran.

»Das Ganze kann wahrlich nur ein Wunder sein«, stänkerte Felicitas. War ja klar, dass die mit ihrer Meinung nicht hinterm Berg halten würde. »Wie lange sind Sie in der Stadt, Miss Fisher? Ich glaube, mich daran zu erinnern, dass sie gerade einmal seit einer Woche in Edinburgh sind. Korrigieren Sie mich, wenn ich falschliege, aber in dieser kurzen Zeit kommt eine nachweisbare Schwangerschaft einer unbefleckten Empfängnis gleich.«

Einige Sekunden sprach keiner ein Wort, während Felicitas' Lippen ein triumphierendes Lächeln umspielte, sackte Anna May neben mir immer tiefer in den Stuhl. Man konnte förmlich sehen, wie gerne sie sich klein und unsichtbar gemacht hätte, um von hier zu verschwinden.

Noch immer blickte sie Felicitas fordernd an. »Ich …«, setzte die überforderte junge Frau zu meiner Rechten schließlich zum Sprechen an, als ich für sie in die Bresche sprang.

»Ja, das ist ein weiteres kleines Geheimnis, das ich an dieser Stelle lüften möchte. Anna May ist nicht von ungefähr nach Edinburgh gekommen. Wir haben schon seit einigen Monaten wieder Kontakt.«

Man konnte sprichwörtlich hören, wie Anna May das Herz in die Hose rutschte, ehe sie ihren rechten Ellbogen aufstellte und ihre Stirn gegen ihre Hand lehnte.

Ich verstrickte mich immer weiter in meinem Netz aus Lügen, während Felicitas Blick verunsichert zwischen Anna May und mir schwankte.

»Ach, das ist ja schön, dass ihr beiden uns an eurem Glück teilhaben lasst. Es gibt nichts Schöneres als neues Leben. Nicht wahr, mein Schatz?« Freudig tätschelte Mum Dads Hand.

Dann fing sich meine große Schwester jedoch wieder. »Merkwürdig. Ich kann mich gar nicht daran erinnern, dass du in letzter Zeit weg gewesen wärst.« Sie konnte es einfach nicht lassen, ihren Nagel immer tiefer in mein Fleisch zu bohren. Anstatt sich mit meiner Aussage zufriedenzugeben, musste sie alles akribisch genau untersuchen. Unmöglich. Auf diese Weise würde mein Lügengerüst viel schneller ins Wanken geraten, als es mir lieb war.

»Liebes Schwesterherz, ich denke nicht, dass du alles über mein Leben weißt. Um die Leute von der Presse nicht auf meine Fährte zu bringen, habe ich mir einiges überlegt, um unbemerkt verreisen zu können. Offenbar ist mein Unterfangen geglückt, wenn nicht einmal du davon Wind bekommen hast.«

Felicitas verzog ihre Augen zu schmalen Schlitzen. »Sehr interessant«, quittierte sie schließlich meine Worte, nachdem ich ihrem Blick standgehalten hatte.

»Ah, da kommt ja schon der Hauptgang. Ich hoffe, Sie mögen Fisch, Miss Fisher.« Mum begann zu lachen. »Wie witzig. Das Wortspiel ist mir gar nicht aufgefallen.«

Anna May hatte sich zwischenzeitlich etwas gefangen. »Ja, Mrs. McGregor, ich esse gerne Fisch.«

»Aber nennen Sie mich doch nicht Mrs. McGregor. Ab heute bin ich für Sie Rose.«

Sie lächelte freudig in Anna Mays Richtung, der das schlechte Gewissen förmlich ins Gesicht geschrieben stand. Dennoch bemühte sie sich um Contenance, was ich ihr an dieser Stelle nicht hoch genug anrechnen konnte. »Sehr gerne«, erwiderte sie schließlich, ehe nun sie damit begann, das tote Tier auf ihrem Teller lustlos zu durchstochern.

Kapitel 16

Anna May

»Schwanger? Sind Sie denn von allen guten Geistern verlassen? Wie konnten Sie nur solch einen himmelschreienden Schwachsinn verzapfen?«

Aufgebracht lief ich in dem viel zu kleinen Schlafzimmer auf und ab, während Logan auf dem Bett lag und den Kopf auf seinem Ellbogen aufgestützt hatte. »Jetzt beruhigen Sie sich doch erst mal wieder. So eine Schwangerschaft, gerade zu Beginn, kann sich ja schnell wieder in Luft auflösen.«

Ich hielt in der Bewegung inne und stemmte meine Hände in die Hüften. »Was sind Sie nur für ein Scheusal? Haben Sie sich vielleicht mal Gedanken darüber gemacht, wie Ihre Mutter auf eine solch furchtbare Nachricht reagieren würde?«

Logan erhob sich aus seiner lässigen Haltung und streckte die Hände abwehrend von sich. »Schon gut. Ich weiß ja, dass die Story mit der Schwangerschaft nicht sonderlich gut überlegt war.« Dabei fuhr er sich verlegen durchs Haar. »Aber mein Vater kennt bei einigen Dingen einfach keinen Spaß. Hätte ich ihn nicht abgelenkt, hätte er meine kleine Schwester vor versammelter Mannschaft wegen des Handys rundgemacht. Das wollte ich vermeiden. Dummerweise ist mir auf die Schnelle nichts Besseres eingefallen. Ich entschuldige mich aufrichtig dafür, wenn ich Ihnen damit zu nahe getreten bin.« Nun stand er auch noch auf und lief auf mich zu.

In mir rangen die Wut um die äußerst missglückte Notlüge und die Anerkennung der Sorge um seine Schwester wild miteinander. Einerseits konnte und wollte ich es nicht gutheißen, dass er seine Familie so dreist belog und mich da auch noch mit reinzog. Andererseits fand ich es sehr lieb von ihm, dass er seiner kleinen Schwester geholfen hatte.

Das Mittel, um ihr aus der Patsche zu helfen, hätte er dennoch behutsamer wählen müssen. Plötzlich und ohne Vorwarnung als Schwangere angesehen zu werden, war das Letzte, was ich an diesem Wochenende erwartet hätte.

Zunächst hatte ich gedacht, die ganze Scharade hier würde spätestens gegen Abend zu Ende sein. Wie sehr ich mich doch gerade nach der miesen Absteige in Edinburgh zurücksehnte, in der ich seit einigen Tagen hauste. Natürlich hatte sich noch immer keine Wohnung aufgetan, die in meiner Preisklasse lag.

Irgendwie schienen sich die Dinge hier im Süden Schottlands zu verselbstständigen. Wenn ich geglaubt hatte, mein Schicksal nun selbst in die Hand nehmen zu können, hatte ich mich grundlegend getäuscht.

Ich seufzte, als mir bewusst wurde, wie wenig meine momentane Situation mit dem vereinbar war, was ich mir für meine Zukunft erhofft hatte. Nun würde ich noch länger an Logan und die McGregors gebunden sein. Eine Verlobung konnte man lösen, ein Kind der Liebe war da deutlich schwieriger in Wohlgefallen aufzulösen.

»Hey.« Offenbar war Logan nicht entgangen, wie mich die ganze Situation mitnahm. Er lief die wenigen Schritte, die uns voneinander trennten, auf mich zu und zog mich ohne Vorwarnung in eine Umarmung. »Machen Sie sich keine Sorgen. Ihnen wird keiner irgendwelche Vorhaltungen machen. Schließlich war ich der Idiot, der das mit der Schwangerschaft verzapft hat, und

Sie waren nur zu überrumpelt, um mir zu widersprechen.«

Das Gefühl von Geborgenheit, das mich umfing, war neu und völlig fehl am Platz. Ohne es zu wollen, schloss ich meine Augen, schmiegte meine Wange an seine muskulöse Brust, die sich unglaublich gut anfühlte, und sog den Duft nach Männlichkeit und Frische – offenbar waren seine Hemden gestärkt worden – tief in mich ein.

»Miss Fisher?«, hörte ich Logan nach einer halben Ewigkeit fragen. Noch immer waren meine Augen geschlossen.

»Ja?«, fragte ich verträumt.

»Was machen Sie da? Schnuppern Sie etwa an mir?«

Schlagartig riss ich die Augen wieder auf. »Was? Natürlich nicht. Das hätten Sie wohl gerne.«

Ruckartig löste ich mich aus seiner Umarmung. Dabei entging mir sein zufriedenes Grinsen nicht.

Logan lachte. »Es muss Ihnen nicht peinlich sein.« Dabei steckte er seine Hände in die Hosentaschen. »Diese Wirkung habe ich auf viele Frauen.«

»Pff. Sie haben überhaupt keine Wirkung auf mich. Wenn überhaupt nur eine abstoßende. Ich war mit meinen Gedanken lediglich bei Ihrer armen Familie, die Sie aufs Schändlichste hintergehen. Zudem haben Sie mich da auch noch mit reingezogen, was Ihr Karmapunktekonto ziemlich schmälern dürfte.«

Er grinste, und die beiden Grübchen in seinen Wangen kamen zum Vorschein. »Das mit dem Karma lassen Sie mal meine Sorge sein. Ich erkenne, wenn eine Frau eine Schwäche für mich hat.«

»Sie sind solch ein selbstgefälliges Arschloch. Ich weiß überhaupt nicht, warum ich noch hier bin.« Wutschnaubend lief ich abermals im Zimmer auf und ab, während Logan ganz ruhig blieb.

»Das kann ich Ihnen sagen. Es fährt kein Bus zurück nach Edinburgh. Deshalb werden Sie notgedrungen bei mir übernachten müssen. So leid es mir auch tut, Miss Fisher, wir werden heute Nacht das Bett miteinander teilen müssen.«

»Sie Lustmolch!«, schrie ich.

»Sie wiederholen sich, Mylady.«

»Und Sie gehören eingeliefert, wenn Sie wirklich glauben, dass ich mich mit Ihnen zusammen in ein Bett lege.« Mit erhobenem Haupt wandte ich mich von ihm ab.

Das würde dem Schürzenjäger wohl so passen. Aber nicht mit mir. Eher würde die Hölle gefrieren, als dass ich mit ihm das Bett teilte.

»Dann wünsche ich angenehme Träume auf dem knarzigen alten Dielenboden. Wenn Sie mir gegenüber nicht so aufbrausend gewesen wären, hätte ich Ihnen sogar eine Decke angeboten. Aber so …«

Ich ließ meinen Blick durchs Zimmer schweifen, ehe mich die Erkenntnis mit der Wucht eines Vorschlaghammers traf: Es gab nur das Bett. Keine Couch, kein Sessel, nicht mal ein einfacher Holzstuhl stand in diesem beschissenen Zimmer.

»Dann brauche ich eben doch ein eigenes Zimmer. In diesem riesigen Kasten gibt es mit Sicherheit genügend andere Räumlichkeiten, in denen ich schlafen könnte.«

Logan lief in Richtung des Badezimmers. »Wie gesagt, das mit dem eigenen Zimmer fällt leider flach. Meine ältere Schwester wacht bereits mit Argusaugen über uns. Sobald sie auch nur allein einen Fuß vor die Tür setzen, wird es das ganze Haus erfahren. Denken Sie doch bitte an meine arme Mutter und meinen herzkranken Vater.«

Mit Händen und Füßen wehrte ich mich gegen das aufkeimende schlechte Gewissen, das er mir einzureden versuchte. »Ich bin nicht für dieses Chaos verantwortlich. Sie waren doch derjenige, der mich in diese Scheinverlobung gedrängt hat. Und dann auch noch die Schwangerschaft …«

»Aber Sie haben sich auch nicht dagegen gewehrt. Nicht? Vielleicht finden Sie mich ja doch nicht ganz so abstoßend, wie Sie nicht müde werden zu behaupten?«

»Sie …« Ich ballte meine Hände zu Fäusten.

»Lustmolch. Ich weiß. Das hatten wir schon. Suchen Sie sich eine Seite des Bettes aus. Ich bin solange im Badezimmer.« Dann schritt er durch die Zimmertür und drehte sich abermals zu mir um. »So großzügig war ich übrigens noch zu keiner Frau.«

Ich griff blindlings nach einem Buch, das rechts neben mir an der Wand in einem Regal stand, und warf es nach ihm.

Anstatt mich anzuschreien, hörte ich nur ein anerkennendes Pfeifen. »Sie imponieren mir immer mehr, Miss Fisher.«

Kapitel 17

Logan

Beschwingt lief ich die Treppe hinunter. Die vergangene Nacht war etwas Besonderes gewesen. Noch nie hatte ich mich einer Frau so nahe gefühlt, obwohl ich sie nicht einmal berührt hatte.

Nach der Aufregung des gestrigen Tages war Anna May, am äußersten Rand des Bettes und von mir abgewandt, eingeschlafen. Ihr langes lockiges Haar war ihr dabei weit über den Rücken gefallen. Schon bald hatte ich die gleichförmigen rhythmischen Atembewegungen ihres Körpers wahrgenommen.

Ich selbst hatte noch Stunden wach gelegen und mir Gedanken über mein Leben gemacht. Es war nicht richtig von mir gewesen, Anna May in die Sache zwischen Dad und mir hineinzuziehen. Warum ich sie letztlich gefragt hatte, mich zu ehelichen, wusste ich schließlich selbst nicht mehr so genau. Ich wusste nur eins: Ich bereute es.

Anna May schlief noch, und ich hatte das Bedürfnis, sie mit einem Kaffee und frischen Croissants zu wecken, etwas, was ich einer Frau bisher nicht einmal nach einer heißen Liebesnacht serviert hatte.

Unsere Hauswirtschafterin Mrs. Murray hatte eine Schwäche für französisches Gebäck und backte die besten Croissants außerhalb Frankreichs.

Auf dem Weg in die Küche vernahm ich die hitzige Stimme meines Vaters aus seinem Arbeitszimmer. Als mein Name dabei fiel, konnte ich dem Drang nicht widerstehen, ihn zu belauschen.

»... ja, Sie haben richtig gehört. Genau, bereits kommendes

Wochenende. Was sagen Sie? Zu kurzfristig? Bei den Preisen Ihres Cateringservices erwarte ich eine gewisse Flexibilität«, brauste er auf, ehe er sich zügelte. »Ich wäre auch bereit, etwas mehr zu bezahlen. Ja, genau. Machen Sie das und melden Sie sich dann wieder bei mir. Wie Sie sich sicher vorstellen können, habe ich noch einige Dinge zu erledigen. Wir hören uns.«

Dann legte er den geschwungenen alten Hörer des schwarzen Wählscheibentelefons auf die dafür vorgesehene Halterung. »Das habe ich«, sagte er zu sich selbst, während er etwas auf ein Blatt Papier, das vor ihm auf dem Schreibtisch lag, schrieb. »Blumen, Zelt, Heizstrahler, Brautkleid …«, las er vor, während er anscheinend Punkt für Punkt einer Liste durchging. Spätestens bei der Erwähnung des Brautkleids überkam mich nackte Panik.

Mit einem höflichen »Guten Morgen« klopfte ich an die Tür und ging hindurch, ohne darauf zu warten, hereingebeten zu werden.

Mein Vater hob nur kurz den Kopf in meine Richtung, ehe er seine Liste weiter durchging und kaum vernehmliche Worte vor sich hin brabbelte. »Sekt … Musik …«

»Dad, was genau tust du da?«, fragte ich schließlich, obwohl ich schon eine ziemlich konkrete Vermutung hatte.

»Das siehst du doch!«, blaffte er mich unverhohlen an. »Ich versuche, all das zu retten, was noch zu retten ist.« Damit ließ er sich schwungvoll in seinen braunen Ledersessel fallen.

»Was soll das heißen?« Perplex starrte ich ihn an.

»Na, ich richte eine Hochzeit aus. Lange können wir nicht mehr warten. Man wird schon in Kürze sehen können, dass Anna May schwanger ist. Und was das bedeutet, muss ich dir hoffentlich nicht erklären.«

Benommen von dem Redeschwall meines Vaters taumelte ich

ein paar Schritte auf ihn zu. »Doch, Vater, ich bitte um eine Erklärung.«

Dad schnaubte. »Was Traditionen und Familienehre anbelangt, warst du noch nie besonders firm. Hast in all den Jahren immer nur gemacht, was dir in den Sinn kam. Aber damit ist jetzt Schluss. Ich werde nicht zulassen, dass die Leute über unsere Familie reden.«

»Du meinst wohl, du wirst nicht zulassen, dass sie über *dich* reden«, unterbrach ich ihn.

»Mäßige dich, mein Sohn.« Ohne weiter auf mich einzugehen, wandte er sich wieder seiner Liste zu.

»Und was heißt das jetzt?« Ich kam mir vor wie ein kleiner dummer Junge, dem man das Wort verboten hatte.

Mein alter Herr hob den Blick von seiner Liste in meine Richtung und zog dabei eine Augenbraue nach oben. »Was das jetzt heißt? Das bedeutet, dass wir am kommenden Samstag eine Hochzeit feiern.«

Für den Bruchteil einer Sekunde glaubte ich, den Boden unter den Füßen weggezogen zu bekommen. Dann fing ich mich jedoch wieder und bot meinem Vater die Stirn. »Du bist ja verrückt. Es ist immer noch Anna Mays und meine Entscheidung, wann wir heiraten. Bis zu meinem fünfunddreißigsten Geburtstag sind es noch mehr als vier Wochen. Du hast gesagt, dass …«

Nun fiel er mir ins Wort. »Da konnte ja keiner ahnen, dass du deine Auserwählte gleich schwängern musst. Ein Wunder, dass in all den Jahren, in denen du mehr Frauen als Casanova beglückt hast, nicht weitere derartige Unfälle passiert sind.« Damit war die Sache für ihn hinreichend erklärt, und er sah wieder auf das Stück Papier vor ihm auf dem Schreibtisch.

»Findest du nicht, du hättest uns erst mal über deine Pläne in

Kenntnis setzen müssen?«, appellierte ich an seinen gesunden Menschenverstand.

Nun hob er beide Brauen, während er mich abschätzig anblickte. »Habt ihr mich denn in Kenntnis darüber gesetzt, dass ihr bereits munter dabei seid, Kinder zu zeugen? Such die Schuld jetzt nicht bei mir, mein Sohn. Es lag an dir, nur zu heiraten, von einem Enkelsohn war dabei nicht die Rede. Noch nicht. Obwohl ich mich sehr darüber freue, dass die Dynastie fortbestehen wird«, setzte er schließlich etwas versöhnlicher hinzu. Dabei versuchte er sich in einem Lächeln, das mich jedoch nicht milde stimmen konnte.

»Enkelsohn? Was ist, wenn es eine Tochter wird?«, fragte ich schnippisch. Das ganze Gerede war die reinste Farce, und ich verspürte den Drang, lauthals loszulachen, verkniff es mir jedoch in letzter Sekunde.

Er schnaubte. »Meinetwegen auch Enkeltochter. Dann müsst ihr euch eben weiter versuchen, bis ein Nachfolger für die Firma da ist. Denk an deine Verantwortung.«

»Ich denke an nichts anderes«, log ich.

»Was ist denn hier los?« Mum kam hinter mir in Dads Arbeitszimmer gelaufen. Mit besorgtem Blick sah sie zwischen meinem alten Herrn und mir hin und her. »Man hört euch bis in die Küche.«

»Rose, erklär du bitte deinem Sohn, dass ich nur zu seinem Besten gehandelt habe. Eine Hochzeit ist unausweichlich, und je früher die beiden vor den Traualtar treten, umso leichter wird man sagen können, das Kind wäre in der Hochzeitsnacht entstanden.« Behutsam redete er auf meine Mutter ein, ehe er das Wort an mich richtete. »Wie weit ist Anna May denn?«

»Ähm … in der zehnten Woche?« Meine Antwort glich mehr

einer Frage. Ich hatte keinen blassen Schimmer von diesem Thema und redete mich sicher gerade um Kopf und Kragen. Mit jeder Silbe wurde mir eines bewusst: Ich würde aus diesem Netz aus Lügen, in das ich mich verstrickt hatte, nicht unbeschadet herauskommen. Und was noch viel schlimmer war: Anna May steckte da mit drin und würde es mir furchtbar übel nehmen, wenn sie von den Plänen meines Vaters erfuhr.

Neben dem eigenmächtigen Handeln meines Vaters war es die Sorge um Anna May, die mich aufwühlte. Warum nur lag mir so viel daran, dass sie mich mochte? Es gab wirklich rein gar nichts, was uns beiden gemein war. Bis auf die klitzekleine Tatsache, dass wir in den Augen meiner Eltern in wenigen Tagen vor den Traualtar treten mussten.

»Himmel, dann ist sie ja schon viel weiter als gedacht!«, rief mein Vater aus, während er die Hände über dem Kopf zusammenschlug.

Mum eilte zu ihm. »Aber man sieht noch gar nichts. Mach dir keine Sorgen. Das Kind wird dann eben eine Frühgeburt. Es wäre nicht das erste Mal, dass ein Kind es besonders eilig hat, um auf die Welt zu kommen.« Einfühlsam legte sie bei ihren Worten ihren Arm um seine Schulter.

Mein Dad tätschelte liebevoll ihre Hand. »Ach, Rose, wenn ich dich nicht hätte.« Dabei sah er ihr liebevoll in die Augen.

Während die beiden sich wie verliebte Teenager anschmachteten, kam ich mir plötzlich völlig fehl am Platz vor. Ich konnte aber auch nicht einfach wieder gehen, da mein Vater sich offenbar in den Kopf gesetzt hatte, mich am kommenden Samstag unter die Haube zu bringen.

»Sollten wir nicht erst mal Anna May von deinen Plänen erzählen? Vielleicht ist ihre Familie nicht in der Lage, so kurzfristig zu kommen. Schließlich gilt es ja nicht nur, den Akt als solchen durchzuziehen. Wäre doch sicher sehr merkwürdig für die Presse, wenn von der Familie der Braut keine Gäste anwesend wären.« Wenn mein Vater mich nicht verstehen wollte, dann versuchte ich es eben auf seine Weise. Er musste doch schließlich auch einsehen, dass eine einsame Braut vor dem Altar Argwohn erwecken würde.

»Darum mach dir mal keine Sorgen, mein Sohn. Ich habe bereits mit Anna Mays Eltern gesprochen. Sie werden im Laufe des Tages hier eintrudeln, sodass wir alle weiteren Modalitäten besprechen können. Neben den ganzen Vorbereitungen für die Hochzeit muss schließlich noch ein Ehevertrag aufgesetzt werden.«

Mit weit aufgerissenen Augen starrte ich ihn an. Meinem Vater war es gelungen, mich mit nur wenigen Worten sprachlos zu machen. Der alte Mann hatte wirklich an alles gedacht, und ich war so töricht gewesen zu glauben, die Strippen in diesem Spiel selbst in der Hand zu halten. Wie konnte ich nur so blauäugig sein?

»Ihre Eltern kommen heute?«, fragte ich entsetzt, während mir tausend Dinge durch den Kopf schossen. Ich musste Anna May darüber informieren. Sie von hier wegschaffen. Ihren Eltern absagen. Von hier verschwinden. Mir eine geheime Identität zulegen.

Mein Vater nickte bedächtig. »Sie sind bereits auf dem Weg und sollten bis zum Mittagessen angekommen sein.«

Das waren weniger als zwei Stunden.

»Wo ist denn eigentlich Anna May?«, fragte meine Mum besorgt. »Sie wird doch nicht etwa von Morgenübelkeit geplagt, die Arme? Ich habe da einen ganz vorzüglichen Tee, der ihren Magen beruhigen wird.«

Ob der wohl auch für meine Nerven geeignet war? »Sie schläft noch.« An ihrer Stelle würde ich den hundertjährigen Schlaf von Dornröschen vorziehen, anstatt mich dem Schauerkabinett zu stellen, das hier unten auf sie wartete.

Doch Mum schien mir gar nicht zuzuhören. »Ich werde gleich Wasser für den Tee aufsetzen und Schonkost für sie in der Küche ordern. Eine gute Portion Porridge wird das Beste sein.«

Ein zufriedenes Lächeln umspielte ihre Lippen, als sie an mir vorbeischritt und den Raum verließ. Dad griff derweil nach dem Hörer seines Telefons. »Steh nicht so nutzlos in der Gegend rum, Junge, und lass mich meine Arbeit machen.« Dabei komplimentierte er mich mit seiner Hand nach draußen.

Kapitel 18

Anna May

Wo bin ich?, war der erste Gedanke, als ich meine Augen öffnete. Stockdunkel. War es denn noch Nacht? Meine Wange lag auf weichem Satin gebettet und die Bettwäsche roch herrlich nach blühenden Wildrosen.

Schließlich erinnerte ich mich wieder an den gestrigen Tag, die Scheinverlobung, die Schwangerschaft und an Logan. An Logan, wie er da so vor mir stand, mich schelmisch angrinste und nicht müde wurde, mich zu necken. Noch immer sah ich dieses Funkeln in seinen Augen, diese Leidenschaft, die darin zutage getreten war.

Verschlafen blickte ich über meine Schulter. Die andere Betthälfte war leer. Logan war bereits aufgestanden. Auf die Enttäuschung, die daraufhin in mir aufbrandete, war ich nicht vorbereitet gewesen. Energisch schlug ich die Bettdecke zurück, setzte einen Fuß nach dem anderen auf dem Fußboden ab und lief zu den schweren Samtvorhängen, um den Raum mit Licht zu fluten.

Logans Zimmer lag unmittelbar über dem Rosengarten seiner Mutter. Ich öffnete das Fenster und eine Schar kleiner Spatzen setzte sich sogleich auf den Sims und sah mich fordernd an. Eine frische Meeresbrise umspielte meine Nase, während ich in der Ferne das Wasser erkennen konnte.

Hinter dem Rosengarten waren weit und breit keine weiteren Häuser zu sehen. Nur satte grüne Wiesen und Wälder. Unbefleckte Natur. Ein Idyll. Ich sog die frische Luft ganz tief in meine Lungen und schloss für einen Moment meine Augen.

Ein Klopfen an der Tür ließ mich aufschrecken. »Herein«, sagte ich, ohne zu bedenken, dass ich bis auf ein viel zu kurzes Schlafshirt, das mir Logan dankenswerterweise geliehen hatte, nichts am Leibe trug.

Ebendieser streckte den Kopf zur Tür herein. »Guten Morgen«, wünschte er mir mit kleinlauter Stimme. Irgendetwas war anders.

»Guten Morgen«, erwiderte ich den Gruß, ehe ich zu dem Berg an Klamotten schritt, der neben meiner Hälfte des Bettes lag, um mir den Rock überzustreifen. Ich würde heute wieder die gleiche Kleidung wie am Vortag tragen müssen. Eine Übernachtung in dem Herrenhaus war schließlich nicht geplant gewesen.

»Haben Sie gut geschlafen?«, fragte er vorsichtig. Viel zu vorsichtig. So kannte ich ihn gar nicht.

Ich griff nach meinem Handy, das unter dem Rock zum Vorschein gekommen war. »Ja, ich habe gut geschlafen. Danke der Nachfrage.« Irritiert blickte ich auf das Display meines Smartphones. Acht Anrufe in Abwesenheit. Alle von meinen Eltern. Etwas musste vorgefallen sein. Hoffentlich war nichts passiert. Granny!

Die Gedanken in meinem Kopf überschlugen sich, während meine Hand zu zittern begann.

»Ist alles in Ordnung bei Ihnen?«, fragte Logan besorgt. Die Fürsorge, die aus seiner Stimme zu hören war, war neu und ungewohnt.

Vielleicht offenbarte ich ihm deshalb so bereitwillig meine Ängste. »Meine Eltern haben mehrmals versucht, mich zu erreichen. Etwas Schlimmes muss passiert sein. Ich muss sie sofort anrufen. Meine Grandma ist krank. Ich kann … Es wäre so schrecklich, wenn …«

»Anna May«, unterbrach mich Logan, während ich bereits die Nummer meiner Eltern wählte.

»Gleich. Ich muss nur …« Dabei griff er nach dem Gerät, das ich mir eben ans Ohr halten wollte und beendete den Anruf. »Was soll das?« Wie vom Donner gerührt, starrte ich ihn an. Jetzt drehte der Kerl völlig durch. »Geben Sie mir sofort das Handy zurück!«, befahl ich.

»Anna May, ich muss Ihnen etwas sagen«, redete er noch immer ruhig auf mich ein.

»Hat das denn nicht Zeit, bis ich mit meinen Eltern gesprochen habe? Ich muss wissen, was passiert ist.« Er musste doch verstehen, dass ich schreckliche Angst hatte. Was auch immer er mir sagen wollte, es musste noch einen Moment warten. Aber dieser egozentrische Idiot würde wohl nie verstehen, dass sich nicht immer alles im Leben nur um ihn drehte.

Als ich ihm das Handy wieder aus der Hand nehmen wollte, hielt er es in die Höhe. »Was soll das? Geben Sie mir sofort mein Handy zurück! Sonst gehe ich durch diese Tür und Sie sehen mich nie wieder.«

»Das wird so einfach nicht möglich sein.«

»Bitte? Das werden wir ja sehen.« Langsam aber sicher hatte ich die Faxen dicke. Der Typ hatte sie doch nicht mehr alle.

»Sie können Ihre Eltern nicht anrufen. Zumindest nicht, bevor ich Ihnen etwas Wichtiges gesagt habe.«

»Ich verstehe nicht.« Was war nur los?

»Setzen Sie sich, bitte. Es wird besser sein. Glauben Sie mir.« Noch immer sprach er ruhig und sachlich zu mir, während seine Augen kaum wagten, mich direkt anzusehen.

»Logan, was ist los? Ich will jetzt sofort wissen, was vorgefallen ist.« Wütend stemmte ich meine Hände in die Hüften.

Logan holte tief Luft. »Ich weiß, warum Ihre Eltern versucht haben, Sie zu erreichen.«

»Bitte was?«

»Mein Vater hat Ihre Eltern angerufen.«

Erschrocken ließ ich mich aufs Bett hinter mir plumpsen. »Er hat was? Das darf er nicht. Nein, nein, nein. Wie konnte er nur? Was hat er Ihnen erzählt?«

Mir wurde ganz schlecht bei dem Gedanken, was Logans Vater meinen Eltern mitgeteilt haben könnte.

»Er hat sie zur Hochzeit eingeladen«, ließ dieser unvermittelt die Bombe platzen.

»Er hat was? Dazu hatte er kein Recht.« Mein Puls raste, während ich meinen Herzschlag überdeutlich in meinen Ohren rauschen hören konnte. Was zur Hölle war das nur für ein Albtraum, in dem ich aufgewacht war?

Ich hätte nie und nimmer nach Edinburgh kommen sollen, und vor allem hätte ich nie und nimmer in der Whiskydestillerie der McGregors zu arbeiten beginnen dürfen. Nie und nimmer!

»Sie müssen jetzt ganz stark sein.« Logan legte mir fürsorglich seine Hand auf die Schulter.

»Was? Was hat er Ihnen sonst noch gesagt? Jetzt lassen Sie sich doch nicht jedes Wort einzeln aus der Nase ziehen! Himmel, raus mit der Sprache.«

Mit zittrigen Händen umschloss ich die Bettkante, wie um daran Halt zu finden.

»Ihre Eltern sind bereits auf dem Weg zu uns, und die Hochzeit wird am kommenden Samstag stattfinden.«

Eltern … auf dem Weg … Hochzeit … Samstag, hallte es unaufhörlich durch meinen Kopf. »Ich muss Sie sofort aufhalten. Geben Sie mir mein Telefon. Ich muss sie anrufen und Ihnen sagen, dass Sie nicht kommen dürfen.«

Doch anstatt mir mein Handy zu geben, sah er mich mitleidig an. »Es ist zu spät. Sie werden schon bald hier eintreffen. Das Rad wurde bereits in Gang gesetzt. Wir werden retten, was noch zu retten ist, wenn sie hier sind.«

Logan hatte bereits aufgegeben oder fügte sich bereitwillig in sein Schicksal. So genau konnte ich das nicht einschätzen. Wie konnte er nur so ein Waschlappen sein? Warum bot er seinem Vater nicht die Stirn? Auch wenn dieser krank war, erlaubte ihm das noch lange nicht, über Menschen wie Dinge zu bestimmen. Er hatte nicht das Recht, meine Eltern anzurufen und ihnen von uns zu erzählen.

Es gab nämlich gar nichts zu erzählen. Schließlich gab es gar kein Uns.

»Ich hätte mich nie auf diesen Schwachsinn einlassen sollen«, fluchte ich, während Logan mir mein Handy zurückgab.

Eine Nachricht über WhatsApp ging ein. »Hey, Anna May, sind in wenigen Minuten bei dir und deinem Verlobten. Wie konntest du nur verschweigen, dass du heiraten willst? Das werde ich dir nie verzeihen.« Von *wollen* konnte überhaupt keine Rede sein.

Die Worte meiner Schwester besiegelten, was Logan gesagt hatte. Meine Familie war wirklich auf dem Weg zu mir.

»Wie kommen wir denn jetzt aus diesem Schlamassel wieder raus? Ich kann meine Eltern nicht anlügen. Das wird nicht funktionieren, und das will ich auch nicht.«

Ich hob meinen Kopf und blickte direkt in zwei tieftraurige dunkle Augen. »Wenn Sie ihnen reinen Wein einschenken wollen, dann steht Ihnen das natürlich frei. Ich kann Sie nicht weiter bitten, mir beizustehen. Sie haben schon mehr für mich getan, als ich erwarten konnte.«

Genau. Das war seine Sache. Ich hatte überhaupt nichts mit dem Ganzen zu tun.

Logans Hand glitt schlaff von meiner Schulter hinunter, ehe sie auf der meinen Halt fand. Seine Berührung brachte meine Haut zum Prickeln. Die Schmetterlinge in meinem Bauch begannen wie wild zu flattern. Mein Puls raste in die Höhe. Doch nun war es nicht mehr die Sorge um Granny, die mich aufwühlte.

»Logan, ich denke nicht, dass …«

Während ich sprach, bewegten sich seine Lippen immer mehr auf die meinen zu. Ich schloss die Augen in freudiger Erwartung. Gleich würde es passieren. Gleich würden sich unsere Lippen berühren. Mein Herz schlug immer schneller, während meine Hände die Bettkannte fest umschlossen.

Das Hupen eines ankommenden Wagens ließ uns beide aufschrecken. Das war unverkennbar Dads alter Mercedes.

Kapitel 19

Logan

»Guten Tag, Mr. und Mrs. Fisher«, begrüßte ich Anna Mays Eltern freundlich, die mich nur skeptisch beäugten. Was auch immer ihnen mein Vater gesagt hatte, sonderlich begeistert blickten sie nicht drein.

Anna May stand neben mir wie ein Häufchen Elend. Ihren Blick hielt sie dabei verschüchtert nach unten gerichtet. Ich hatte das Bedürfnis, ihren Eltern zu sagen, dass Anna May nichts falsch gemacht hatte. Denn genau so sahen ihre Eltern sie an. Als hätte sie einen unsäglich schlimmen Fehler begangen.

»Ist er das? Willst du den heiraten? Und wie siehst du eigentlich aus?«, fragte eine schätzungsweise Sechzehnjährige schnippisch, die offensichtlich Anna Mays jüngere Schwester war. Die Ähnlichkeit war unverkennbar, denn sie hatte die gleichen eisblauen Augen.

Im Gegensatz zu Anna May wusste sie jedoch, diese unglaublich schönen Augen, die die beiden offenbar von der Mutter geerbt hatten, in Szene zu setzen. Die Wimpern waren getuscht und Lidschatten intensivierte das Blau noch eine Spur. Die beiden Schwestern waren wie Tag und Nacht.

»Das ist Logan McGregor«, antwortete Anna May kleinlaut.

Viel Zeit, um etwas zu klären, blieb uns jedoch nicht. Hinter uns ertönte bereits die laute Stimme meines Vaters. »Warum sagt uns denn keiner, dass Anna Mays Familie bereits angekommen ist?«

Damit raste er auf die beiden zu, nahm zuerst die Hand von

Anna Mays Mutter, deutete einen Handkuss an und schüttelte im Anschluss daran schwungvoll die Hand ihres Vaters. Die beiden wirkten überrumpelt, doch das kümmerte meinen alten Herren nicht sonderlich. »Wie war die Fahrt? Sind Sie gut durchgekommen?« Ohne Punkt und Komma redete er auf die beiden ein, während er sie sachte ins Haus bugsierte. Die Armen wussten gar nicht, wie ihnen geschah.

Nachdem wir die massiven steinernen Treppenstufen emporgestiegen waren, kam uns auch noch meine Mutter, gefolgt von Felicitas, entgegen. Ich war kein besonders gläubiger Mensch und dennoch schickte ich ein Stoßgebet gen Himmel. Meine Schwester war in der Lage, die bereits heikle Situation mit nur wenigen Worten um einiges schlimmer zu machen, als sie es ohnehin schon war.

Noch immer schienen die Fishers mit der Gesamtsituation überfordert. Wer konnte es ihnen verdenken? Mir ging es schließlich keinen Deut besser, und dabei war ich augenscheinlich für dieses Chaos verantwortlich.

»Tee?«, fragte meine Mutter freundlich in die Runde, als wir alle im Kaminzimmer Platz genommen hatten und die Stille uns beinahe erdrückte.

Anna May saß rechts von mir, daneben ihre Eltern, die sich noch immer verunsichert ansahen. Unterdessen ließ Anna Mays Schwester, Cybill, ihre Blicke in dem herrschaftlichen Raum schweifen. Dabei schien sie noch zwischen Faszination und Abneigung zu schwanken.

Anna May war so bleich wie die weiße Farbe an der Wand. Sie sagte nichts, wirkte in sich gekehrt. Um ihr meinen Beistand zu signalisieren, legte ich meine Hand auf die ihre, die sie auf ihrem

Schoß abgelegt hatte. Doch sie ließ mich nicht gewähren, zog sie unvermittelt darunter hervor.

»Schön, dass Sie so schnell kommen konnten. Das erleichtert die weiteren Vorbereitungen erheblich.« Mein Vater schien gar nicht zu bemerken, wie angespannt die Situation war. Er redete munter drauflos, als ginge es bei dieser Zusammenkunft um die Ausrichtung eines Kindergeburtstages und nicht um eine Heirat.

Mum schenkte fröhlich Tee in die Tassen ein. Felicitas war die Einzige, die sogleich ihre Tasse an den Mund hob. Dabei beobachtete sie über den Tassenrand aufs Genaueste, was um sie herum geschah, wagte es nicht einmal zu blinzeln, ganz so, als könnte ihr sonst etwas Wichtiges entgegen.

»Anna May«, hörte ich schließlich das erste Mal die feste tiefe Stimme ihres Vaters sagen. »Warum hast du dich nicht gemeldet? Warum hast du uns nicht gesagt, dass du heiraten möchtest?« Er machte eine kurze Pause und sah seine Tochter liebevoll an. »Versteh mich nicht falsch, wir freuen uns riesig für dich. Doch wir sind es von dir nicht gewohnt, dass du uns erst eine Woche vor der Hochzeit über einen solch wichtigen Schritt in deinem Leben informierst. Hast du dabei mal an Granny gedacht?«

»Gibt es diesem Haus auch einen Gewölbekeller, am besten mit Zellen für Gefangene? So wie in diesen Filmen aus Hollywood?« Cybill kaute aufgeregt auf ihrem Kaugummi herum, während sie ihre Beine auf den Sessel zog und sich auf diese setzte.

»Cybill«, unterbrach sie ihre Mutter forsch. »Es ist jetzt nicht die Zeit, deine Sensationslust zu befriedigen. Hier geht es einmal nicht um dich, sondern um deine große Schwester, die uns im Gegensatz zu dir bisher nur selten Grund zur Sorge geboten hat.«

Anna May rutschte noch eine Spur tiefer in ihren Sessel.

»Es gibt einen Keller. Ich zeige ihn dir gerne später«, erwiderte ich bereitwillig.

»Na, dann pass aber auf, dass dir mein Bruder dabei nicht zu nahe tritt. Er steht nämlich auf junges Gemüse, musste du wissen.«

»Felicitas!«, unterbrach sie mein Vater, und das erste Mal an diesem Tag war ich ihm dankbar für sein eigenmächtiges Handeln.

Als Anna May neben mir noch immer nicht den Mut zu Sprechen fand, übernahm ich das für sie. »Mein Vater hat völlig überreagiert. Anna May und ich wollen heiraten. Ja, das stimmt«, log ich. »Aber das war nie und nimmer so kurzfristig angedacht. Offenbar hat meinen Vater die freudige Nachricht, schon bald eine Schwiegertochter zu bekommen, dermaßen beflügelt, dass es ihm nicht schnell genug gehen kann.«

Ich lächelte Anna Mays Eltern beschwichtigend zu. Noch immer wussten sie das Ganze hier nicht so recht einzuordnen. Aber wer konnte ihnen das schon verdenken? Schließlich hatte ihnen erst am heutigen Morgen ein wildfremder Mann erzählt, dass ihre Tochter schon am kommenden Sonnabend heiraten würde. Ich mochte mir gar nicht ausmalen, wie sie sich fühlen mussten. Denn augenscheinlich hatten alle Mitglieder der Familie ein gutes Verhältnis zueinander.

»Papperlapapp. Das arme Ding ist schwanger. So sieht es nämlich aus. Ich betreibe hier Schadensbegrenzung«, echauffierte sich mein Vater.

Im Geiste schlug ich die Hände über dem Kopf zusammen. Was um alles in der Welt hatte mich hoffen lassen, dass mein Vater still danebensitzen würde, während ich versuchte, die Wogen zu glätten?

»Schwanger?«, rief Anna Mays Mutter entsetzt aus.

»Cool, jetzt wird es richtig spannend.« Zufrieden klatschte Cybill in die Hände, während Felicitas daneben ihr nur beipflichten konnte. Für die beiden fehlte bloß noch das Popcorn und das Kinoerlebnis wäre perfekt. Nur dumm, dass es sich dabei um mein beschissenes Leben handelte und nicht um einen lustigen Film. Und das von Anna May.

»Tee?«, fragte Mum noch einmal, um das Thema zu wechseln, doch der Karren war bereits in den Dreck gefahren.

»Allen Ernstes? Du bist noch nicht einmal vierzehn Tage in der Stadt und schon schwanger?«, fragte ihr Vater verärgert. »Ist er denn wenigstens katholisch?«

Als Anna May nicht antwortete und mich Hilfe suchend ansah, wagte ich zu hoffen. Zumindest würdigte sie mich noch eines Blickes, auch wenn ich nicht einmal das verdient hatte. »Ja, Mr. Fisher, meine Familie ist katholisch.«

»Wenigstens etwas«, schnaubte dieser verächtlich.

»Vielleicht wäre es an der Zeit, einen Spaziergang zum Rosengarten zu machen. Die Wildrosen blühen bereits so schön, und das Wetter ist perfekt für eine kleine Runde ums Haus«, versuchte meine Mutter abermals, die Aufmerksamkeit der Personen im Raum auf sich zu ziehen. Ohne Erfolg.

»Mum, Dad, es ist nicht so, wie ihr denkt«, hörte ich plötzlich das leise, eingeschüchterte Stimmchen von Anna May sagen. »Ich denke, wir sollten das alles im familiären Kreis besprechen.« Damit schloss sie die McGregors wohlweislich aus.

»Nein, Anna May, ich muss Mr. McGregor recht geben. Es ist an der Zeit, Verantwortung zu übernehmen. Ein Kind ist eine Verpflichtung.« Dann wandte er sich meinem Vater zu. »Sie haben vollkommen richtig gehandelt«, bekräftigte er meinen alten Herrn in seinem Vorhaben, uns möglichst schnell zu vermählen.

Entgeistert blickten Anna May und ich uns an.

»Aber Dad …«, begann sie erneut damit, auf ihn einzureden.

Doch die beiden Herren überhörten ihren Einwand einfach. »Meine Worte. Ich sehe, Sie sind ein Mann der Tat, Mr. Fisher.« Mein Vater erhob sich huldvoll von seinem Platz und schritt auf Anna Mays Dad zu. Dieser erhob sich ebenfalls. »Wo fangen wir an? Was ist noch zu tun?«

»Lassen Sie uns in mein Arbeitszimmer gehen. Dort haben wir die nötige Ruhe, um solch einen Festakt bis ins kleinste Detail zu planen.« Dabei legte er seinen Arm über die Schultern von Anna Mays Dad und zog ihn mit sich nach draußen in den Korridor des Erdgeschosses.

Wir, die wir zurückblieben, sahen fassungslos in die Runde. Bis auf Cybill und Felicitas, die beiden schienen sich noch immer köstlich zu amüsieren. Wobei ich Cybill noch die Naivität der Jugend zugutehalten wollte, während alles in Felicitas' Gesichtsausdruck darauf schließen ließ, dass sie meinen Untergang herbeisehnte.

Was mit einer klitzekleinen Notlüge begonnen hatte, sollte mein Leben maßgeblich verändern, um nicht zu sagen, es in eine Katastrophe verwandeln. Ich musste etwas tun..

Kapitel 20

Anna May

»Nein, das können wir nicht machen. Das ist ausgeschlossen. Meine Eltern würden sich furchtbare Sorgen machen. Das geht nicht.«

Aufgelöst lief ich in Logans Zimmer auf und ab. Die Gewissheit, dass mein Vater und Mr. McGregor senior eine Etage tiefer gerade über meine weitere Zukunft entschieden, raubte mir den Atem und ließ mein Herz jede Sekunde schneller schlagen.

In meinem Kopf waren so viele Gedanken, so viele Ängste gleichzeitig präsent, dass ich völlig überfordert war.

»Es wird das Beste sein, wenn wir uns alle eine Auszeit genehmigen«, hörte ich Logan sagen, der sich durch den Inhalt einer Kommodenschublade wühlte und einige Kleidungsstücke zutage förderte. Dabei fielen auch einige Strings zu Boden. Rote, schwarze und weiße Farbtupfer lagen nun auf dem historisch anmutenden Dielenboden.

Was für ein Casanova. Hatte sich wohl von seinen bisherigen Eroberungen ein Andenken behalten. Die Frau, die Logan einmal heiraten würde, tat mir jetzt schon leid. Denn eins war sicher: Ich würde es nicht sein.

»Aber einfach so verschwinden? Das ist … als hätte ich eine Bank ausgeraubt oder jemanden umgebracht.«

Logan lachte. »Na ja, Bonnie und Clyde sind wir nicht gerade, aber wenn mein Vater so weitermacht, könnte ich wegen versuchten Mordes drankommen, und glauben Sie mir, damit wäre keinem geholfen.«

Noch immer stand er an der Kommode. Nun griff er nach einer Reisetasche, die sich in der untersten Schublade befand, und stopfte die zuvor wahllos herausgezogenen Klamotten hinein.

»Ich kann nicht mit«, erwiderte ich. »Ich habe nichts anzuziehen.«

Logan drehte sich zu mir um. »Wir werden Ihnen neue Klamotten kaufen.« Dabei besah er mich von oben bis unten. »Glauben Sie mir, es ist kein Verlust.«

Ich stemmte meine Hände in die Hüften. »Was ich anziehe, ist ja wohl noch immer meine Sache. Wenn es Ihnen nicht passt, was ich trage, dann ist das Ihr Problem und nicht meins.«

»Hören Sie, Miss Fisher«, dabei unterbrach Logan das Packen seiner Reisetasche für einen Moment und schritt auf mich zu. »Wir stecken beide bis zum Hals in der Scheiße. Ich kann und will unsere Situation nicht beschönigen.« Dabei fuhr er sich angespannt durchs Haar. »Die Sache ist mir entglitten. Sie hat sich verselbständigt. Mein Vater hat sich wie ein Pitbull an dieser Hochzeit festgebissen. Ich sehe momentan keine andere Chance, als etwas Abstand zwischen uns zu bringen. Dann wird er hoffentlich einsichtig werden. Ich werde mir also eine Auszeit nehmen, und Ihnen steht es frei, mich zu begleiten. Wenn Sie lieber die Heldin spielen wollen, dann stellen Sie sich den Bestien da unten.«

Eingeschüchtert biss ich mir auf die Unterlippe. Logan hatte in vielerlei Hinsicht recht. Ich hatte Dad schon lange nicht mehr so entschlossen gesehen. Eine Heirat war in seinen Augen unabdingbar, wenn ich schwanger war. Dabei war ich das doch gar nicht.

Irgendwie hatte sich die ganze Geschichte so schnell verselbständigt, dass ich den Zeitpunkt verpasst hatte, die Reißleine zu ziehen. Wie konnte ich denn jetzt noch sagen: *Ach, übrigens, ich bin gar nicht schwanger, und Logan und ich sind auch nicht verlobt.* Auch wenn ich es mir nur schwerlich eingestehen wollte: Der Zug war abgefahren. Zumindest vorerst.

Die Gemüter mussten sich etwas abkühlen, dann würde man in Ruhe über alles reden können. Vielleicht. Vielleicht auch nicht. In meinem ganzen Leben hatte ich noch nicht in einer solch verqueren Situation gesteckt. Um es auf den Punkt zu bringen: Ich war heillos überfordert.

»Was ist nun? Kommen Sie mit?« Logan sah mich durchdringend an. Er hatte seinen Entschluss gefasst und würde gehen. Das stand außer Frage. Ich haderte noch mit mir. War es denn wirklich so einfach?

Seine dunklen Augen bohrten sich fest in die meinen. Ein Schauer überkam mich, als ich die Entschlossenheit darin wahrnahm. In diesem Moment streckte er mir auffordernd seine Hand entgegen und ich reichte ihm meine bereitwillig.

Er nickte mir kaum merklich zu, ehe er seine Pläne offenbarte. »Wir werden durch die Küche verschwinden. Dort gibt es einen Hinterausgang, Mrs. Murray kann schweigen wie ein Grab. Hinterm Haus steht mein alter Bentley. Ich würde als Ziel unserer Reise London vorschlagen. Spricht etwas dagegen?«

Die Flut an Informationen überforderte mich. »London?«, fragte ich irritiert. »Reicht es denn nicht, wenn wir in Edinburgh untertauchen? Muss es denn gleich London sein?«

»Es steht Ihnen nach wie vor zu, doch hierzubleiben.« Er löste seine Hand wieder von der meinen. Enttäuscht bemerkte ich, wie das Prickeln auf meiner Haut nachließ. Ihn zu berühren, fühlte sich so richtig und gleichsam so falsch an. In mir stritten die Geister über das, was richtig und was falsch war.

Wenn ich bliebe, würde ich mich allein dem ganzen Chaos stellen müssen. Aber das war es nicht, was mich schließlich dazu bewog, mit ihm zu gehen. Ein kleines zartes Stimmchen in meinem Inneren begehrte auf und wollte wissen, wie es sich anfühlte, bei ihm zu sein, mit ihm zu gehen.

Die Luft war erfüllt von dieser erregenden Spannung, die einen allzu leicht dazu verleitete, etwas Verrücktes zu tun. In diesem Moment waren wir doch so etwas wie Bonnie und Clyde, auch wenn wir weder geraubt noch getötet hatten.

Auf der Fahrt nach London hing jeder seinen eigenen Gedanken nach. Alle paar Meter änderte ich meine Meinung über unsere Flucht. Mal war ich überzeugt davon, richtig gehandelt zu haben, dann wieder war ich am Boden zerstört darüber, wie ich meinen Eltern das nur hatte antun können. Sicher waren sie schon in Sorge um uns.

Mittlerweile waren wir seit über vier Stunden im Auto unterwegs. Die Landschaft zog an uns vorbei, doch ich hatte kein Auge dafür. Ich war in meiner eigenen Welt gefangen und zermarterte mir das Hirn darüber, was ich hier eigentlich gerade machte.

»Haben Sie auch Hunger?«, durchbrach Logan die Stille.

»Der ist mir irgendwie vergangen«, erwiderte ich ehrlich.

Logan lachte. »Kann ich gut nachempfinden. Aber wir zwei haben nicht einmal gefrühstückt. Wir sollten vernünftig sein.«

Jetzt brach es aus mir heraus. Ich lachte so abrupt auf, dass Logan einen Schlenker fuhr. »Entschuldigen Sie, aber was an dem, was wir bisher getan haben, ist denn bitte schön vernünftig gewesen? Ich kann mich nicht erinnern, je unvernünftiger gehandelt zu haben.«

Nun lachte auch er, und es fühlte sich plötzlich so an, als wären wir Verbündete. Verbündete auf der Flucht, ohne Heim und ohne Ziel. Immer weiter fuhren wir davon, ließen alles und jeden hinter uns.

Die Sonne blendete mich, sodass ich die Blende über meinem Sitz nach unten klappte. Ich blickte in den Spiegel, aus dem mich mein Spiegelbild ansah. Mein krauses langes Haar hatte ich wieder zu einem strengen Dutt am Hinterkopf zusammengebunden, meine Augen hinter der Fensterglasbrille versteckt und meinen Körper in unglaublich hässlichen Klamotten verhüllt. Das war mein neues Ich.

So langsam gewöhnte ich mich an den Anblick. Es war richtig gewesen, eine Veränderung vorzunehmen. Denn nur auf diese Weise würden die Menschen meine inneren Werte zu schätzen wissen.

Stellte sich nur die Frage, ob ich trotz oder gerade wegen meines neuen Äußeren bei solch einem heißen Typen im Auto gelandet war und Hals über Kopf das Land verließ.

»Was halten Sie von einem saftigen Steak? Ich kenne hier auf der Strecke ein Restaurant, das seinesgleichen sucht.«

»Ich kann mir zwar noch immer nicht vorstellen, etwas zu essen. Aber ich werde Ihnen gerne Gesellschaft leisten.«

Logan schmunzelte, blickte kurz zu mir auf die Beifahrerseite, ehe er seinen Blick wieder fest auf die Straße vor uns heftete. »Hat es Sie große Überwindung gekostet, das Wort gerne in Ihren letzten Satz einzubauen?«

»Wie?«

»Na, Sie sagten, dass sie mir *gerne* Gesellschaft leisten würden. Sind Sie sicher, dass Sie nicht am Stockholm-Syndrom leiden?«

»Sie meinen, ich wäre Ihre Gefangene?«

Logan lachte. »Irgendwie kommen Sie mir so vor. Schließlich sind Sie nicht ganz freiwillig auf dieser Tour dabei. Nicht?«

»Ja, das mag sein«, bestätigte ich ihm. »Allerdings habe ich mir ein Stück weit selbst meine komplizierte Situation zuzuschreiben. Ich hätte Sie von Anfang an davon überzeugen müssen, dass das mit der Scheinverlobung nicht gut ist. Für keinen von uns. Dann stünden wir jetzt nicht da, wo wir gerade stehen.«

Logan atmete tief durch. »Sie sind ein viel zu guter Mensch für mich, Anna May. Es zeichnet Sie aus, dass Sie mir keine Vorhaltungen machen. Nun auch noch zu hören, dass Sie sich selbst die Schuld geben, beweist Größe oder Wahnsinn. Vielleicht auch irgendetwas dazwischen. Ich bin mir nicht sicher.« Er lachte. Dann sah er zu mir. »Wir werden das alles unbeschadet überstehen. Ich werde einen Weg finden, alles wieder ins Reine zu bringen, sodass ich als der Schuldige und Sie als die gut erzogene Tochter aus der Sache herauskommen, die Sie nun mal sind. Um meinen Eltern und den Ihren Kummer zu ersparen, haben Sie geschwiegen, anstatt mich vor versammelter Mannschaft auflaufen zu lassen. Das hätte nicht jede Frau getan.«

Verblüfft blickte ich zu ihm herüber, erwiderte jedoch nichts.

Schließlich bogen wir von der Landstraße ab und fuhren auf ein etwas abseits gelegenes Restaurant zu, das malerisch an die Küste gebaut worden war. Logan lenkte seinen Wagen auf den Parkplatz. »Wir sind da.«

Kapitel 21

Logan

Die Savoy Suite im Herzen Londons mit Blick auf die Themse und das London Eye waren genau das Richtige, um Anna May auf meine Weise Danke zu sagen oder mein schlechtes Gewissen etwas zu besänftigen. Schließlich schlug die Nacht in dieser edlen Suite des Savoy Hotels mit über zweitausend Pfund zu Buche.

Anna May kam aus dem Staunen gar nicht mehr heraus, als wir die Eingangshalle des luxuriösen Hotels durchquerten. Der weiße Marmor an den Wänden und am Boden wirkte edel und zeugte von der Entstehungszeit des Hauses Ende des neunzehnten Jahrhunderts. Der überdimensionierte Kronleuchter hing von der hohen Decke tief in den Raum hinein und durchflutete die Eingangshalle mit seinem warmen Licht.

»Sir Winston Churchill, Frank Sinatra und Katharine Hepburn waren in diesem Haus schon Gäste«, gab ich wieder, was mir mein Butler beim letzten Besuch in diesem Hotel erzählt hatte.

»Wir sollten nicht hier sein«, wisperte Anna May neben mir, während ein Scheich mit seinem Harem bestehend aus vier Frauen an uns vorbeischritt.

»Wieso nicht?« Irritiert hielt ich in der Bewegung inne und blickte zu Anna May, deren blaue Augen ängstlich wirkten.

»Wir sollten vielmehr Buße für das leisten, was wir getan haben, und uns nicht auch noch dafür belohnen«, appellierte sie an mein Gewissen.

»Wie stellen Sie sich das vor? Sollen wir ins Kloster gehen und auf einer Holzpritsche schlafen? Das mag in Ihrem jugendlichen

Alter noch gehen, aber mein alter Rücken wird das sicher nicht mitmachen.« Ich lächelte ihr schelmisch zu, während sie noch immer ängstlich dreinblickte.

»Mr. McGregor«, hörte ich sodann die Stimme des Mannes an der Rezeption sagen, der freudestrahlend auf uns zulief. »Wie schön, Sie mal wieder in unserem Haus willkommen heißen zu dürfen. Ihr letzter Besuch liegt schon einige Zeit zurück.« Dann besah er sich meine Begleitung und wirkte etwas verunsichert. Bisher hatte ich das Hotel nur mit langbeinigen brünetten oder blonden Schönheiten besucht. Anna May war in diesem Zusammenhang vom Typ her ein Novum. Ein Novum, das es so bald nicht wieder geben würde. Aber außergewöhnliche Zeiten erforderten eben außergewöhnliche Maßnahmen.

»Vielen Dank für den herzlichen Empfang. Ich würde gerne die Savoy Suite für einige Nächte buchen. Wie lange wir in der Stadt bleiben, ist leider noch nicht absehbar. Steht die Suite denn zur Verfügung?«

Der hagere Mann jenseits der vierzig mit schmalem Oberlippenbart schlug eifrig in die Hände. »Was für ein Glück Sie doch haben. Gerade am heutigen Morgen wurde eine Reservierung storniert. Eigentlich war die Suite für ein frisch vermähltes Brautpaar vorgemerkt gewesen, das es sich kurzfristig anders überlegt hat. Nun ja, Sie wissen ja, dass ich über derlei Dinge nicht offen sprechen darf.« Dabei zwirbelte er sich den abstehenden Schnäuzer auf der einen Seite genüsslich mit der rechten Hand.

Es war ihm deutlich anzusehen, wie gerne er dennoch von mir gefragt worden wäre. Doch den Gefallen tat ich ihm nicht. Weder interessierte es mich, noch war ich gewillt, länger als nötig in dieser Halle herumzustehen.

Wir hatten fast zehn Stunden ununterbrochen im Auto gesessen. Mittlerweile war es schon spät in der Nacht. Mein Körper sehnte sich nach etwas Ruhe. »Gut, dann würden wir diese Suite gerne nehmen.« Bei diesen Worten griff ich nach der Reisetasche, die ich zwischenzeitlich auf dem steinernen Boden abgestellt hatte.

»Sehr wohl«, hörte ich den Rezeptionisten verschnupft erwidern, ehe er seines Amtes waltete und unser Eintreffen im Computer vermerkte. Nachdem er uns die Schlüsselkarten überreicht und einen angenehmen Aufenthalt gewünscht hatte, konnten wir endlich aufs Zimmer.

Kaum hatten wir die achtzig Quadratmeter betreten, die für die nächsten Tage unser Unterschlupf sein würden – Bonnie und Clyde waren sicher nicht stilvoller untergekommen –, presste Anna May ihre Nase an die Scheibe und besah sich das leuchtende Panorama der Großstadt bei Nacht, das sich uns aus dem sechsten Stockwerk bot.

Vor gar nicht allzu langer Zeit war ich an dieser Stelle mit einer Frau ganz anderen Beschäftigungen nachgegangen. Die Sehenswürdigkeiten der Stadt hatten mich dabei nicht sonderlich interessiert. Der Sex war gut gewesen, wie die Dame hieß, wollte mir allerdings beim besten Willen nicht mehr einfallen.

Verrückt. Anna Mays Namen, so unscheinbar sie auch war, würde ich sicher nie mehr vergessen. Sie würde immer die junge Frau bleiben, die mir bereitwillig geholfen hatte und mit mir nach London geflüchtet war. Schon jetzt verband mich mehr mit ihr als mit den unzähligen Damen, mit denen ich in meinem Leben bereits auf Tuchfühlung gegangen war.

»Die Aussicht ist einfach atemberaubend. Und das, obgleich es schon dunkel ist. Finden Sie nicht?«, versuchte ich es abermals mit einem Gespräch. Miss Fisher war seit der Autofahrt enorm wortkarg geworden. Auf ihrem und natürlich auch auf meinem Handy waren unterdessen einige Anrufe unserer beider Familien eingegangen, die wir bisher unbeantwortet gelassen hatten.

»Das ist sie wirklich.« In Gedanken versunken, starrte Anna May nach draußen, während sie nervös auf ihrer Unterlippe herumkaute. Ich kannte sie noch nicht lange und dennoch konnte ich schon viele ihrer Gemütsregungen allein an ihrer Gestik oder Mimik ausmachen.

Wenn sie die linke Braue nur zaghaft anhob, dann war Vorsicht geboten, das Kauen auf ihrer Unterlippe war ein Hinweis auf ihre Nervosität, und wenn sie dieses verführerische Lächeln aufsetzte, war es nur schwer, ihr zu widerstehen.

»Möchten Sie jetzt vielleicht etwas essen?« Das Restaurant *Windbriese*, in dem wir eine Rast eingelegt hatten, war eines der besten an der Ostküste Schottlands. Doch weder die vorzügliche Speisekarte noch der ausgesprochen gute Ruf hatten Anna May davon überzeugen können, etwas zu sich zu nehmen.

Während ich mir ein Filetsteak mit Ofenkartoffeln und Gemüse der Saison hatte kommen lassen, saß sie teilnahmslos daneben und blickte hinaus aufs Meer.

»Nein danke. Ich bin müde und werde mich gleich hinlegen.«

Ich nickte ihr zu. »Tun Sie das.« Ich blickte mich in den Räumlichkeiten um. Trotz der Größe stand im Nebenraum nur ein King-Size-Bett zur Verfügung. Die geblümte Couch hier im Wohnbereich war nicht unbedingt geeignet, um darauf zu schlafen, und dennoch würde ich genau das heute Nacht tun. »Ich habe für Sie noch eine Zahnbürste und ein Nachtshirt eingepackt.«

Anna May sah mich dankbar an. »Das ist sehr nett von Ihnen.«

Ich kramte die Dinge aus der Tasche und überreichte sie ihr. Unsere Hände berührten sich. Ein Stromstoß durchströmte meine Haut an dieser Stelle und dehnte sich immer weiter auf meinem gesamten Körper aus. Anna May schien es auch zu spüren. Verlegen sah sie zur Seite, während sie ihre Hand zurückzog. »Danke«, hauchte sie mir zu, ehe sie im Badezimmer verschwand.

Ich machte es mir derweil auf der Couch bequem. Müde blickte ich auf die vielen Lichter der Stadt. London, also. Wir hätten genauso gut nach Kapstadt fliegen können. An unserer schlechten Ausgangslange hätte sich auch dadurch nichts verbessert. Wir hatten unsere beiden Familien hinters Licht geführt, sie getäuscht, und wofür?

Wie ein pubertierender Teenager, der seinen Willen nicht bekommen hatte, musste ich mich mit meinem Vater messen, anstatt einmal tief durchzuatmen und die ganze Angelegenheit rational zu betrachten.

Unsere beiden Gemüter waren einfach zu hitzig, sich zu ähnlich, als dass einer von uns beiden hätte klein beigeben können. Während ich darüber nachdachte, musste ich wohl eingeschlafen sein.

»Logan?«, hörte ich in der Ferne eine Stimme nach mir rufen. »Logan?«

»Ja?«, rief ich verschlafen, während ich versuchte, meine Lider zu öffnen.

Da stand Anna May in dem einfachen weißen Männershirt, das ich ihr mitgenommen hatte, vor mir und sah mich mit gerunzelter Stirn an.

»Ist etwas passiert?«, fragte ich besorgt, während ich mich mühevoll von der Couch erhob. Sie war definitiv zu unbequem. Jede

Faser meines Körpers schmerzte höllisch.

»Nein, es ist nur …«, druckste sie herum. »Ich … Also, ich kann nicht schlafen.«

Ich fuhr mir mit der Hand durchs Haar. »Soll ich an der Rezeption nachfragen, ob sie eine Schlaftablette für Sie haben? Oder vielleicht eine heiße Milch? Nein? Was kann ich sonst für Sie tun?« Ich unterdrückte das Gähnen, das mich zu übermannen drohte. Offenbar hatte ich bereits tief und fest geschlafen. Mir fehlte jedwedes Zeitgefühl. Es konnte bereits weit nach Mitternacht sein.

»Könnten Sie sich vielleicht zu mir legen?« Ich traute meinen Ohren nicht, als Anna Mays leise Worte zu mir durchdrangen.

»Wie bitte?«, fragte ich verwundert, während ich mir den Sand aus den Augen rieb. »Habe ich Sie da gerade richtig verstanden? Sie möchten, dass ich mich zu Ihnen lege, mit Ihnen die Nacht verbringe?«

Anna May errötete. »Nein, ich möchte nur, dass Sie das Bett mit mir teilen.« Als sie sich ihrer Worte bewusst wurde, errötete sie noch eine Spur mehr. »Ich wollte Sie bitten, auf der einen Seite des Bettes zu schlafen, während ich auf der anderen liege. Ganz unverfänglich. Ohne irgendwelche Hintergedanken.« Während ihr Teint sich in ein sattes Rot verwandelte, legte sie verunsichert ihre Hände um ihre Mitte und wagte es nicht, mir in die Augen zu sehen.

»Ich werde über meinen Schatten springen und noch eine Nacht mit Ihnen verbringen. Wo Sie mich doch so darum bitten.« Ich lachte. »Könnten wir nun rübergehen? Ich bin hundemüde.«

»Natürlich. Aber wehe, Sie kommen mir zu nahe.«

»Wer kam denn zu mir, um mich zu bitten, gemeinsam in einem Bett zu schlafen? War ich das oder Sie?«

Anna May eilte ohne ein weiteres Wort zurück ins Schlafzimmer, während ich ihr folgte. Das genervte Rollen ihrer Augen entging mir dennoch nicht. Wieder verzog sie sich an den äußersten Rand des Bettes, um ja nicht in Verlegenheit zu geraten, mich auch nur ansatzweise zu berühren.

Als ich ihre gleichmäßige Atmung vernahm, wagte auch ich es endlich, wieder einzuschlafen. Ich träumte von einer Schar von Kindern, einem kleinen Cottage unweit des Meeres und einem Leben, das so gar nichts mit dem meinen gemein hatte. Und ich träumte von Anna May, die mich in diesem Leben begleitete.

Kapitel 22

Anna May

Auch bei Tag war die Suite und der fantastische Ausblick über die Stadt unbeschreiblich schön. Ein wenig erinnerten mich die Räumlichkeiten an die Hotelsuite in dem Hollywoodklassiker *Pretty Woman.*

Während ich die vielen schwarzen Taxis beobachtete, die sich durch den Berufsverkehr schlängelten, und dem London Eye bei seinen gleichmäßigen Runden zusah, bemerkte ich die Parallelen, die zwischen dem Film und meiner momentanen Situation bestanden.

Auch ich war in einer furchtbar teuren Suite untergekommen, begleitete einen Mann, der vorgab, mit mir zusammen zu sein, und … Beim nächsten Gedanken errötete ich: Ich teilte das Bett mit ihm.

Ich warf einen verstohlenen Blick über die Schulter und sah durch die geöffnete Tür ins Schlafzimmer. Logan schlief noch immer. Er lag auf dem Bauch. Sein Oberkörper war nackt. Die breiten Schultern und die muskulösen Oberarme traten überdeutlich hervor, während er seinen Kopf auf seine Hände gebettet hatte. Sein wirres dunkles Haar stand in alle Richtungen ab.

Ob er wohl ohne Boxershorts schlief?, ging es mir unvermittelt durch den Kopf. *Und wie gut war er wohl in diesen noch von mir unentdeckten Gefilden bestückt?*

Ich räusperte mich verlegen, als ich mir meiner Gedanken bewusst wurde, und wandte mich wieder der Stadt zu, die ich schon so oft hatte bereisen wollen. Nie war es dazu gekommen. Dabei hatte mir Nick erst vor einigen Wochen versprochen, mit mir nach London zu fahren. Er wusste, wie viel mir daran gelegen war. Immer hatte er eine neue Ausrede gefunden, sodass ich irgendwann gar nicht mehr nachgefragt hatte.

Und jetzt war ich da. Völlig unerwartet. Dennoch konnte ich mich nicht so richtig darüber freuen. Schließlich hatte ich meine Liebsten in einer Nacht-und-Nebel-Aktion einfach verlassen und ihnen nicht einmal einen Zettel dagelassen, um mich von ihnen zu verabschieden. Sie machten sich bestimmt schon furchtbare Sorgen um uns.

Ich war versucht, mich bei ihnen zu melden, um ihnen wenigstens zu sagen, dass es mir gut ging. Doch dann verließ mich der Mut wieder. Logan schlief noch immer, während ich die schmalen Kähne auf der Themse beobachtete, die früher eine besonders wichtige Rolle für die Stadt gespielt hatten. Auf diese Weise waren Kohle, Lebensmittel und Getränke verschifft worden. Dies vor allem im Hinblick darauf, die bereits zur damaligen Zeit viel befahrenen Straßen zu entlasten.

Es gab so vieles, was ich über die Stadt gelesen hatte, und so vieles, was ich mir unbedingt einmal ansehen wollte. Der Buckingham Palace hatte es mir dabei besonders angetan. Alles Royale war irgendwie spannend für mich, auch wenn ich mir nicht vorstellen konnte, je ein ähnliches Leben zu führen.

Ständig unter Beobachtung durch die Presse und die Medien zu stehen, war für mich eine Horrorvorstellung. Mir taten die royalen Häupter und die Schauspieler und Musiker, die immer und überall dem Blitzlichtgewitter der Paparazzi ausgeliefert waren, furchtbar leid. Das war doch kein Leben. Ständig musste man sich in Acht nehmen, was man in der Öffentlichkeit sagte oder machte. Und auch wenn man sich vorbildlich verhielt, gab es immer Leute, die einem etwas ankreiden wollten. Vielleicht war das Kleid zu kurz, die Rede zu lang, der Lacher zu laut oder die Freude über ein überreichtes Geschenk zu gering gewesen.

Wie man es auch drehen oder wenden mochte, es gab immer Menschen, die einem das Leben zur Hölle machen konnten. Logans Dad war dabei sicher auch ein heißer Kandidat. Er schien ein sehr dominanter Mann zu sein, der Meinungen, die nicht der seinen entsprachen, blindlings unter den Teppich kehrte.

Auf der Straße hielt gerade einer dieser klassischen doppeltstöckigen roten Busse an. Ein paar Leute stiegen aus, andere ein. Wie gerne ich auch einmal mit solch einem Bus fahren würde. Oben, ganz vorne an der Scheibe musste man einen tollen Blick über die Straßen der Stadt haben.

Da Logan noch immer schlief, entschied ich mich, in die Badewanne zu gehen, um auf andere Gedanken zu kommen. Die goldenen Armaturen und die edle Emailwanne, die auf frei stehenden Füßen stand, waren wie aus einer anderen Zeit und erinnerten mich stark an das Badezimmer in Logans Elternhaus. Ich unterdrückte den Gedanken daran und goss einen Badezusatz in das laufende Wasser ein, der auf dem Wannenrand bereitgestanden hatte.

Sogleich war die Luft von einer Mischung aus Rosen und Lavendel erfüllt. Ich entspannte mich ganz automatisch, während ich die Tür ins Schloss fallen ließ, mein T-Shirt abstreifte und mich langsam ins Badewasser sinken ließ.

Die Tür im Rücken suchte ich eine Playlist auf meinem Handy aus und schloss die Augen. Kurz überlegte ich noch, ob ich die Tür abgeschlossen hatte, aber das war mir wenige Sekunden später schon völlig egal.

Der massige Badeschaum der duftenden Mischung bedeckte meinen ganzen Körper hinreichend. Wenn Logan wirklich unangekündigt in den Raum platzen sollte, würde er nichts sehen, was er nicht zu sehen hatte.

Ich schloss die Augen, während ich den Klängen von Emeli Sandé lauschte. Ich liebte einfach alles von ihr und genoss es in vollen Zügen, seit einer Ewigkeit mal wieder in angemessenen sanitären Anlagen verweilen zu dürfen. Das Plumpsklo im Hotel in Edinburgh war mehr als eine Zumutung.

Relaxt döste ich vor mich hin, als Logan aufgebracht ins Badezimmer gestürmt kam. »Was machen Sie hier?«, fragte er doch allen Ernstes.

»Ich nehme ein Bad. Sieht man das nicht?« Ich funkelte ihn böse an. »Und was machen Sie hier?«, fragte ich brüskiert, während ich meine Hände vor die Brust nahm. Leider hatte sich der viele Schaum mittlerweile verflüchtigt, ohne mir vorher Bescheid zu geben.

Logan schien für einen Moment überfordert. Er wusste nicht so recht, wo er zuerst hinsehen beziehungsweise auf keinen Fall hinsehen sollte. Dennoch fuhren seine Augen auf meinem Körper Achterbahn. Auf und nieder. Immer wieder.

»Mr. McGregor«, zischte ich, während ich die Beine überschlug und plötzlich fürchterlich unkomfortabel dasaß. Bis vor wenigen Sekunden hatte ich mich in dieser Wanne noch wie im siebten Himmel gefühlt.

»Wie bitte?«, hörte ich Logan schließlich sagen, der vollkommen in seiner eigenen Gedankenwelt gefangen schien.

»Es wäre ein Gebot der Höflichkeit, wenn Sie sich zumindest so lange umdrehen würden, bis ich aus der Badewanne gestiegen bin und mir ein Handtuch umgelegt habe, wenn Sie schon nicht das Zimmer verlassen wollen.«

»O ja. Entschuldigen Sie, bitte.« Dabei drehte er sich um, während ich mich aus der Wanne erhob und nach dem Handtuch griff, das ich mir auf einem Hocker daneben bereitgelegt hatte.

Als ich wieder aufsah, erblickte ich ein lüsternes Augenpaar im Spiegel über dem Waschbecken, das direkt auf mich gerichtet war. »Logan!«, schrie ich. Was genug war, war genug. »Sie verhalten sich wie ein pubertierender Sechzehnjähriger, der noch nie eine Frau nackt gesehen hat.«

»Ich muss Sie enttäuschen, Miss Fisher, schon damals war ich ein sehr erfahrener junger Mann.« Dabei grinste er schelmisch übers ganze Gesicht.

Logan reichte mir seine Hand, doch ich nahm sie nicht an.

»Was ist so furchtbar wichtig, dass Sie es mal wieder für nötig hielten, ungefragt ins Badezimmer hereinzuplatzen? Oder waren Sie nur scharf darauf, mich noch mal nackt zu sehen?« Dabei schlang ich mir das Handtuch um den Körper und stieg aus der Wanne.

Logan pfiff anerkennend. »Die Londoner Luft scheint Ihnen gutzutun, Miss Fisher. So wortgewandt habe ich Sie schon lange nicht mehr erlebt. Vergessen scheint das, was wir in Schottland zurückließen.«

In meinem Kopf blitzte das Familienfoto auf, das wir vergangene Weihnacht aufgenommen hatten, und das sich seither auf dem Kaminsims im Haus meiner Eltern befand. Eine glückliche Familie. Eine Familie, die sich gegenseitig vertrauen konnte. Ohne Wenn und Aber. Ich schluckte.

»Lenken Sie nicht ab. Was wollen Sie? Was ist los?« Ich schüttelte leicht mit dem Kopf, um das Bild darin loszuwerden.

»Mein Vater ist los«, erwiderte Logan zähneknirschend, ehe er sich wieder zu mir umdrehte. »Er hat offenbar der Presse gesteckt, dass wir am Samstag heiraten werden. Das Aufgebot steht schon in der Zeitung.« Die Worte sprudelten nur so aus seinem Mund, während in meinem Kopf ein neuerliches Kopfkino ansprang.

»Nein, das darf er nicht. Wie konnte er nur?« Entsetzt schlug ich mir die Hand vor den Mund. Offenbar schienen unsere Familien einfach munter weiterhin zu planen. Schmerzlich erkannte ich, dass die Sorge um Logan und mich wohl eher gering ausfiel.

»Das ist seine Art, mich unter Druck zu setzen und mir zu sagen, dass ich schleunigst zurückkommen soll.« Logan schnaubte wütend aus. »Aber wenn er denkt, dass er mich auf diese Weise zu etwas zwingen kann, dann hat er sich gewaltig geschnitten.«

Ohne es zu wollen, begann mein ganzer Körper plötzlich heftig zu zittern. »Wie haben Sie davon erfahren?« Meine Gedanken überschlugen sich, während ich vor Kälte zu schlottern begann.

»Herrgott, Sie frieren ja.« Logan zog mich ohne Vorwarnung an seine breite Brust. Bis auf eine Boxershorts trug er noch immer nichts am Leib. Offenbar war er gleich nach dem Aufstehen ins Badezimmer gestürmt und hatte vergessen, sich etwas überzuziehen.

Meine Wange schmiegte sich wie von allein gegen seine muskulöse Brust, während sich mein übriger Körper freiwillig in seine Umarmung drängte. Seine Hände auf meiner nackten Haut fühlten sich wie kleine Nadelstiche an, doch ich ließ es geschehen, genoss es sogar.

Verzweifelt stemmte ich meine Hände gegen seinen Oberköper, um mich von ihm loszumachen. Doch ich hatte nicht die Kraft dazu. Meine Beine fühlten sich plötzlich wie Wackelpudding an. Es kostete mich große Anstrengungen, mich auf den

Füßen zu halten.

Ich hob meinen Kopf und blickte unvermittelt in Logans dunkle Augen. Der Karamellrand um seine Iris begann zu glühen, während er mich durchdringend und zugleich erregt ansah. Seine Hände umschlossen fest meine Oberarme. Heiser stöhnte ich auf, als sich seine Lippen auf die meinen zubewegten. Unfähig, etwas zu sagen oder zu machen, starrte ich ihn erschrocken an, ehe ich schließlich die Augen schloss und mich dem Unabwendbaren stellte.

Plötzlich ließ er mich los, ich öffnete meine Lider. »So ganz abgeneigt sind Sie dann wohl doch nicht, Miss Fisher.«

»Ich bin verwirrt, und Sie haben versucht, die Situation schamlos auszunutzen.« Ich wich einen Schritt vor ihm zurück, um etwas räumliche Distanz zwischen uns zu bringen. »Die letzten Tage waren nicht ganz einfach. Woran Sie keinen unerheblichen Anteil haben, wenn ich Sie daran erinnern darf. Also kommen wir wieder auf das Wesentliche zu sprechen und unterlassen Sie zukünftig diese Übergriffe auf meine Person.«

Logan lachte und wieder zeichneten sich die beiden Grübchen auf seinen Wangen ab. »Wie Sie meinen.«

»Woher stammt die Info über die Bekanntmachung?«, hakte ich sachlich nach, ohne mir meinen inneren Aufruhr anmerken zu lassen. Fest umklammerte ich derweil den Rand der Badewanne, ehe ich mich schließlich dagegen sinken ließ.

»Sie erinnern sich sicher noch an den Zwischenfall im Café, als die Dame von der Presse mit ihrem Foto-Fuzzi Bilder von uns geschossen hat. Ich hatte ihr die Exklusivrechte an den Bildern unserer Verlobung versprochen, wenn sie die Bilder aus dem Café nicht veröffentlichen würden. Heute früh hat mich die besagte Dame angerufen und mir die Leviten gelesen. Es wäre unverschämt von mir, die Anzeige der Hochzeit drucken zu lassen. Schließlich warte sie noch immer auf die Bilder von der Verlobungsfeier. Bla, bla, bla. Sie können sich vorstellen, dass die Pressetante vom *The Scotsman* nicht sonderlich gut auf mich zu sprechen war und ich ihr nur schwerlich klarmachen konnte, dass ich mit dieser Bekanntgabe nichts zu tun habe.«

»Jetzt weiß es die ganze Welt«, sagte ich mehr zu mir selbst, während ich an meine arme Granny denken musste. Sie hatte den *Scotsman* abonniert und las ihn, seit ich denken konnte, und würde nun auf diese Weise erfahren, dass ich vorhatte, jemanden zu heiraten. Was ich ja gar nicht tat. Doch alle Welt würde es nun glauben.

»Na ja, ich würde es auf die Leser der Zeitung beschränken«, warf Logan milde lächelnd ein. »Dennoch sind das mit Sicherheit nicht wenige, wenn Sie mich fragen.« Er ließ sich ebenfalls schwer auf den Wannenrand fallen.

»Was nun?«, fragte ich in die plötzliche Stille hinein.

»Sightseeing und Shopping? Schließlich haben Sie nichts anzuziehen«, erklärte er auf meinen schiefen Blick hin.

Und plötzlich hörte ich Roy Orbison das Lied *Pretty Woman* anstimmen, während Julia Roberts über den Rodeo Drive flanierte.

Kapitel 23

Logan

Anna May kam aus dem Staunen gar nicht mehr heraus.

»Können wir bitte noch eine Runde mit dem Bus fahren?«, fragte sie wie ein kleines Mädchen, dem ein lang gehegter Wunsch erfüllt wurde. Sie strahlte übers ganze Gesicht, während sie in dem doppelstöckigen Bus oben in der ersten Reihe saß. Nicht einmal ihre trashigen Kleider oder ihre nerdige Brille konnten sie heute entstellen.

»Natürlich. Allerdings könnten wir auch an der nächsten Haltestelle aussteigen und im Hyde Park eine Runde drehen, ehe wir in der Oxford Street nach neuen Kleidern für Sie Ausschau halten. Was meinen Sie?«

Anna Mays Gesichtszüge verhärteten sich, während sie sich dennoch zu einem Lächeln durchrang. »Ich freue mich auf den Spaziergang durch den Hyde Park. Ich habe schon so viel darüber gelesen.«

Dann drehte sie sich wieder nach vorne. Über die Shoppingtour auf der Oxford Street verlor sie kein Wort.

Die junge Frau, die eben erst in meinem Büro als meine persönliche Assistentin angefangen hatte, war in kürzester Zeit so viel mehr geworden. Ohne es mir so recht eingestehen zu wollen, hätte ich im Moment keinen Menschen lieber an meiner Seite als Anna May.

Das war verrückt. Schließlich entsprach sie so gar nicht dem Typ Frau, den ich mochte. Sie war unscheinbar, versteckte ihre Vorzüge hinter einer Verkleidung, die ihr nicht gerecht wurde.

Und dennoch. Irgendetwas an ihr weckte meine Neugierde, ein tiefes Verlangen, mehr über die schüchterne Frau zu erfahren.

»Ist das nicht die Haltestelle, die Sie meinten?«

»Wie? Ach ja. Genau. Lassen Sie uns runtergehen.«

Als ich das letzte Mal im Hyde Park war, hatte ich mit einer schönen jungen Frau in einem der angrenzenden Restaurants zu Mittag gegessen. Es war ein ebenso warmer Tag im Frühjahr gewesen wie heute, die Schwäne waren auf *The Serpentine* einträglich neben den Booten hergeschwommen. Aus den angrenzenden Bars und Restaurants sahen die Menschen auf das Wasser, genossen ihren Lunch und unterhielten sich angeregt.

Die Sonnenstrahlen tänzelten wie kleine funkelnde Lichter über das Wasser.

»Sind Sie schon mal mit dem Boot auf dem See gefahren?«, fragte Anna May mich, während sie sich aus Ermangelung eines Platzes auf einer Bank auf die Wiese setzte. Ich kniete mich zu ihr runter, auch wenn ich mir dabei sicher Grasflecken in meine schwarze Gucci-Jeans machte.

»Nein, ich war noch nicht auf *The Serpentine* unterwegs, auch wenn es sicher sehr romantisch ist und mir bei der ein oder anderen Frau sehr zum Vorteil gereicht hätte.« Mit größter Zufriedenheit bemerkte ich den Anflug von Eifersucht, der sich kaum merklich auf Anna Mays Gesicht abzeichnete.

»Ein so gut aussehender und erfolgreicher Mann wie Sie hat es sicher nicht nötig, seine Angebetete über den See zu rudern. Wenn die eine nicht will, dann stehen sicher noch zig andere parat, die, sagen wir, aushelfen könnten?«

Ich lachte. »Ein Gentleman genießt und schweigt.«

»Ja, ich erinnere mich. Das hatten wir bereits.« Anna May zog die Füße an den Körper und schlang ihre Arme darum, während sie ihren Kopf auf ihre Knie legte und auf das Wasser hinaussah. »Wahrscheinlich sind Sie nur nicht sonderlich gut bestückt.«

Ein Schmunzeln stahl sich auf ihre Lippen, während sie weiter auf den See blickte.

»Wie bitte? Wie darf ich das denn verstehen?«, fragte ich irritiert.

Anna May sah mich daraufhin mit diesem wissenden Lächeln an. »Na, wahrscheinlich fehlt Ihnen die Kraft, eine Frau über den See zu rudern. Ich gehe jede Wette ein, dass Ihnen schon nach drei Ruderschlägen die Puste ausgeht.«

»Na, das wollen wir doch mal sehen.« Ohne zu kapieren, dass ich im Begriff war, in eine mit Leuchtsignalen aufgestellte Falle zu tappen, stand ich auf und marschierte die wenigen Schritte hinüber zum Bootshaus. Als mir dämmerte, was Anna Mays Absicht gewesen war, war es bereits zu spät.

Zähneknirschend bot ich Anna May meine Hand an, nachdem ich das Boot bestiegen hatte.

»Sind Sie sicher, dass das eine gute Idee war?«, fragte mich dieses freche Geschöpf auch noch, ehe sie mir endlich ihre Hand reichte und ebenfalls in dem Boot Platz nahm.

»Das wird sich gleich zeigen. Um was wetten wir eigentlich?«

»Wie meinen Sie das?« Anna May nahm mir gegenüber auf der Bank Platz und sah mich verunsichert an.

»Sie sprachen von einer Wette. Ich glaube, es waren nicht mehr als drei Ruderzüge, die Sie mir vor nicht einmal zehn Minuten zutrauten. Was ist denn, wenn ich vier oder gar mehr schaffe? Was ist Ihr Wetteinsatz? Oder hat sich Ihre Meinung zwischenzeitlich geändert?« Siegessicher krempelte ich die Ärmel meines

Hemdes nach oben, um meine muskulösen Oberarme freizulegen. Irgendetwas an Anna May zwang mich dazu, sie zu necken, anzustacheln, das Feuer in ihr zu wecken, das mir schon das ein oder andere Mal aus ihren eisblauen Augen entgegengeblitzt war. Es war ein nahezu berauschendes Gefühl, wenn sie mir Konter gab und wir beide uns fetzten, bis die Federn flogen.

Sicher war die Kleine eine Granate im Bett. Ich wüsste wirklich nur zu gerne, wie sie sich anfühlte, wie sie schmeckte, wie sie roch, wie sie sich unter meinen Berührungen wand und um Erlösung flehte.

Die Zweisamkeit mit Anna May war Fluch und Segen zugleich. Jede Sekunde, die ich länger in ihrer Gegenwart verbringen durfte, brachte mich meinem Ziel näher, auch wenn ich dieses noch nicht genau benennen konnte. Ich spürte nur, dass es richtig war, sie um mich zu haben, mit ihr zu lachen, sie zu berühren, sie zu necken.

»Ich weiß nicht. Vielleicht wetten wir um einen Kaugummi.« Anna Mays Gesichtsausdruck spiegelte ihre Unsicherheit wider. Die Situation schien ihr in keinster Weise zu gefallen. Schützend legte sie ihre Arme vor den Körper, während ich meinen Blick einfach nicht von ihr abwenden konnte.

Entweder litt ich an einem Mangel, was das Miteinander zwischen Frau und Mann anbelangte, oder meine Sinne spielten endgültig verrückt. Was reizte mich an Anna May? Was ließ meine Gedanken nur immer wieder um sie kreisen? Warum versuchte ich nicht, eine Lösung für unser Problem zu finden?

»Entschuldigen Sie, Mylady, aber so billig kommen Sie mir nicht davon.« Ich musste grinsen, als Anna May die Augen wie ein verschrecktes Bambi weit aufriss und mich verschüchtert ansah.

»Nicht?«, fragte sie mit erstickter Stimme, während das Knistern zwischen uns kaum mehr überhörbar war.

Alles in unserer Umgebung schrie mir förmlich zu: Küss sie doch! Und ich hätte nichts lieber getan. Aber ein leises Stimmchen in meinem Kopf hielt mich davon ab. Anna May zu küssen, würde die Welt, wie ich sie kannte, aus den Angeln heben. Es würde nichts mehr so sein, wie es war. Ich würde nicht mehr der sein, der ich bis zu diesem Tag war.

Und dennoch. »Wenn es mir gelingt, Sie über das Wasser zu rudern, dann ...« Noch zögerte ich, konnte den Wunsch, der mir auf der Seele brannte, nicht in Worte fassen. Mein ganzer Körper stand in Flammen, während ich mich darum bemühte, nach außen hin ruhig und gelassen zu wirken. Schließlich wollte ich das arme Ding nicht verschrecken.

Es gab nicht mehr vieles, was mein Herz dermaßen in Wallung bringen konnte. Im Grunde genommen war Anna May eine Droge, die mich wieder zum Leben erweckte. All die belanglosen One-Night-Stands und das oberflächliche Geplänkel auf den angesagtesten Partys und Veranstaltungen in Edinburgh hatten eine Maschine aus mir werden lassen, die zu wahren Gefühlen nicht mehr in der Lage war.

Vielleicht griff das Ganze aber auch schon viel früher auf mich über. In meiner Kindheit war mein Vater ein Meister darin gewesen, Gefühlen keine Chance zu geben. Schon seit ich denken konnte, hatte er mich auf die Übernahme der Destillerie vorbereitet. Viel Platz für Liebe und Zuneigung war da nicht geblieben.

»... dann verbringen Sie die Nacht mit mir.« Es war ausgesprochen. Kein Weg führte mehr zurück. Mein Herz schlug mir bis zum Hals, während ich wie gebannt auf ihre Lippen starrte.

Sie würde etwas dazu sagen müssen. Wie würde sie darauf reagieren? War ich zu weit gegangen?

»Ich denke nicht, dass das eine Option darstellt, die wir wirklich ins Auge fassen sollten. Schließlich sind Sie noch immer mein Arbeitgeber, und ich bin nur hier, um …«

»Warum sind Sie hier, Anna May? Warum sind Sie bei mir geblieben?«

»Weil ich …« Dann stand sie abrupt auf. »Das ist doch lächerlich. Mir ist die Freude an der Bootsfahrt vergangen. Ich möchte sofort aussteigen.«

»Warten, Sie. Wenn Sie sich zu ruckartig bewegen, dann kentern wir.« Ohne meinen Worten Gehör zu schenken, setzte Anna May einen Fuß auf die Kante des Bootes. Ich hechtete ihr nach, um sie davon abzuhalten, auszusteigen. Dabei geriet unser Boot in beängstigende Schieflage.

Wir sahen uns einen Moment wissend an, ehe sich das Boot auf die rechte Seite legte, dann verloren wir das Gleichgewicht und landeten schließlich im kalten Wasser des Sees. Der Bootssteg war keine zwei Meter entfernt.

»Ahhh!«, schrie Anna May, als sie aus dem Wasser auftauchte. Ihre Haare waren klitschnass und hingen ihr in langen Strähnen über den Rücken. Das weiße Männershirt schmiegte sich wie eine zweite Haut an ihren Körper und schenkte dem weiten Kleidungsstück endlich so etwas wie einen passgenauen weiblichen Schnitt.

Während Anna May wie wild um sich ruderte, schwamm ich auf sie zu und konnte mir das Lachen einfach nicht verkneifen. Anna May sah mich einen Augenblick verwundert an, ehe auch sie herzlich zu lachen begann. Die Situation war einfach so komisch, dass wir gar nicht anders konnten, als uns darüber kaputtzulachen.

»Sehen Sie es als Wink des Schicksals«, hörte ich Anna May sagen, während sie sich an dem verwitterten Holz des Stegs nach oben hievte.

»Was wollen Sie denn jetzt damit sagen? Machen Sie etwa das Schicksal dafür verantwortlich, dass wir ins Wasser gefallen sind? Oder wie darf ich Ihre Äußerung verstehen?«

Als Anna May schließlich auf dem Steg stand, reichte sie mir die Hand, um mir ebenfalls aus dem Wasser zu helfen. »Es soll wohl einfach nicht sein, was Sie in Ihrem unverschämten Wetteinsatz forderten.«

Mit einem Satz kam ich ganz dicht neben ihr auf dem Holz zum Sitzen. »Wenn Sie nicht so herumgehampelt hätten, dann säßen wir jetzt ganz sicher noch im Boot und ich hätte unter Beweis stellen können, wie fähig ich bin.« Die Zweideutigkeit meiner Worte ließ Anna May ein Stück zurückweichen.

»Wie dem auch sei, für die heutige Nacht müssen Sie sich wohl eine andere Gespielin suchen. Ich stehe nicht zur Verfügung.«

Als ich den Blick nicht von dem anmutigen Gesicht, den großen blauen Augen und dem durchweichten weißen Shirt nehmen konnte, schlang Anna May abermals ihre Arme schützend vor ihren Körper.

Ein laues Lüftchen wehte und ließ ihre Knospen unter dem Kleidungsstück deutlich hervortreten. Sie begann zu zittern, während auch mir langsam kalt wurde. Ich streifte das Hemd ab, als der Verleiher des Bootes auf uns zukam..

Kapitel 24

Anna May

Während der Latino mit den kurzen schwarzen Haaren, dem grellen Hemd und den weit ausgestellten grau-weiß karierten Bermudas mit Logans Hilfe versuchte, das Boot aus dem Wasser zu holen, stand ich teilnahmslos daneben, war nicht in der Lage, meinen Blick von Logans breiten Schultern und dem Muskelspiel seiner Oberarme abzuwenden.

Beim Gedanken an seinen Vorschlag von vor wenigen Minuten errötete ich schlagartig. Er wollte also die Nacht mit mir verbringen. Und damit meinte er ganz sicher nicht, dass wir noch einmal nebeneinander in dem King-Size-Bett schlafen sollten, ohne uns zu berühren. Ohne mit der Wimper zu zucken, hatte er seine Forderung formuliert und nahezu sehnsüchtig auf meine Antwort gewartet.

Für einen furchtbar langen Augenblick war ich versucht gewesen, auf den Deal einzugehen. Aufgewühlt biss ich mir auf die Unterlippe, während ich das Klappern meiner Zähne zu unterdrücken versuchte.

Trotz der milden Temperaturen war mir bitterkalt. Das Wasser hatte jede Faser meines Körpers ausgekühlt. Wenn ich nicht schnell aus den nassen Klamotten herauskam, würde ich mir noch den Tod holen. So viel stand fest.

Ich haderte mit mir, ob ich nicht zumindest den Rock abstreifen sollte. Dann erinnerte ich mich wieder an Logans erregte Blicke auf meinen nackten Körper und unterließ es, um die angespannte Situation nicht noch mehr anzufeuern. Das Shirt konnte ich auch nicht ausziehen, da ich darunter nicht einmal einen BH trug. Es war wie verhext, aber ich hatte schließlich nicht damit gerechnet, heute spontan im See des Hyde Parks baden zu gehen.

Die körperliche Nähe zu Logan war mir plötzlich nicht mehr geheuer gewesen. Diese leise Sehnsucht, die daraufhin ihre Stimme tief in mir erhob und mich lautstark aufforderte, gegen jede Vernunft die Nacht mit ihm zu verbringen, hatte mich verstört.

Das war so verrückt, dass ich schnellstmöglich aus dem Boot steigen, räumliche Distanz zwischen uns bringen musste. Es war nicht gut für mich, so viel Zeit mit Logan zu verbringen. Nicht gut für mein Herz. Wenn ich nicht wollte, dass ich einen schlimmen Fehler beging, den ich anschließend bitter bereuen würde, musste ich dringend die Reißleine ziehen und von hier verschwinden.

Ohne es zu wollen, stand ich kurz davor, mich in einen Mann zu verlieben, der es nicht wert war, geliebt zu werden. Der nur darauf aus war, das nächste Abenteuer zu suchen, und kein Interesse an einer Beziehung auf Augenhöhe und von Dauer hatte.

»Rufen Sie uns bitte noch ein Taxi«, bat Logan den Verleiher, ehe er sein triefendes Handy aus der Hose fischte. »Das iPhone war leider nicht wasserdicht.« Dann sah er zu mir. »Wenn ich gewusst hätte, dass Sie mit mir baden gehen wollen, dann hätte ich mein Handy im Hotel gelassen. Sie hätten bloß etwas sagen müssen. Ich wäre Ihnen doch bereitwillig überallhin gefolgt.« Dabei zwinkerte er mir verführerisch zu. »Vielleicht sollten wir in Zukunft die Wünsche und Vorlieben des jeweils anderen ausführlich besprechen, um nicht wieder in eine solch … prekäre Situation zu gelangen.«

Das Leder seiner Schuhe quietschte bei dem Versuch, es von

den Füßen zu streifen. Auf die Schuhe folgten die Socken. Dann öffnete er den Reißverschluss seiner Hose.

»Was?«, kommentierte er meinen fragenden Blick.

»Ich denke, es wäre besser, wenn Sie Ihre Hose anbehielten.«

Logan stemmte seine Hände in die Hüften und grinste mich schelmisch an. »Für wen? Ich hole mir den Tod in den nassen Klamotten.«

Und ich würde sterben, wenn ich ihn noch einmal halb nackt ansehen müsste und nicht berühren dürfte. »Das Taxi wird uns so nicht mitnehmen«, suchte ich fieberhaft nach einer Erklärung, während Logan in der Bewegung innehielt.

»Kann es sein, dass ich Sie durcheinanderbringe?« Dabei öffnete er wie in Zeitlupe Krampe für Krampe seines Reißverschlusses.

Um mich abzulenken, drehte ich mein langes Haar mit beiden Händen eng zusammen, um das restliche Wasser, das sich noch immer darin befand, auszuwringen. »Das hätten Sie wohl gerne.«

»Irgendetwas in Ihrer Stimme verrät mir, dass ich sehr wohl recht habe. Aber ich bin viel zu nass und zu müde, um mir hier weiter die Beine in den Bauch zu stehen und mir die Eier abzufrieren.« Ruckartig zog er sich die Hose vom Leib. »Wenn Sie sich doch noch dazu entschließen könnten, mit mir in einem Taxi ins Hotel zu fahren, wäre ich bereit, Ihre Bedenken dort weiter zu vertiefen.«

Keine zwanzig Minuten später standen wir wieder in der exklusiven Suite des Savoy Hotels, die mir plötzlich viel zu klein erschien. Der Raum war über und über angereichert von dem kaum noch überhörbaren Knistern zwischen Logan und mir, was mich unweigerlich zurückschrecken ließ.

Da erinnerte ich mich wieder an die Hotelangestellte zurück, die vor wenigen Minuten in der Lobby keinen Hehl daraus gemacht hatte, dass sie Logan gerne mit den nassen Sachen behilflich gewesen wäre. Mit Blicken hatten sich die beiden regelrecht gegenseitig ausgezogen. Zumindest war es mir so vorgekommen. Wenn ich nicht gewesen wäre, hätte Logan sie womöglich mit aufs Zimmer genommen.

Ein innerer Aufruhr war in mir zu verspüren, als ich darüber nachdachte. War es so etwas wie Eifersucht, das ich da empfand? Vollkommener Blödsinn. Das war totaler Quatsch. Ich hatte überhaupt nichts übrig für Logan. Sein wohl definierter Körper hatte überhaupt keinen Reiz für mich.

»Ich werde unter die heiße Dusche hüpfen. Sie sollten es mir gleichtun und am besten einfach direkt mitkommen. Sonst holen Sie sich noch den Tod. Ziehen Sie doch endlich das Shirt und den dämlichen Rock aus. Auf was warten Sie denn noch?«

»Darauf, dass Sie endlich im Badezimmer verschwinden«, erwiderte ich verbissen, während mein Zeigefinger ihm die Richtung wies.

Logan schüttelte den Kopf. »Sie sind wirklich prüde, Anna May. Sagen Sie bloß nicht, Sie hätten noch nie einen Mann nackt gesehen. Oder war das vielleicht der wahre Grund, warum Nick und Sie entschieden haben, getrennte Wege zu gehen?«

In Ermangelung an Büchern zog ich meinen Rock aus und warf ihn wütend nach ihm. »Ich glaube nicht, dass es Sie etwas angeht, weshalb Nick und ich uns getrennt haben. Aber eins sei gesagt: Ich habe mit ihm Schluss gemacht.«

Logan fing das nasse Kleidungsstück gekonnt auf, das ich ihm eigentlich um die Ohren hatte werfen wollen. »Da ist es ja wieder.«

»Was ist da wieder?« Ich hob erwartungsvoll eine Augenbraue.

»Na, das Temperament in Ihnen, das meist nur auf kleiner Flamme vor sich hin köchelt. Wenn man jedoch den richtigen Punkt bei Ihnen trifft, dann explodieren Sie wie ein Feuerwerk.«

Die Hand auf der Klinke der Badezimmertür wandte Logan sich noch einmal zu mir um. »Entscheiden Sie sich. Kommen Sie mit. Sie werden es nicht bereuen«, hauchte er mir verführerisch zu.

Mein Unterleib begann heftig zu zucken, während jede Faser meines Körpers von mir verlangte, ihm Gehör zu schenken. Doch einmal von der verbotenen Frucht gekostet, würde es kein Zurück mehr für mich geben. Das musste doch selbst mein verräterischer Körper kapieren.

»Ich lasse Ihnen gerne den Vortritt«, erwiderte ich heiser, während ich mich nach außen hin tough gab. »Auch wenn ich glaubte, Sie wären ein Gentleman. Zumindest wurden Sie nicht müde, dies immer und immer wieder zu behaupten.«

Ein nur angedeutetes Lächeln umspielte Logans Mundwinkel, ehe er sich von der Tür losriss und in meine Richtung lief. Mit seinem Zeigefinger hob er mein Kinn eine Spur in die Höhe, sodass ich ihm direkt in die Augen sehen musste. »Wenn Sie mir unter die Dusche folgen, werde ich Ihnen zeigen, was für ein Gentleman ich bin.« Wie von allein begaben sich seine Hände auf meinem Körper auf Wanderschaft. Anfänglich strich er nahezu keusch an meinen Oberarmen entlang, passierte die Hände und glitt mit seinen Fingern unerbittlich weiter in Richtung meiner Taille, verweilte dort für einen unglaublich langen Moment, in dem mir heiß und kalt zugleich wurde, ehe er mit seinen Händen meinen Po umfasste und mich ein Stück zu sich zog.

Wir standen so dicht beieinander, dass kein Blatt Papier mehr zwischen uns gepasst hätte. Ich stöhnte auf, als ich die Wärme seines Körpers spürte. Offenbar hatte er den Ausflug in das kühle Nass gut verwunden.

»Wie würden Sie mir denn beweisen wollen, dass ich mich irre?«

Kaum hatten die Worte meinen Mund verlassen, taten sie mir auch schon wieder leid. Es war falsch, mit dem Feuer zu spielen. Wenn ich nicht achtgab, würde ich mich schneller auf seiner Eroberungsliste wiederfinden, als es mir lieb war. Ich sollte besser alles daransetzen, mich von ihm loszureißen, anstatt auch nur noch einen Augenblick länger in seiner Nähe zu verbringen.

Mein Verstand war willig, aber mein Herz und mein Körper verbündeten sich gegen ihn. Je länger ich in Logans starken Armen lag, seine Berührungen auf meiner Haut spürte, umso schwerer würde ich widerstehen können.

»Ich hätte da einiges im Repertoire.« Er schmunzelte. »Aber warum der vielen Worte? Lassen Sie uns doch gleich zur Tat schreiten.«

»Das hätten Sie wohl gerne.« Ich wollte mich von ihm losreißen, doch er hielt mich fest in seinen Armen.

»Anna May, Sie müssen es doch auch spüren. Warum wehren Sie sich dermaßen dagegen?«

»Ich denke nicht, dass wir weiter darüber sprechen sollten. Worte lassen sich nicht mehr so leicht zurücknehmen. Wissen Sie? Einmal ausgesprochen, können Sie eine Welt ins Wanken bringen. Machen Sie das nicht«, flehte ich ihn an.

Er sah mir fest in die Augen, während seine Kieferknochen zu mahlen begannen. Offenbar nahm er sich meine Worte zu Herzen. »Warum sind Sie mit mir gekommen? Warum sind Sie geblieben?«, fragte er mich erneut, und wieder scheute ich mich vor der Antwort.

»Ich … Es gab keinen anderen Weg.«

»Bullshit!«, stieß er wütend hervor. »Es gibt immer einen anderen Weg. Warum sind Sie geblieben?«

Wir beiden sahen uns fest in die Augen. Ich konnte ihm nicht sagen, was mir auf dem Herzen lag, konnte nicht offenbaren, wie es tief in mir drinnen aussah, ohne Gefahr zu laufen, alles zu verlieren.

»Sagen Sie es mir, Anna May. Sprechen Sie mit mir. Sie werden sehen, es wird Ihnen besser gehen, wenn Sie es ausgesprochen haben.« Liebevoll strich er mir eine der nassen Strähnen meines Haares, die mir ins Gesicht hingen, hinters Ohr, ehe er seine warme Hand auf meine Wange legte, wie um mir Mut zuzusprechen.

»Ich denke, Sie sollten jetzt unter die Dusche gehen, Logan.« Ich wandte all meine Energie auf, um mich gegen die Versuchung zu stemmen. Es fehlte nicht mehr viel, und ich würde auf das zarte Aufbegehren meiner Vernunft pfeifen.

»Allein?«

»Allein.«

»Sind Sie sicher? Ist es wirklich das, was Sie wollen?«

Ehe ich es mir doch noch anders überlegen konnte, war ein lautes, rhythmisches Brummen zu hören. Auf der gläsernen Tischplatte zu meiner Rechten lag mein vibrierendes Handy. Mein Blick streifte das Display. Es war Granny, die mich zu erreichen versuchte. Ich musste rangehen, bevor sie sich Sorgen um mich machte.

»Ich muss da rangehen.«

Logan sah enttäuscht drein. »Bitte, nehmen Sie das Gespräch ruhig an. Wir waren ja auch gar nicht im Begriff, hier etwas sehr

Wichtiges zu klären.« Er schnaubte, während er die Hände von mir nahm und schwungvoll in die Höhe riss.

»Hier geht es zur Abwechslung mal nicht um Sie, sondern um meine herzkranke Granny.«

Ohne weiter auf seine Widerworte einzugehen, nahm ich das Gespräch entgegen.

»Hey, Granny«, meldete ich mich mit gequält freudiger Stimme. Ich wandte mich von Logan ab, ging ins Schlafzimmer und zog die Tür hinter mir ins Schloss. »Wie geht es dir?«

»Hallo, mein Kind.« Granny seufzte. »Weißt du noch, was ich dir bei unserem letzten Telefonat sagte?«

Ich lief die wenigen Schritte bis zum Bett, setzte mich auf die Kante und strich mit der freien Hand eine Bügelfalte in der Bettwäsche glatt. »Ich bin mir nicht sicher.«

»Ich sagte dir, dass die Ereignisse des Lebens einen manchmal dermaßen überrollen können, dass man nur zuschauen und sich wundern kann. Weißt du noch?«, fragte meine Großmutter mit ruhiger Stimme. Doch etwas stimmte nicht. Das konnte ich ganz deutlich spüren. Granny war aufgewühlt, auch wenn man es kaum wahrnahm. Ich kannte sie besser.

»Ja, ich erinnere mich.«

»Vergiss, was ich gesagt habe. Hör auf, dich zu wundern und teilnahmslos zuzusehen. Es ist an der Zeit zu handeln.«

Mir stockte der Atem, als Granny ihre Worte an mich richtete. »Ich verstehe nicht«, erwiderte ich verunsichert, während ich noch immer ohne Unterlass über die Bügelfalte strich.

»Du verstehst mich sehr wohl. Komm nach Hause, mein Kind. Es ist Zeit, sich den Herausforderungen des Lebens zu stellen und nicht mehr nur wegzulaufen. Dein Vater hat mich angerufen und mich darüber informiert, dass du durchgebrannt bist.

Schwanger. Es gibt immer einen Weg. Hörst du? Wenn du den jungen Mann nicht heiraten möchtest, dann hast du noch immer deine Familie, die dich über alles liebt und die dich immer unterstützen wird.«

Das aufkommende schlechte Gewissen in meinem Inneren schmetterte mich mit der Wucht eines Donnergrollens auf das Laken. Dad hatte nicht davor zurückgeschreckt, Granny von meiner Schwangerschaft zu erzählen. Von einer Schwangerschaft und einer Verlobung, die nicht einmal existierten. Granny machte sich sicher furchtbare Sorgen um mich.

Die ganze Sache war mir bereits zu sehr über den Kopf gewachsen, als dass ich das Rad der Zeit noch aufhalten konnte. Es war vorbei.

»Ich komme.«

Kapitel 25

Logan

Ich schloss meine Augen für einen Moment, um mir ihren Duft – eine Mischung aus Vanille und Rosenblüten – ins Gedächtnis zu rufen und sog ihn tief in meine Lungen. An meinen Fingerspitzen war nach den letzten hitzigen Minuten noch immer ein leichtes Kribbeln zu spüren. Dabei war ich nicht einmal in den Genuss gekommen, jede Stelle ihres Körpers zu berühren.

Wenn ich gekonnt hätte, hätte ich sie mit einem leidenschaftlichen Kuss in den Nacken willig gemacht. Nicht mehr lange, und Anna May würde meinem Charme erliegen. Leider war ich nicht sonderlich geduldig, was diesen Bereich anbelangte.

Bisher hatte sich aber auch noch keine Frau so sehr dagegen gewehrt, mit mir zu schlafen. Dabei konnte ich doch ganz deutlich spüren, dass sie es auch wollte. Was hielt sie davon ab? Warum widerstand sie ihrem inneren Bedürfnis, sich mit mir zu vereinigen?

Noch immer in Gedanken wischte ich den Wasserdunst vom Spiegel und besah mir mein Gesicht etwas näher. Bei unserem überhasteten Aufbruch am gestrigen Morgen hatte ich meinen Rasierapparat vergessen. Meine Bartstoppeln waren mittlerweile viel zu lang. Für gewöhnlich rasierte ich mich jeden zweiten Tag.

Ich strich mit den Händen darüber und überlegte, ob das vielleicht der Grund war, warum Anna May mich zurückgewiesen hatte. Womöglich hatte sie eine Abneigung gegen Bärte. Es gab sicher weniger triftige Gründe, um einen anderen Menschen abstoßend zu finden. Dennoch schien mir meine unscheinbare junge Assistentin nicht der oberflächliche Typ zu sein. Sie machte sich keine Gedanken über Bartstoppeln, davon war ich überzeugt.

Was war es dann, was sie vor mir zurückschrecken ließ? In ihren Augen hatte ich ganz deutlich Angst und Lust gleichsam um die Vormachtstellung in ihrem Inneren ringen sehen. War sie in einem Augenblick noch angetan und stand kurz davor, sich auf mich einzulassen, konnte der nächste Wimpernschlag schon die Kehrtwende bedeuten.

Mit einer gekonnten Handbewegung strich ich mir das Haar aus dem Gesicht, während meine Blicke über meinen restlichen Körper fuhren. Etwas war neu an mir. Doch je länger ich mich betrachtete, umso schwerer war meine Veränderung auszumachen.

Lag es an mir oder an ihr, dass ich mich so anders fühlte? Ein Gefühl, das ich nicht beim Namen nennen konnte, da ich es bisher noch nie in dieser Intensität gespürt hatte. Am liebsten wäre ich zu Anna May gegangen, hätte sie fest in meine Arme geschlossen und sie angefleht, für immer bei mir zu bleiben.

Doch das war vollkommener Schwachsinn. Das war nicht ich. Oder etwa doch? Wieder strich ich mir durchs Haar. Nun mit weniger Bedacht. Hektisch blickten meine Spiegelbildaugen mich an, während in mir ein Sturm aufbrauste.

Ich musste etwas tun, musste ihr erklären, wie viel sie mir bedeutete. Hastig griff ich nach dem Badetuch, legte es mir um die Hüften und ging auf die Suche nach Anna May. »Anna May? Wo bist du? Versteckst du dich etwa vor mir? Komm schon, so schlimm waren meine Avancen nun auch wieder nicht. Sei nicht kindisch. Wo steckst du?«

Anfangs empfand ich es als eine Art Spiel. Auf eine gewisse

Art war es sogar erregend. Doch nach und nach dämmerte mir, dass ich sie nicht finden würde. Hektisch hetzte ich von einem Zimmer zum anderen, nur um danach wieder von Neuem zu beginnen.

Nichts. Sie war nicht zu finden. Nirgends. Mein Puls raste, während ich fieberhaft überlegte, wo sie hingegangen sein könnte.

»Anna May?«, rief ich erneut, obwohl ich sicher war, dass sie sich nicht mehr in der Suite aufhielt.

Sie war gegangen, ohne mir etwas zu sagen. Auf den Stich, der auf diese Erkenntnis hin mein Herz traf, war ich nicht vorbereitet. Schwer ließ ich mich auf die geblümte Couch im Wohnzimmer fallen, während mir tausend Gedanken durch den Kopf schossen. Was sollte ich nur tun? Wo sollte ich nach ihr suchen? Wollte sie überhaupt, dass ich nach ihr suchte, oder war sie am Ende vor mir geflohen? Hatte ihre Flucht etwas mit dem Anruf ihrer Großmutter zu tun?

Seufzend stellte ich die Ellbogen auf meinen Oberschenkeln auf und legte meinen Kopf in die Hände. Wie konnte sie nur gehen, ohne mir etwas zu sagen? Enttäuscht sprang ich von meinem Platz auf, hastete zum Fenster, um nachzusehen, ob ich sie dort im Londoner Getümmel irgendwo erspähen konnte. Doch das war aussichtlos. Ich würde Anna May nicht mehr finden.

»Verdammt.« Zu allem Überfluss besaß ich auch kein Handy mehr. Ich würde sie also nicht einfach anrufen können, und natürlich hatte ich mir ihre Nummer nicht aufgeschrieben. Wozu auch? In meinem Smartphone war sie doch sicher abgespeichert. Nur zu dumm, dass dieses vor nicht einmal zwei Stunden baden gegangen war.

Eilig ging ich zu dem Telefon, das am Bett stand, um an der

Rezeption anzurufen. Vielleicht hatte mir Anna May ja eine Nachricht hinterlassen. Die Chancen waren gering, aber ich durfte nichts unversucht lassen.

»Hallo? Ja, ich rufe aus der Savoy Suite an.«

»Einen wunderschönen Guten Tag, Mr. McGregor. Was kann ich für Sie tun?«

Widerwillig erwiderte ich den freundlichen Gruß, ehe ich endlich meine Frage formulieren konnte. »Meine Begleitung, Miss Fisher, hat das Hotel verlassen. Hat sie womöglich etwas an der Rezeption für mich hinterlassen?« Ich hielt die Luft an, während ich auf die Antwort des Hotelangestellten wartete.

»Warten Sie bitte einen Augenblick. Ich schaue gleich für Sie nach.«

Aus gleich wurde eine halbe Ewigkeit, in der ich der Warteschlangenmusik von Mozart lauschen durfte. Auf die Mehrzahl der Anrufer mochten die Klänge sicher beruhigend wirken, mich trieben sie hingegen Takt für Takt in den Wahnsinn.

»Mr. McGregor? Sind Sie noch dran?«

Was für eine bescheuerte Frage. »Ja, das bin ich. Haben Sie etwas gefunden?«

Mein Herz schlug mir bis zum Hals, während ich nicht zu atmen wagte, um seine Antwort nicht zu überhören.

»Es wurde keine Nachricht für Sie hinterlassen. Bedaure.«

»Ich danke Ihnen.« Enttäuscht ließ ich den Hörer auf die Gabel fallen und setzte mich auf das Bett.

Die Erkenntnis traf mich mit der Wucht eines heranrollenden Vierzigtonners: Sie war gegangen und würde nicht wiederkommen.

Als ich mich schwer nach hinten in die Federn warf, berührte meine Hand ein Stück Papier, das dort nichts zu suchen hatte.

Ich griff danach und setzte mich wieder auf. Eine zittrige Hand hatte mir ein paar Zeilen zurückgelassen.

»Lieber Logan, ich muss gehen. Granny geht es nicht gut. Ich muss zu ihr fahren und ihr alles erklären. Sie sollten auch zu Ihrer Familie fahren und richtigstellen, wie es um uns steht.«

Ich hielt inne. *Sie sollten zu Ihrer Familie fahren und richtigstellen, wie es um uns steht.* Wie konnte ich das? Wie konnte ich meiner Familie erklären, was das zwischen Anna May und mir war, wenn ich selbst nicht dazu in der Lage war, es in Worte zu fassen? Es war mehr als ein bloßes Gefühl, es war so viel mehr als die Lust, sich mit ihr durch die Laken zu wühlen und sie laut meinen Namen schreien zu hören. Es war mehr, als ich mir bis zum jetzigen Zeitpunkt hatte eingestehen wollen. Denn es veränderte alles. Es veränderte mich und mein Leben.

»Entschuldigen Sie bitte, dass ich gehe, ohne mich zu verabschieden. Aber ich denke, so wird es leichter für uns sein. Ihre Anna May. PS: Ich habe mir ein Shirt und eine kurze Hose von Ihnen geborgt. Ich werde Sie Ihnen per Post zukommen lassen.«

Leichter? Wovon sprach sie verdammt noch mal? Es hätte kaum eine schlimmere Art geben können, mich zu verlassen. Was bitte schön sollte daran nun leichter sein? Wütend warf ich das Stück Papier zu Boden, nur um es wenig später wieder aufzuheben. Schließlich war es alles, was mir von ihr noch geblieben war.

Ich raufte mir das Haar, ehe ich völlig klarsah. Endlich fiel es mir wie Schuppen von den Augen. Ich musste so schnell wie möglich zu Anna May. Sie musste erfahren, wie es um mich stand. Es durfte kein einziger Tag mehr verstreichen, an dem ich ihr nicht gesagt hatte, wie ich für sie empfand, wie wichtig sie mir geworden war. Vor allem aber musste ich ihr erklären, was für ein Idiot ich gewesen war.

Kapitel 26

Anna May

Entschlossen fasste ich mir ein Herz, stieg aus dem Bus aus und lief auf das Haus meiner Granny zu, das nur wenige Meter von der Haltestelle entfernt lag. Es war an der Zeit, mich meiner Verantwortung zu stellen, auch wenn diese nicht ganz so aussah, wie meine Großmutter es vermutete.

In Gedanken versunken passierte ich das hüfthohe hölzerne Gartentor, das mein Eintreten mit einem knarzenden Laut quittierte. Links und rechts des schmalen Pfades zum Haus standen einige Edelrosen, die bald schon zu blühen beginnen würden. Unvermittelt musste ich an den Rosengarten von Logans Mutter denken. Sie hatte so viel Liebe und Sorgfalt aufgewendet, um ihren Garten zu pflegen.

Wenn ich die Augen schloss, konnte ich mir die schimmernden Farben und den herrlichen Duft der Blüten spielend leicht ins Gedächtnis rufen. Roséfarbene, gelbe und rote Rosen bildeten dabei atemberaubende Farbakzente, während das satte Grün der Wiesen und Wälder drum herum von der Weite und der Unberührtheit des Landes zeugte.

Der Landstrich, in dem das Anwesen der Familie McGregor lag, war wild und gleichsam wunderschön. Bei genauerer Betrachtung schmiegte sich Logan wie ein Puzzleteil in diese Umgebung. Er war ein Teil davon. Ebenso wild und tough, aber auch leidenschaftlich und …

»Da bist du ja, mein Kind.« Freudestrahlend lief Granny mit

weit ausgestreckten Armen auf mich zu und zog mich keine Sekunde später fest an ihr Herz. »Ich bin so froh, dass du da bist.« Sie drückte mich so fest an sich, dass sich mein Brustkorb beim Atmen kaum noch heben konnte. Ihre bedingungslose Liebe drohte damit, mich zu zerquetschen, und dennoch genoss ich es in vollen Zügen, von ihr dermaßen geliebt zu werden.

Als sie ihre Umarmung löste, legte sie ihre Handflächen behutsam auf meine Wangen und sah mir in die Augen. »Wie geht es dir? Hast du Hunger? Sicher hast du Hunger. Was für eine Frage. Du warst bestimmt eine Ewigkeit in diesem klapprigen Bus unterwegs.«

»Mir geht es gut«, erwiderte ich leise.

Doch Granny hörte gar nicht auf mich, zog mich mit sich in das kleine Cottage, das, seit ich denken konnte, nach Shortbread, frischem Früchtepunsch und einem Hauch Zitrone roch.

Wenig später fand ich mich in der Küche meiner Großmutter wieder. »Setz dich ruhig schon mal hin. Ich habe gerade einen Petticoat Tails im Ofen. Der sollte gleich fertig sein und dann erzählst du mir alles. Trink etwas! Du musst ja fast verdurstet sein.«

Wenn man Granny so reden hörte, konnte man beinahe meinen, ich wäre seit Tagen unterwegs gewesen. Ohne Brot und ohne Wasser hatte ich mich durch die staubige Wüste Afrikas aufgemacht, um mich nach tagelangem Fußmarsch endlich wieder im Schoße der Familie einzufinden. So oder so ähnlich.

Mir blieb also noch eine Schonfrist, bis diese besondere Form des Shortbreads fertig gebacken war. Ich kannte weit und breit keinen Menschen, der sein Shortbread wie Granny in einer runden Form zubereitete. Wahrscheinlich bildete ich es mir nur ein, aber der Kuchen schmeckte mir gerade in dieser Darreichungsform besonders gut. Dabei war der Teig bei jeder Variante immer gleich. Ob Shortbread Fingers, Shortbread Rounds oder Petticoat Tails, die Zutaten waren immer identisch.

Ich goss mir aus der großen dickbauchigen und durchsichtigen Karaffe Wasser in ein Glas und beobachtete Granny dabei, wie sie ihre Brille aus dem Haar auf ihre Nase schob, sich auf Höhe des Backofens beugte und ihren Kuchen musterte. »Die Idioten im Krankenhaus haben mich nach Hause geschickt. Sie können nichts machen, haben sie gesagt, wenn ich meine Tabletten nicht regelmäßig einnehme. Dabei schlucke ich die Pillen so, wie sie mir Dr. Hurrington aufgeschrieben hat. Zwei am Morgen, eine am Abend und je nach Bedarf.«

Sie öffnete die Tür des Ofens einen Spaltbreit und sogleich strömte der unverkennbare Shortbreadgeruch in meine Richtung. »Granny, wir wissen beide, dass du von diesen ganzen Medikamenten nicht sonderlich viel hältst, aber du musst auf die Ärzte hören. Sie meinen es nur gut mit dir. Wenn du nicht besser auf dich und deine Gesundheit achtest, wird dein Herz dir eines Tages den Dienst versagen. Darüber möchte ich nicht einmal nachdenken.«

Granny zog die Schublade zu ihrer Linken auf und holte zwei Topflappen daraus hervor. Sie waren rot-weiß gestreift und lagen, seit ich denken konnte, genau in dieser Schublade. Vorsichtig hob sie das heiße Blech aus dem Ofen und stellte es zum Auskühlen auf ein Holzbrett. »Ich lebe gesund, esse nicht zu viel Fettes oder Süßes, mache jeden Morgen einen ausgiebigen Spaziergang und verzichte seit einer geraumen Zeit auf Alkohol. Mein Herz ist alt. Egal, was ich mache oder nicht mache, es wird irgendwann aufhören zu schlagen. Wenn einen der Herrgott zu sich ruft, dann helfen auch die wohldosiertesten Tabletten nichts. Man muss sein Bündel packen und losgehen. So ist das nun mal.«

Granny legte die Topflappen in ihre Schublade zurück, wandte sich zu mir um und setzte sich neben mich an den runden weißen Tisch, an dem noch drei weitere Personen Platz finden würden. »Nun erzähl mir alles.«

»Alles?«

Granny nickte. »Von Anfang an.« Dabei griff sie nach einem Glas und goss sich ebenfalls Wasser ein. »Ich habe Zeit.«

Und so erzählte ich ihr von meinem Chef, der mich gebeten hatte, seine Verlobte zu spielen, seinem Versuch, seine kleine Schwester vor Schlimmeren zu bewahren, einer Schwangerschaft, die nie existiert hatte, und einer Sehnsucht, die plötzlich in mir aufkeimte.

»Und nun bin ich hier.«

Granny besah mich eine ganze Weile, ehe sie ohne ein Wort aufstand, ihren Kuchen aus der Springform löste und anschließend mit zwei Stücken zurück an den Tisch kam. »Eines hast du mir noch nicht erklärt. Warum trägst du diese merkwürdigen Kleider und warum ist dein Haar so anders. Ich liebe deine langen Locken. Warum versteckst du sie in diesem festen Knäuel auf deinem Kopf?«

Ich seufzte. Nachdem ich einen Waschsalon gefunden und Tante Abigails alte Kleider gewaschen und getrocknet hatte, war ich zur Post gegangen, um Logans Wechselkleidung aufzugeben. »Ich wollte, dass die Leute nicht nur auf mein Äußeres achten. Sie sollten endlich sehen, dass es neben der schönen Anna May auch eine kluge und wissbegierige Anna May gibt. Seit ich denken kann, öffnen die Menschen, kaum dass sie mich gesehen haben, eine imaginäre Schublade in ihrem Kopf und stecken mich da rein. Egal, was ich mache, sie stempeln mich als dummes Ding ab, das hübsch ist und damit nicht sonderlich intelligent sein kann. Ich war es so leid, immer wieder auf mein Aussehen reduziert zu werden, dass ich in Edinburgh noch einmal bei null anfangen wollte.« Ich seufzte abermals. »Wohin mich das gebracht hat, habe ich dir ja gerade hinreichend erklärt. Es war eine Schwachsinnsidee, einfach wegzugehen und zu glauben, ich könnte dadurch etwas ändern.«

Granny lächelte mich milde an. Bisher hatte sie noch kein Wort des Vorwurfs an mich gerichtet, was ich ihr hoch anrechnete. »So würde ich den Versuch, sich neu zu erfinden, nicht betiteln. Aber kann es vielleicht sein, dass du auf dem Weg zu dir selbst etwas anderes gefunden hast? Etwas, womit du nicht gerechnet hast?«

In aller Seelenruhe führte sie die Gabel an ihren Mund und ließ sich den Mürbekuchen auf der Zunge zergehen. Ich hatte bisher noch keinen Bissen runterbekommen, obwohl Grannys Shortbread mit Abstand mein Lieblingskuchen war.

Ich überlegte, worauf Granny da anspielen mochte. »Ich weiß nicht, was du meinst. Außer Enttäuschungen und Problemen habe ich in Edinburgh nichts gefunden, wofür sich eine erneute Reise lohnen würde.«

Granny lächelte wissend, während sie ihre Brille zurück in ihr Haar schob. »So leidenschaftlich, wie du mir von Logan berichtet hast, würde ich fast meinen, dass du ihn in naher Zukunft zumindest ein klein wenig vermissen könntest. Denkst du nicht auch?«

Warum bist du geblieben?, hallte seine Frage unvermittelt durch meinen Kopf. Die Sehnsucht, die aus seiner Stimme zu mir gesprochen hatte, war noch immer deutlich greifbar. Wenn ich die Augen schloss, sah ich ihn ganz klar vor mir. Entsetzt stellte ich fest, dass es mir leidtat, ohne ein Wort des Abschieds gegangen zu sein.

Was er wohl jetzt machte? Ob er mir böse war, dass ich ihn verlassen hatte? Würde er sich die Mühe machen und nach mir suchen, oder würde er wie gewohnt schnell Ausschau nach einem Ersatz halten? In wenigen Tagen sollte schließlich eine Hochzeit stattfinden. Oder würde Logan endlich den Mut finden, seinem Vater die Stirn zu bieten? Würde er ihm offen erklären, was wirklich vorgefallen war? Und was war mit meinen Eltern? Würden sie je wieder ein Wort mit mir wechseln?

»Ich weiß es nicht. Ich weiß nur, dass ich dank ihm verdammt viele Probleme in kürzester Zeit angehäuft habe. Keine Ahnung, wie ich das alles wieder in Ordnung bringen soll. Dad reißt mir den Kopf ab, wenn er erfährt, was wirklich vorgefallen ist, und Mum wird bitter enttäuscht von mir sein. Zu Recht.«

Granny legte eine Hand fürsorglich auf meine Schulter, während sie ihren Stuhl ganz dicht an meinen schob. »Denk nicht immer an die anderen. Das hast du schon als kleines Kind immer getan. Du warst stets bemüht, es jedem recht zu machen. Hast du mal überlegt, dass es vielleicht auch daran liegen könnte, dass die Leute nicht mehr als die gute, liebenswürdige Anna May in dir sehen wollen?«

»Ich weiß nicht … Vielleicht.« Womöglich hatte ich viel zu oft in meinem bisherigen Leben gelächelt und gewunken, während ich besser aufgestanden wäre und meine Meinung gesagt hätte. Oft war es einfacher, den Leuten nach dem Mund zu reden, als selbst für eine Überzeugung einzustehen.

Offenbar trug ich sogar selbst eine gewisse Mitschuld daran, dass ich irgendwann nur noch die süße Anna May war, die man an ihrem Äußeren maß, anstatt hinter die Fassade zu blicken. Die

Menschen waren bequem. Eine einmal vorgenommene Einschätzung wurde nicht so ohne Weiteres revidiert.

»Aber was wirst du wegen Logan unternehmen? Wenn ich dich richtig verstanden habe, dann hat er deine Telefonnummer nicht mehr und weiß auch nicht, wo deine Familie wohnt. Wirst du dich bei ihm melden?«

Hin- und hergerissen rangen die Vernunft und der süße Klang der Sehnsucht in mir. Es war gut, dass Logan und ich von nun an getrennte Wege gehen würden. Wie konnte eine auf Lügen basierende, ja eine wie auch immer geartete Beziehung von Bestand sein? Das war unmöglich.

»Logan und ich haben keine Zukunft. Er ist der Lebemann, der jede Nacht eine andere in sein Bett lockt. Entschuldige bitte, Granny, dass ich so offen zu dir spreche. Aber ich kann mir nicht vorstellen, dass er je etwas an seinem Lebensstil ändern wird.«

»Mein Kind, ich kann dir keine Vorhaltungen machen, und ich bin bestimmt der letzte Mensch auf diesem Planeten, der dir vorschreiben will, was du zu tun oder zu lassen hast. Aber hast du dir schon einmal überlegt, dass ein Umdenken erst bei einem selbst stattfinden muss, bevor man andere in die Pflicht nimmt? Logan wird nie wieder aus der von dir zugewiesenen Schublade herauskommen können, wenn du ihm nicht die Chance dazu gibst. Das Leben ist eine Achterbahnfahrt der Gefühle. Man muss sich etwas trauen, liebe Anna May, auch wenn nach einer langsamen Fahrt in die Höhe der rapide Fall ins Bodenlose droht.«

Kapitel 27

Logan

»Hey, Felicitas.« Ich wusste, dass es ein furchtbarer Fehler war, meine Schwester zu kontaktieren. Dank eines nationalen Feiertags würde ich heute in der Firma allerdings niemanden erreichen und die Zeit drängte.

»Ach, sieh mal einer an. Der verlorene Sohn meldet sich zurück. Ich kann nicht sagen, dass du mir besonders gefehlt hättest.« Die gewohnt gehässigen Worte meiner Schwester fühlten sich vertraut an.

»Lassen wir die Spielchen, Felicitas. Ich brauche deine Hilfe«, bemühte ich mich, meine Schwester zu besänftigen.

»Oh, der werte Herr braucht meine Hilfe. Na, so was aber auch. Mal was ganz Neues.« Sie lachte zynisch auf.

Offenbar hatte es nichts gebracht, milde Töne anzuschlagen. »Jetzt mal im Ernst. Ich stecke ziemlich in der Scheiße.«

Felicitas verstummte für einen Moment. »Was ist denn los?«, fragte sie eine Spur milder, auch wenn ihre Stimme noch immer unterkühlt wirkte. »Was hast du denn angestellt?«

Ich atmete einmal tief durch. »Ich kann dich beruhigen. Ich sitze weder in Haft, noch benötige ich Geld. Anna May ist verschwunden.«

»Es ist sehr schön, zu hören, dass euer Liebesglück von Gewitterwolken überschattet wurde. Nenn mir nur einen Grund, warum ich daran etwas ändern sollte?«

So langsam riss mir der Geduldsfaden. »Weil ich dich darum bitte«, presste ich zwischen meinen Lippen hervor.

Leider war ich auf die Unterstützung meiner Schwester angewiesen. Ich konnte es mir nicht leisten, sie vor den Kopf zu stoßen.

»Was soll ich denn für dich tun? Das soll jetzt nicht heißen, dass ich es auch mache. Ich will nur erst hören, was du zu sagen hast, ehe ich mich entscheide, ob ich dir …«

»Himmel, Felicitas, hör endlich auf mit diesem Eiertanz. Hier geht es um das wirkliche Leben und nicht um irgendwelche bescheuerten Rangeleien um den beschissenen Chefsessel einer verstaubten Whiskydestillerie.« Genug war genug.

»Ist ja schon gut«, echauffierte sich meine große Schwester. »Halt mal den Ball flach. Um was geht es denn eigentlich?«

Ich atmete mehrere Male tief ein und wieder aus. »Ich brauche dringend die Adresse von Anna Mays Eltern.«

»Sag das doch gleich. Die sind alle noch hier und planen eure Hochzeit. Hier herrscht der absolute Ausnahmezustand, sag ich dir. Um die Firma kümmere ich mich mal wieder ganz allein. Dad hat Wichtigeres zu tun, meint er.« Sie schnaubte verächtlich. »Ich kann beim besten Willen nicht verstehen, warum er so viel Geld und Zeit in deine Vermählung steckt. Wusstest du übrigens, dass es einen Eisschnitzer geben soll, der während der Trauung im Garten eure beiden Gesichter aus Eisblöcken herausschnitzen wird? Nein? Mein Einwand, dass das Eis bei den warmen Temperaturen schneller schmelzen könnte, als das Kunstwerk fertiggestellt ist, will hier einfach keiner zur Kenntnis nehmen. Wenn du mich fragst, sind die alle total durchgedreht.«

Felicitas wirkte angestrengt. Sie atmete schwer.

»Was machst du?«, fragte ich besorgt.

»Ich laufe nach unten, um Anna Mays Eltern nach der Adresse zu fragen. Ist doch klar.«

»Nein!«, schrie ich in den Hörer. »Mach das nicht. Geh wieder hoch. Keiner darf wissen, was ich vorhabe.« Aufgewühlt lief ich in der Suite des Savoy Hotels auf und ab. Meine Reisetasche stand bereits gepackt an der Tür.

»Wieso denn nicht? Was ist los? Was hast du denn getan, dass dir die Brillenschlange abgehauen ist? Was läuft da zwischen euch?« Felicitas' Stimme troff vor Neugierde.

»Das weiß ich selbst nicht so genau«, erwiderte ich wahrheitsgetreu, als ein Tuten in der Leitung zu hören war. »Warte kurz, Felicitas, da ist jemand in der Leitung.«

Ohne auf ihre Antwort zu warten, nahm ich das andere Gespräch entgegen. »Anna May, bist du es?« Der Typ aus dem Handyladen hatte wirklich tolle Arbeit geleistet. Er hatte dafür gesorgt, dass ich meine alte Nummer auf dem neuen Smartphone behalten konnte. Nur die auf meinem alten Telefon abgespeicherten Kontakte waren natürlich noch immer futsch. Dennoch hegte ich die vage Hoffnung, Anna May würde sich bei mir melden. Auch wenn diese davon ausgehen musste, dass mein altes Handy, dank unseres kleinen Ausflugs in den See, über den Jordan gegangen war.

»Das ist ja interessant«, hörte ich eine weibliche Stimme sagen, die mir auf Anhieb nicht bekannt vorkam.

Irritiert hielt ich in der Bewegung inne. »Interessant?« fragte ich. »Wer spricht denn da?«

»Fletcher vom *The Scotsman*, Mr. McGregor. Gibt es etwa Zwistigkeiten zwischen den Baldvermählten? Ist Ihnen womöglich die Braut abgehauen? Das kommt ja leider auch in den besten Familien vor. Wie fühlen Sie sich? Was darf ich unseren Lesern dazu schreiben?«

»Wie bitte? Sie haben ja nicht mehr alle Tassen im Schrank.

Mein Privatleben geht Sie gar nichts an.« Diese Frau machte mich wütender, als meine Schwester es je schaffen würde, und das hatte etwas zu heißen. Denn schließlich war Felicitas eine Künstlerin darin, mich auf die Palme zu bringen.

Ohne eine Antwort abzuwarten, beendete ich das unverschämte Gespräch und schaltete mich zurück zu Felicitas.

»Schön, dass du noch mal Zeit für mich gefunden hast und das Liebesgesäusel mit deiner Perle für deine Schwester unterbrechen konntest. Aber ich habe nicht ewig Zeit, Brüderchen. Im Gegensatz zu dir muss ich nämlich arbeiten. Also, wenn sonst nichts mehr ist, dann …«

»Warte«, unterbrach ich sie. »Ich brauche noch immer Anna Mays Adresse. Du musst nach Edinburgh fahren und nachsehen.« Es kostete mich große Überwindung, doch schließlich rang ich mich noch zu einem »Bitte« durch.

»Puh, Logan, du erwartest ziemlich viel von mir. Was springt dabei für mich raus?«

»Du kannst von mir haben, was du willst. Ich muss zu Anna May. Schnellstmöglich. Ich bin in London. Sie wohnt irgendwo in der Nähe von Glasgow. Wenn ich sie nicht wiederfinde, dann …« Ich raufte mir das Haar, während ich Felicitas anflehte, mir doch endlich zu helfen.

»Ist ja schon gut. Dich scheint es ja richtig erwischt zu haben. Das, oder du hast Fieber.« Sie lachte kurz auf. »Noch vor einigen Tagen hätte ich es nicht geglaubt, wenn mir jemand gesagt hätte, dass du dich in diese unscheinbare Person verlieben könntest.« Im Gegensatz zu sonst klang sie nicht zynisch, sondern eher verwundert.

»Verliebt?« Ich passierte den Spiegel an der Garderobe der Suite und blickte in mein Gesicht.

Meine Augen waren vor Schreck geweitet, während mein Mund leicht geöffnet war. Auf meiner Stirn zeichnete sich eine Falte ab, die mich wegen ihrer gebogenen Form an *The Serpentine* im Hyde Park erinnerte.

»Du weißt schon. Dieses dusselige Gefühl, das einen Dinge tun lässt, die man bei klarem Verstand nie machen würde«, belehrte mich Felicitas, während ich in Gedanken Revue passieren ließ, wie es dazu hatte kommen können.

Ohne den Blick von meinem Spiegelbild abzuwenden, durchforstete ich meine Erinnerungen auf der Suche nach dem einen Moment, in dem ich mich in Anna May verliebt hatte. War es vielleicht schon bei unserem ersten Aufeinandertreffen gewesen? Oder auf dem Landsitz meiner Familie, als ich sie splitterfasernackt vor mir stehen sah? Was reizte mich an ihr? Was hatte sie, was all die anderen Frauen vor ihr nicht hatten?

»Bist du noch dran?«, hörte ich Felicitas nach einer Weile fragen.

Ich schüttelte meinen Kopf, um mich der wirren Fragen darin zu entledigen. »Ja, ich bin noch dran. Wirst du mir helfen?«, fragte ich, ohne auf ihren Einwand einzugehen.

Meine Schwester war die letzte Person auf Erden, mit der ich über meine Gefühle sprechen wollte. Ich war mir ja selbst nicht einmal sicher, was da gerade in mir vorging. Wie hätte ich es dann in Worte fassen und einem anderen davon erzählen können?

Plötzlich war ein Rascheln in der Leitung zu hören. »Felicitas, bist du noch dran?« Bei genauerer Betrachtung hörte sich das Rascheln nach dem Umschlagen von Blättern an.

»Ich suche die Adresse deiner Liebsten raus.« Dabei betonte sie das Wort *Liebsten* dermaßen, das mir ganz schlecht dabei wurde.

»Ich verstehe nicht«, erwiderte ich verwundert.

»Das hast du noch nie, aber daran lässt sich in der Kürze der Zeit auch nichts mehr ändern. Willst du jetzt ihre Adresse, oder hast du es dir zwischenzeitlich anders überlegt?«

»Nein. Ich meine, ja. Himmel! Du machst mich ganz kirre. Wo hast du denn die Daten so schnell herbekommen?«

Felicitas schnaufte gelangweilt. »Seit du die Kleine als deine Verlobte präsentiert hast, habe ich einige Erkundigungen über sie eingeholt.«

»Felicitas!«, rief ich empört.

»Was denn?« Betont lässig hauchte sie ihre Frage in den Hörer. »Es geht hierbei ja nicht nur um dich, mein Lieber. Wenn deine Anna May ein paar schmutzige Details in ihrer Heimat zurückgelassen hat, dann würde das früher oder später auf uns alle zurückfallen. Und das willst du doch nicht, oder? Die Vorstellung, unsere Familie könnte in Misskredit geraten, kann nicht mal dir gefallen. So viel Anstand solltest du aus der Erziehung unserer Eltern mitgenommen haben.«

»Und?«, fragte ich neugierig.

»Und was?«

»Na, hast du etwas Anrüchiges in Anna Mays Vita gefunden?«

Felicitas lachte abermals süffisant auf. »Das wüsstest du wohl gerne.«

Ich wollte meiner Schwester diese Macht über mich nicht geben, doch insgeheim wünschte ich mir, endlich zu erfahren, was sie wusste. Andererseits gab es nichts, was mich von meinem Entschluss abbringen konnte. Anna May war die Frau, die ich wollte.

Eine Vergangenheit hatte jeder Mensch. Ich war auch nicht besonders stolz darauf, was ich in den letzten Jahren alles getrieben hatte.

»Also, was ist nun? Hast du Anna Mays Anschrift oder bluffst du nur?« Felicitas anzustacheln, war in dieser Situation heikel. Man wusste nie, wie diese Frau reagieren würde.

»Um meiner Nerven willen, die endlich wieder ihre Ruhe haben wollen, gebe ich dir die Adresse durch. Hast du etwas zu schreiben? Die Kamera meines Handys ist kaputt, sodass ich dir leider kein Bild schicken kann.« Felicitas klang genervt.

Ich eilte zu dem kleinen Sekretär, der auf diesen geschwungenen aus Holz gefertigten Löwentatzen stand, und durchwühlte die oberste Schublade nach Zettel und Stift. »Ich hab es gleich«, versuchte ich, meine Schwester zu besänftigen. »Es kann losgehen«, sagte ich schließlich, als ich fündig geworden war.

»Anna May, wohnt in Giffnock, 16 Florence Drive. Hast du das? Ich würde jetzt gerne wieder den wichtigen Dingen des Tages nachgehen.«

Ihre Geschwisterliebe war wie immer grenzenlos. Sarkasmus off. »Warte, der Stift hat den Geist aufgegeben.« Ein Rauschen war in der Leitung zu hören. Ich nahm das Handy vom Ohr und sah ins Display. Die Verbindung stand noch. »Was hast du gesagt? Giffnock, 16 Florence Drive? Ist das richtig?«

»Giffnock, 16 Florence Drive?«, fragte eine Frauenstimme am anderen Ende der Leitung, die nicht meiner Schwester gehörte.

»Wer spricht da?«

»Fletcher vom *The Scotsman*. Mr. McGregor, wer befindet sich denn in Giffnock, 16 Florence Drive? Ist es vielleicht Ihre Verlobte, die sich dorthin zurückgezogen hat? Haben Sie womöglich die Hand gegen Sie erhoben, und sie hat sich zu ihren Eltern geflüchtet? Ist der Ausflug auf Wolke sieben schon wieder vorbei? Thunder in Paradise? Oder wie meine Mutter sagen würde: Aus die Maus?«

»Äh … was? Ich habe Anna May sicher nicht geschlagen oder ihr sonst wie ein Haar gekrümmt. Dass sie nun weg ist, liegt …« Viel zu spät bemerkte ich, dass ich mich bereits um Kopf und Kragen geredet hatte.

»Danke, Mr. McGregor. Das genügt uns fürs Erste.« Tut, tut, tut. Aufgelegt.

»Logan? Logan? Bist du noch dran? Hast du die Adresse notiert?«

Ja, die hatte ich aufgeschrieben. Ich und Miss Fletcher vom *The Scotsman*.

Kapitel 28

Anna May

Man musste sich etwas trauen, das hatte Granny gesagt. Es hörte sich in der Theorie ganz nett an, nur an der praktischen Umsetzung haperte es gewaltig.

Immer wieder griff ich nach meinem Handy und überlegte, im Savoy anzurufen. Ob Logan wohl noch dort war? Ob er überhaupt das Gespräch entgegennehmen würde, wenn er hörte, dass ich es war, die ihn anrief?

Kaum hatte ich den Mut gefasst, im Hotel durchzuklingeln, verließ er mich auch schon wieder. Es war wie verhext. Dabei war ich es Logan irgendwie schuldig, mich zu melden. Er sollte wissen, dass ich hatte gehen müssen, dass kein Weg daran vorbeigeführt hatte.

Und was sollte ich ihm noch sagen? Dass es so besser für uns beide war? Dass ich kurz davor gewesen war, mein Herz an ihn zu verlieren?

»So ein Quatsch!«, rief ich, während ich mir mit der Handfläche gegen die Stirn schlug.

»Was sagst du, Liebes?«, fragte Granny, die durch die einen Fußbreit geöffnete Tür in mein Zimmer sah.

»Nichts, Granny. Alles gut«, beeilte ich mich zu sagen, während ich mich auf das schmale Bett in meinem Rücken setzte.

Es gab eine Zeit in meiner Jugend, da hatte ich viele Tage und Nächte in diesem Zimmer zugebracht. Granny lebte gleich neben meinem Elternhaus.

Wirklich wohlgefühlt hatte ich mich in dem kleinen Dachzimmer, das mir meine Eltern zugewiesen hatten, nie. Außerdem hatte Cybill mich irgendwann genervt. Also hatte ich in der Folge immer öfter bei Granny auf der Matte gestanden, bis diese mir irgendwann Dads altes Kinderzimmer zur Verfügung gestellt hatte.

»Na, so siehst du aber nicht aus.« Dabei setzte sie sich ganz dicht neben mich und legte mir einfühlsam ihre Hand auf den Oberschenkel. »Erzähl schon! Was ist los?«

»Ich weiß doch auch nicht«, begann ich ihr mein Herz auszuschütten. »Ich bin mir nicht sicher, ob ich mich wirklich bei Logan melden soll. Was ist, wenn er mich gar nicht sprechen möchte?«

Unschlüssig drehte ich das Handy in meiner Hand hin und her, als stünde da irgendwo die Antwort auf meine Fragen geschrieben. Was war richtig? Was war falsch? Sollte ich nicht erst mal zusehen, dass meine Eltern über den Stand der Dinge informiert wurden, um anschließend reinen Tisch mit ihnen machen zu können?

Aber wie sah dieser reine Tisch denn aus? Was sollte ich ihnen sagen, wenn sie mich nach Logan fragten? Denn dass sie Antworten erwarteten, stand außer Frage.

»Mein Kind, ich kann dir nicht sagen, was richtig und was falsch ist. Ich kann dich nur darin bestärken, Antworten auf deine offenen Fragen zu suchen. Man bereut am Ende eines Lebens meist nur die Dinge, die man nicht gemacht hat.« Granny zwinkerte mir vielsagend zu. »Ich an deiner Stelle würde ihn anrufen.«

»Ist da das Savoy Hotel in London?«, fragte ich vorsichtshalber noch mal nach, nachdem ich vor lauter Schreck, dass jemand den

Hörer abgenommen hatte, das Handy hatte fallen lassen.

»Ja, Miss. Was kann ich für Sie tun?«, hörte ich die sonore Stimme des Rezeptionisten fragen, der Logan und mich noch vor wenigen Tagen im Hotel willkommen geheißen hatte.

»Ich würde gerne mit Mr. McGregor aus der Savoy Suite sprechen«, nahm ich schließlich meinen ganzen Mut zusammen.

»Ich bedauere sehr, Ihnen mitteilen zu müssen, dass Mr. McGregor nicht mehr in unserem Haus logiert. Er hat vor etwas mehr als einer Stunde ausgecheckt.«

Schweigen. »Wissen Sie vielleicht, wohin er wollte? Hat er womöglich etwas im Hotel zurückgelassen, das …«

»Bedaure, aber Mr. McGregor hat mir weder gesagt, wohin sein Weg ihn führen würde, noch hat er mir etwas anvertraut.« Genervt setzte er noch in diesem übertrieben gesäuselten Tonfall hinzu: »Kann ich sonst noch etwas für Sie tun?«

»N-nein. Das war alles«, stammelte ich verlegen und beendete das Gespräch.

Es war zu spät. Logan war nicht mehr in dem Hotel, wahrscheinlich nicht einmal mehr in London. Sein Handy hatte den unfreiwilligen Badegang im See des Hyde Parks nicht unbeschadet überstanden, sodass ich ihn auch nicht direkt anrufen konnte.

Wohin er wohl gegangen war? Ich schüttelte den Kopf, um die wirren Gedanken darin zu vertreiben. Mein Smartphone verbannte ich in die oberste Schublade meiner Kommode. Nahezu zärtlich strich ich über das Möbelstück, das mein Grandpa einst für mich angefertigt und mit mir gemeinsam bemalt hatte.

Leider war er schon vor vielen Jahren gestorben. Woran ich mich jedoch noch sehr gut erinnern konnte, war sein Geruch nach Tabak und frischer Farbe. Unverkennbar. Wenn ich die Augen schloss, konnte ich mir den Duft sogar noch ins Gedächtnis rufen.

Ermattet legte ich mich auf das Bett in dem kleinen Raum, der mir in all den Jahren immer zuverlässig Zuflucht geboten hatte. Es war erst später Nachmittag und dennoch übermannte mich plötzlich eine bleierne Müdigkeit.

Als ich die Augen wieder öffnete, war es draußen bereits dunkel geworden. Doch ich hätte wahrscheinlich noch die ganze Nacht durchgeschlafen, wenn mich nicht ein Geräusch geweckt hätte. Da, schon wieder!

Jemand stand vor dem Haus und klingelte unerbittlich. Wer das wohl sein konnte? Und wo war Granny überhaupt? Warum öffnete sie nicht?

Schlaftrunken erhob ich mich aus den Federn, überwand die wenigen Stufen aus dem Obergeschoss nach unten zur Tür, besah mich kurz im Spiegel an der Garderobe, strich mein Haar etwas zurecht und öffnete schließlich.

Ein plötzliches Blitzlichtgewitter hagelte auf mich nieder. Ich schirmte meine Augen mit meinem Unterarm ab und wollte die Tür zurück ins Schloss ziehen. »Hallo, Miss Fisher, können Sie sich noch an mich erinnern? Fletcher vom *The Scotsman*«, hörte ich eine Stimme ohne Punkt und Komma auf mich einquasseln. Derweil hatte jemand seinen Fuß in die Tür gestellt, sodass ich sie nicht schließen konnte.

»Wie bitte? Worum geht es?«

Das Ganze musste sich um eine Verwechslung handeln. Fisher gab es schließlich wie Sand am Meer.

»Wann gedenken Sie, auf das Anwesen der Familie McGregor zurückzukehren? Laut Ihrem Verlobten soll es Probleme zwischen Ihnen beiden gegeben haben. Was ist vorgefallen? Neigt er womöglich zu Wutausbrüchen und hat Sie misshandelt?«

Noch immer schirmte ich mein Gesicht ab. In meinen kurzen Shorts und dem Spaghettiträger-Shirt, das ich bei der heutigen Hitze angezogen hatte, fühlte ich mich plötzlich furchtbar nackt. Bei meinem Versuch, dem Horrorszenario zu entkommen, schritt ich zurück und stolperte über etwas. Auch als ich am Boden lag, hörte der Fotograf nicht damit auf, Bilder von mir zu schießen.

»Die Hochzeit wird wie geplant stattfinden. Heiraten Sie in Weiß? Wie sieht es mit dem Ehegelöbnis aus? McGregor junior ist als Schürzenjäger und Weiberheld bekannt. Meinen Sie, er wird Ihnen treu bleiben, bis dass der Tod Sie scheidet?«

»I-ich weiß nicht«, stammelte ich unbeholfen.

»Was ist denn hier los?«, hörte ich Grannys Stimme sagen, die offenbar nach Hause zurückgekehrt war. »Was machen Sie hier? Sehen Sie zu, dass Sie mein Grundstück verlassen.«

Das Blitzlichtgewitter ebbte ab. Vorsichtig zog ich meinen Arm nach unten. Granny jagte die beiden Klatschreporter eben durch das Gartentor, indem sie mit ihrem Regenschirm nach ihnen schlug. Sie hatte immer einen Schirm dabei. Ob Sommer, ob Winter. Man konnte ja nie wissen.

Bisher hatte ich geglaubt, ihre Vorsichtsmaßnahme gelte dem Wetter. Heute wurde ich eines Besseren belehrt.

Granny reichte mir ihre Hand und half mir zurück auf die Beine. »Was war das denn für eine ausgehungerte Meute?«

»Presse.«

»Die Presse? Was wollten die denn von dir und woher wissen die überhaupt, dass du hier bist?«

Das war eine gute Frage. Eine sehr gute sogar. »Ich habe keinen blassen Schimmer. Im Grunde kann Ihnen nur … Logan gesagt haben, wo sie mich finden können.«

»Aber warum sollte er dir diese Hyänen auf den Hals hetzen?«

»Ich habe keine Ahnung.«

Wobei. Vielleicht war er eingeschnappt gewesen, dass ich gegangen war, ohne ihn vorher darüber in Kenntnis zu setzen. Offenbar hatte meine eigenmächtige Tat ihn dermaßen erzürnt, dass er mir auf seine Weise eins auswischen wollte. Denn dass er diese Miss Fletcher kannte, stand außer Frage. Schließlich war ich schon einmal in den Genuss gekommen, unfreiwillig von ihr und ihrem Fotografen unter Beschuss genommen zu werden.

»Komm erst mal in die Küche. Ich mache uns was zum Abendessen.« Granny schob mich vorsichtig in den kleinen Raum gleich links von mir.

Das Gedankenkarussell in meinem Kopf drehte und drehte sich, sodass mir schon ganz schwindelig war. »Wie konnte Logan nur zu solch drastischen Mitteln greifen, um mir eins auszuwischen?«

»Bist du denn sicher, dass er für das Auftauchen dieser Menschen verantwortlich ist?« Grannys Stimme klang ruhig und gelassen, während sie wenig zimperlich auf den Teig in ihrer Schüssel einschlug.

»Ziemlich. Wer sonst wusste denn, dass ich auf dem Weg zu dir bin?«

»Aber woher wusste er denn, wo ich wohne?«

Ich griff nach einer der Möhren, die auf dem Tisch lagen, und biss hinein. »Er muss es irgendwie herausgefunden haben. Ich bin ja solch eine Idiotin gewesen. Heute Nachmittag habe ich noch versucht, ihn im Hotel zu erreichen. Wenn ich das gewusst hätte, dann …«

»Hättest du es auch versucht. Schließlich wolltest du ja nur mit ihm reden, ihm erklären, warum du so abrupt verschwunden bist.

Nicht wahr?«

War es das wirklich gewesen? Eine leise Stimme in meinem Inneren sagte etwas ganz anderes. Sie sprach von Liebe und der Hoffnung auf eine Zukunft. Eine Zukunft, die so nun ein für alle Mal nicht stattfinden würde.

Logan war enttäuscht. Das konnte ich sogar in gewisser Hinsicht verstehen, auch wenn er dazu im Prinzip überhaupt kein Recht hatte. Zum Dank für meine Hilfe hatte er nichts Besseres zu tun gehabt, als mich der Meute von der Presse zum Fraß vorzuwerfen. Wie hatte ich mich nur dermaßen in dem Mann täuschen können?

»Ich denke, nach dem Zwischenfall von eben sollte es keine weiteren Berührungspunkte zwischen Logan und mir mehr geben.« Entschlossen legte ich die angeknabberte Möhre zurück auf den Tisch.

»Vergiss nicht, mein Kind, es gibt immer zwei Seiten einer Medaille. Es wäre nur fair, ihn anzuhören, ihm die Möglichkeit zu geben, sich zu erklären.«

»Fair wäre es ohne Frage. Aber ich bin nicht bereit, ihm ständig irgendwelche Zugeständnisse zu machen. Wenn er etwas für mich übrighätte, wäre er doch selbst gekommen. Oder? Ich war ihm gut genug, als er Hilfe brauchte. Sicher hat er mich schon längst vergessen.«

Seit ich bei Granny Unterschlupf gefunden hatte, war ich nicht müde geworden, Informationen über Logan im Internet herauszusuchen. Einmal angefangen, war es, wie die Büchse der Pandora geöffnet zu haben. Immer neue abenteuerliche und zugleich anrüchige Details über das Liebesleben von Mr. Ich-kann-sie-alle-haben waren ans Licht gekommen. Besonders viele davon waren blond und langbeinig.

Als ich die vielen Fotos mit den hübschen Frauen an seiner Seite gesehen hatte, musste ich mich immer wieder fragen, warum er gerade mich für den Job seiner Scheinverlobten ausgewählt hatte.

Konnte man den Bildern Glauben schenken, dann brauchte Logan nur mit dem Finger zu schnippen und schon stand eine ganze Schar an willigen Damen parat, die es gar nicht abwarten konnten, Mrs. McGregor zu werden. Warum also ich?

Hatte er nur ein Spiel mit mir gespielt? War es amüsant für ihn gewesen, zur Abwechslung mal eine Vogelscheuche auszuführen, anstatt ein perfekt gestyltes Mannequin?

Wieder griff ich zu der Möhre und führte sie an meine Lippen.

»Das arme Gemüse in deiner Hand kann nichts dafür, dass dir Logan nicht mehr aus dem Kopf geht.«

»Ich verschwende keinen weiteren Gedanken mehr an ihn.« Wütend legte ich die Karotte zurück auf die Tischplatte.

Granny lachte. »Ich bin mir ziemlich sicher, dass du gerade jetzt im Moment an ihn denkst. Genauso wie vor zwei Minuten. Und sicher auch später, wenn du zu Bett gehst. Logan ist in deinem Kopf. Es wird schwer, ihn dort wieder herauszubekommen. Viel schwerer jedoch wird es dir fallen, ihn hier«, sie deutete auf ihre Brust, »gehen zu lassen.«

»Mach dir keine Sorgen um mich. Ich habe mein Herz nicht an ihn verloren. So naiv, zu glauben, er könnte der Richtige für mich sein, bin ich nicht. Logan ist Geschichte.«

»Geschichte hat etwas sehr Wundersames an sich. Wusstest du beispielsweise, dass sie sich oftmals wiederholt?«

Kapitel 29

Logan

Das Universum war mir nicht mehr gewogen. Spätestens jetzt, als der Polizist mich auf der M74 auf Höhe von Lockerbie anhielt und mich nach meinen Papieren fragte, war ich mir ganz sicher.

»Mr.?«

»McGregor.«

»Mr. McGregor, Sie wissen, warum ich Sie anhalte?«, fragte der wohlbeleibte, leicht ergraute Gesetzeshüter, während er seinen Blick durch meinen Bentley schweifen ließ.

»Ich habe wirklich keine Ahnung«, mimte ich das Unschuldslamm. Dabei wusste ich ganz genau, dass ich viel zu schnell unterwegs gewesen war.

Seit ich mich verplappert und dieser sensationsgeilen Reporterin vom *The Scotsman* den vermeintlichen Aufenthaltsort von Anna May genannt hatte, konnte es mir gar nicht schnell genug gehen. Wie ein Irrer war ich aus London aufgebrochen, um ihr zuvorzukommen. Ich hatte alles hinter mir gelassen. Nur der Gedanke an Anna May und diese vermaledeite Presse trieben mich an. Immer weiter, immer schneller brauste ich gen Norden. Dabei achtete ich nicht auf die Geschwindigkeit.

Das Gaspedal bis zum Anschlag durchgedrückt, ließ ich Häuser und Wälder immer im Wechsel an mir vorüberziehen. Irgendwann war mir das nicht einmal mehr aufgefallen. Im Tunnelblick gefangen, heftete mein Blick auf der Straße vor mir. Der Weg schien unendlich lang. Bis jetzt …

Der Polizist räusperte sich. Dann besah er sich die von mir

ausgehändigten Dokumente etwas genauer. Das Ganze zog sich wie Kaugummi. Anfangs verglich er das Bild auf dem Führerschein mit meinem Gesicht, dann spähte er wieder in den Wagen.

»McGregor, sagten Sie?«, fragte er schließlich wie ein grenzdebiler Greis. Dabei sah er noch gar nicht so alt aus. Auf Anhieb hätte ich ihn auf Mitte fünfzig geschätzt. Der graue Oberlippenschnurrbart hing seitlich schlaff an seinem Mund herab und ließ ihn älter wirken, als er in Wirklichkeit war. Ohne ihn hätte er sicher auch mehr Chancen beim weiblichen Geschlecht. Ich sah keinen Ehering an seinem Finger. Ein untrügliches Zeichen dafür, dass er mit Bart nicht hatte landen können.

»Jap«, erwiderte ich lapidar, während meine Finger auf dem ledernen schwarzen Lenkrad einen immer schnelleren Takt anschlugen.

»McGregor?«, sagte er mehr zu sich selbst und sah dabei gen Himmel. Es fehlte nur noch die Hand unter dem Kinn und die Denkerpose säße perfekt.

»Was werfen Sie mir denn vor? Seien Sie mir nicht böse, aber ich habe es eilig.« Wiederholt versuchte ich, dem Mann klarzumachen, dass es mir pressierte.

»Ach, jetzt.« Der Kerl schlug sich mit der Handfläche gegen die Stirn. »McGregor, wie die Whiskydestillerie. Richtig?«

Oh, ein Fan. »Ja, richtig. Können wir jetzt dennoch klären, warum Sie mich angehalten haben, und das Ganze über die Bühne bringen? Ich muss dringend weiter. Man erwartet mich.« Was so nicht ganz stimmte. Aber wenn es mir nicht gelang, vor Miss Fletcher, der rasenden Reporterin, in Giffnock anzukommen, würde Anna May womöglich nie wieder ein Wort mit mir wechseln.

Sie musste glauben, ich wäre ihr böse, weil sie mich mit der

Scheinverlobung inklusive der Scheinschwangerschaft hatte sitzen lassen. Schließlich hetzte man einem die räudige Pressemeute nicht wegen nichtiger Gründe auf den Hals.

Auf der Stirn des Polizisten bildete sich eine tiefe Furche. »Sind Sie etwa auf der Flucht?« Für einen kurzen Moment starrte er mich entgeistert an, ehe er herzhaft zu lachen begann. »Ich kenne Sie aus der Zeitung. Sie sind der Erbe dieser Whiskydestillerie, der ständig eine andere Frau an seiner Seite hat. Ist eine der Damen auf der Suche nach Ihnen? Lässt sich wohl nicht ganz so leicht abschütteln wie die anderen. Hm?«

In Plauderlaune lehnte er sich gegen den Wagen und machte nicht den Anschein, als würde er bald zu einem Ende kommen.

»Nein. Ich muss in den Norden. Dringend. Ähm … Neue Gerstenfelder in Augenschein nehmen. Wir wollen für unsere Kunden schließlich nur die besten Rohstoffe für unseren Whisky«, log ich.

»Das lob ich mir. Ich bin nämlich auch einer Ihrer treuen Kunden, müssen Sie wissen.«

Ich lächelte, auch wenn mir zum Heulen zumute war. »Dann sollte ich mich beeilen.«

»Das wird leider nicht möglich sein«, erwiderte der opulente Gesetzeshüter mit finsterer Miene. »Tut mir leid, aber Ihren Lappen werde ich einziehen müssen. Sie sind weit über der zulässigen Höchstgeschwindigkeit unterwegs gewesen.«

»Aber verstehen Sie doch! Ich muss nach Giffnock. Wenn ich es heute nicht mehr schaffe, dann … bin ich am Ende.«

»Na, so schlimm wird es schon nicht sein«, behauptete der Mann, während er seinen Schnurrbart an den Enden zwirbelte. »Morgen fährt ein Bus von Lockerbie nach Giffnock. Ein Taxi brauchen Sie gar nicht erst zu rufen. Die kommen so weit in die

Pampa nur bei einem Trauerfall. Aber ich versichere Ihnen, dass Ihre Gerstenfelder sich bis morgen nicht in Luft auflösen werden.« Dabei lachte er mit sich und der Welt zufrieden auf. »Mary hat ganz in der Nähe einen Pub, in dem sie auch ein paar Zimmer vermietet. Wenn Sie Glück haben, hat sie vielleicht noch eines für Sie frei. Dort können Sie Ihren Rausch ausschlafen.«

»Ich habe nicht getrunken«, echauffierte ich mich. Seit ich denken konnte, gingen die Leute immer davon aus, dass man als Erbe einer Whiskydestillerie schon am frühen Morgen mit Hochprozentigem in den Tag startete. Das mochte vielleicht für den verstorbenen jüngeren Bruder meines Vaters – Gott habe ihn selig – stimmen, aber der Rest der Familie, einschließlich mir, lebte mehr oder minder abstinent.

»Weil ich Ihren Whisky so schätze, erspare ich uns die Tortur mit dem Alkoholtest. Fahren Sie Ihren Wagen bitte rechts ran und stellen Sie ihn dort ab. Um Sie an der Weiterfahrt zu hindern, bitte ich Sie zusätzlich zu Ihrem Führerschein, den ich leider einziehen muss, auch um die Schlüssel.«

»Sie wollen meine Autoschlüssel?« Fuck. Noch vor wenigen Minuten fand ich den dicken Hünen, der sich bei der Polizei verpflichtet hatte, noch ganz nett.

Anstatt zu antworten, nickte er mir nur zu. Das eben noch freundlich wirkende Gesicht nahm einen strengen Ausdruck an. Der feste Blick des Mannes ruhte auf mir, bis ich den Wagen geparkt hatte.

Zähneknirschend überreichte ich ihm schließlich den Schlüssel. »Wo war dieser Pub noch mal?«

»Sie können ihn gar nicht verfehlen. Hier links abbiegen und dann bis ans Ende der Straße durchgehen. Um diese Uhrzeit werden dort sicher schon einige Herren den Feierabend zelebrieren.

Bestimmt auch mit dem Whisky Ihrer Familie.« Plötzlich schien er wieder zu Scherzen aufgelegt.

Ich lächelte verhalten, ehe ich meine Reisetasche schulterte und in die gewiesene Richtung lief. Es war schon spät. Blieb nur zu hoffen, dass Miss Fletcher und ihr williger Diener in Form eines Fotografen sich noch Zeit ließen, um Anna May aufzulauern. Wenn ich Glück hatte, dann waren sie noch nicht einmal unterwegs. Doch irgendetwas sagte mir, dass es so einfach nicht werden würde.

Spätestens seit mir mein Führerschein abgenommen worden war und mir der Bulle die Weiterfahrt untersagt hatte, war ich mir ganz sicher, dass ich beim Universum verkackt hatte. Blieb nur zu hoffen, dass mir zumindest Anna May noch eine Chance gab.

Kapitel 30

Anna May

Ein neuer Tag klopfte mit strahlendem Sonnenschein und zwitschernden Vögeln an mein Fenster und forderte mich auf, endlich aufzustehen.

Ab heute begann eine neue Zeitrechnung. Eine ohne einen gewissen Mann, der mir wieder die ganze Nacht durch den Kopf gegeistert war. Aber damit war jetzt Schluss.

Genau aus diesem Grund hatte ich vor wenigen Wochen alles stehen und liegen lassen und war nach Edinburgh gegangen. Ich wollte mich emanzipieren, ein Leben ohne einen Mann an meiner Seite leben und mich neu erfinden. Und wo war ich gelandet? An der Seite eines Firmenunternehmers, der mich als seine Verlobte ausgab und behauptete, ich würde ein Kind von ihm erwarten.

Alles, was ich geplant hatte, war mächtig in die Hose gegangen. Doch vielleicht war es noch nicht zu spät, von vorne zu beginnen. Nur Edinburgh würde ich für einen abermaligen Neustart nicht mehr wählen.

Vielleicht war es an der Zeit, ins Ausland zu gehen. In den USA hatten es schon viele vom Tellerwäscher zum Millionär geschafft. Dank meiner angespannten finanziellen Lage sollte ich das dringend näher ins Auge fassen. Wobei ich eigentlich gar nicht reich werden wollte. Vielmehr lag mir an einem selbstbestimmten glücklichen Leben. Ob ich das dort finden konnte?

Noch bevor ich meine Lider aufschlug, war ich beseelt von dem Gedanken, wegzugehen. Schnellstmöglich. Je eher ich von hier verschwand, umso leichter würden sich all die Probleme, die ich in den wenigen Wochen angehäuft hatte, in Luft auflösen. Ganz so, als hätten sie nie existiert. So war zumindest mein frommer Wunsch.

Dann hörte ich wieder Grannys Stimme in meinem Kopf, die mich aufforderte, dazubleiben und nicht immer wegzulaufen. Untermalt wurde das Ganze von dem melodischen Dreiklang, der immer dann zu hören war, wenn jemand an ihrer Tür klingelte. Da wieder. Und noch einmal.

Verschlafen öffnete ich die Augen, zog mir Shorts und ein Shirt über und hastete nach unten. Dort verharrte ich für einen Moment an der Tür. Nicht, dass es wieder diese aufdringlichen Leute von der Presse waren, die mich erneut mit quälenden Fragen bombardieren wollten.

»Wer ist da?«, fragte ich vorsichtig durch die geschlossene Tür hindurch.

»Ich bin es«, hörte ich eine Männerstimme sagen.

Als die Tür noch immer verschlossen blieb, setzte er noch nach. »Hier ist Nick. Komm schon, Anna May, mach die Tür auf. Ich hab nicht den ganzen Tag Zeit. Worauf wartest du denn?«

Erleichtert darüber, dass es nur mein Ex-Freund war, öffnete ich die Haustür. Mit einem »Hey« begrüßte ich den Mann, der den Stein erst ins Rollen gebracht und mich nach Edinburgh getrieben hatte. Wäre er nur ein bisschen anders gewesen als all die anderen Männer zuvor, dann wäre ich wahrscheinlich in Giffnock geblieben und hätte nie mit dem Gedanken gespielt, alles hinter mir zu lassen, um ein neues Leben zu beginnen.

Ein dunkles Augenpaar schlich sich in meine Gedanken. Mein Herz wurde schwer, als ich erkannte, dass ich Logan dann wahrscheinlich nie kennengelernt hätte. Ich hätte nie dieses Prickeln auf der Haut gespürt, wenn er mich berührte, hätte mich nie nach seinen Lippen gesehnt und dem Herzschlag an seiner breiten Brust gelauscht.

»Na, endlich. Was dauert das denn so lange?« Nick war wirklich die Nettigkeit in Person.

»Was willst du hier? Ich denke nicht, dass wir beide noch etwas zu klären hätten.« Demonstrativ verschränkte ich meine Arme vor der Brust.

Nick musterte mich unverhohlen, blieb dabei viel zu lange mit seinem Blick auf meinen nackten Beinen hängen, die nur spärlich von den Shorts bedeckt wurden. »Scheinst dich wiedergefunden zu haben. Ich liebe diesen Out-of-bed-Look an dir. Das Zeug, das du da in Edinburgh getragen hast, war, entschuldige den Ausdruck, einfach nur scheußlich.«

Ich seufzte. »War es das, was du mir sagen wolltest?«

Nick lehnte seinen Oberkörper lässig gegen den Türrahmen und sah mich verschmitzt an. »Nein, ich bin hier, weil ich dir noch mal eine Chance geben möchte.«

»Du willst was?« Völlig überrumpelt starrte ich ihn an.

Nick grinste schelmisch. »Babe, ich dachte, zur Feier des Tages könnten wir heute Abend gemeinsam auf das Frühjahrsfest gehen. Ich wusste doch, dass du wiederkommen würdest, um mit mir dort zu glänzen, und als deine Granny in Mollys Bäckerei eben davon sprach, dass du zurück wärst, bin ich schnurstracks zu dir geeilt.«

Puh. Daher wehte der Wind. Der Kerl war echt eine Katastrophe. Was glaubte er denn, wer er war? So unterbelichtet hatte ich ihn gar nicht in Erinnerung. »Was ist mit Logan? Hast du den schon vergessen?«

»Ist das der Typ aus Edinburgh?« Nick spuckte angewidert aus.

Ich nickte.

»Der war doch nichts für dich«, erklärte er schließlich.

»Ach? Und wieso nicht?« Irgendwie interessierte es mich, was Nick über Logan dachte.

»Glatt wie ein Aal, wenn du mich fragst. Außerdem hat der regelrecht vor Geld gestunken. Das ist nichts für dich. Du brauchst jemand Bodenständigen. Jemanden wie mich, der dir zeigt, worauf es im Leben wirklich ankommt.«

Ich lachte. Etwas, was ich seit Tagen nicht mehr getan hatte. »Und worauf kommt es denn im Leben an, Mr. Ich-hab-die-Erleuchtung-gefunden?«

Nun grinste auch Nick. »Na, auf die kleinen Dinge des Lebens eben. Du weißt schon. Zeit miteinander zu verbringen. Ehrlich miteinander zu sein. Für den anderen da zu sein, wenn er einen braucht.« Nick zuckte mit den Schultern, während er verlegen einen Stein zur Seite kickte, der im Eingang lag.

Merkwürdig. In all der Zeit, die wir gemeinsam verbracht hatten, hatte er nie so verletzlich auf mich gewirkt. Offenbar gab es unter der rauen Schale doch noch einen weichen Kern. »Weise Worte.« Ich besah ihn mir für einen Moment genauer, ehe ich einen Entschluss fasste. »Wieso nicht. Lass uns heute Abend auf das Fest gehen.« Ein wenig Zerstreuung würde mir guttun. Sonst würde ich nur wieder ins Grübeln kommen und womöglich unüberlegt handeln. Ein ungezwungener Abend in gewohnter Umgebung würde mich sicher auf andere Gedanken bringen. »Aber wir gehen dort nur als Freunde hin«, hemmte ich Nicks Testosteronschub vor dem Übersprudeln.

Dieser grinste dennoch wie ein Honigkuchenpferd. »Klar. Wann darf ich dich abholen?«

»Sagen wir neunzehn Uhr?«

Kapitel 31

Logan

Es hatte mich einen ganzen verdammten Tag gekostet, aus dem verschlafenen Nest zu verschwinden, in dem mich der dickbäuchige Polizist festgesetzt hatte.

Der Bus, von dem er mir erzählt hatte, fuhr erst am späten Nachmittag in Richtung Giffnock und die Bleibe über dem Pub war eine Zumutung gewesen. Die Decke war so niedrig, dass sich sogar ein Zwerg darin den Kopf gestoßen hätte. Von fließendem Warmwasser hatten sie auch noch nichts gehört.

Ich wischte mir den Schweiß von der Stirn, während ich auf das Haus zulief, das mir Google Maps auf meinem Handy als die Zieladresse anzeigte. Nur noch wenige Meter und ich würde endlich bei Anna May sein. Wir würden alle Missverständnisse aus dem Weg räumen und uns auf das besinnen, was wirklich zählte.

Mein Magen fühlte sich flau an. Lag wohl an dem merkwürdigen Essen, das sie mir gestern Abend im Pub als ausgesprochen schmackhaftes Haggis verkauft hatten. Dabei war ich noch nie ein besonderer Fan von gefülltem Schafsmagen gewesen. Aber die Inhaberin des Pubs hatte mir so lange davon vorgeschwärmt, dass ich ihr Angebot kaum ausschlagen konnte. Das hatte ich nun davon.

Schritt für Schritt lief ich auf das schon von außen gemütlich anmutende Cottage zu. Der schmale Vorgarten war von der Straße aus gut einsehbar. Rosen rankten sich an Spalieren empor und überzogen den Weg bis zur Haustür. Bald schon würden sie blühen und sich von dem satten Grün der Wiese abheben.

Ich atmete schwer. Mein Herz schlug mir bis zum Hals, als mir bewusst wurde, dass ich am Ziel war. Gleich würde ich Anna May wiedersehen. Blieb nur zu hoffen, dass Miss Fletcher ihr noch keinen Besuch abgestattet hatte.

Als ich an das Gartentor gelangte, wischte ich meine schweißnassen Hände an meiner Jeans ab. So aufgeregt war ich seit meiner ersten Rede vor unseren Angestellten nicht mehr gewesen. Was war bloß los mit mir? Ich verwandelte mich zusehends in einen Waschlappen.

Hektisch fuhr ich mir mit den Händen durchs Haar. Wo war nur der toughe Kerl geblieben, der bei jeder Frau landen konnte und keine Gedanken an die Zeit danach verschwendete?

Als ich es endlich fertiggebracht hatte, den Knauf des Gartentors zu drehen, erstarrte ich zur Salzsäule. Oberhalb der penibel gestutzten Hecke des Nachbargrundstücks bewegte sich etwas.

»Sie brauchen es erst gar nicht versuchen«, hörte ich die Augen, die hinter dicken runden Brillengläsern versteckt waren, zu mir sagen.

»Wie bitte?«, fragte ich perplex.

»Die Fishers sind ausgegangen. Frühlingsfest. Ein adretter junger Mann hat die junge Miss Fisher abgeholt. Mir liegt es auf der Zunge. Ich komm nur nicht drauf.«

Mein Herz sank mir in die Hose und passierte auf dem Weg dorthin das Haggis. »Wann … wo ist denn dieses Frühlingsfest?«

»Nur einige Straßen weiter im Nachbarort. Wenn der Wind aus der richtigen Richtung weht, kann man die Musik der Blaskapelle sogar hören. Für mich ist das nichts mehr. Seit meine Frau vor einigen Jahren gestorben ist, widme ich mich vorzugsweise meinem Garten. Wollen Sie sich vielleicht einmal meine Orchideensammlung ansehen? Sie ist einzigartig in ganz Schottland. Ach, was sag ich, in ganz Großbritannien. Ich wette, dass niemand auf der Insel auch nur eine ähnlich umfangreiche Orchideenvielfalt vorweisen kann. Schon als meine Vivian damals …«

»Mr.?«

»Pheron.«

»Mr. Pheron, seien Sie mir bitte nicht böse, aber ich muss dringend zu Anna May. Können Sie mir den Weg beschreiben oder mir eine Adresse nennen, die ich in GoogleMaps eingeben kann?« Ungeduldig umklammerte ich die viereckige Schachtel in meiner Hosentasche.

Verschnupft drehte sich der untersetzte ältere Herr etwas zur Seite. Dabei kamen die drei Haarsträhnen, die er sich sorgsam von der rechten auf die linke Seite seines sonst haarlosen Kopfes gekämmt hatte, mächtig ins Flattern.

»Mr. Pheron, bitte, es geht hier um Leben und Tod.«

Neugierig wandte er sich zu mir um, während er sich die Brille auf der Nase zurechtrückte. »Tatsächlich?«

»Mindestens«, erwiderte ich mit ernster Miene.

Mr. Pheron nickte mir zu. »Na, wenn das so ist, zieh ich mir schnell meinen Sonntagsanzug über und fahre Sie. Zum Laufen ist es dann doch etwas zu weit. Es ist meine Bürgerpflicht, Ihnen zu helfen. Schließlich hat schon Goethe gesagt: Edel sei der Mensch, hilfreich und gut.«

Was nun Goethe mit meiner Situation am Hut hatte, wollte mir an dieser Stelle nicht ganz einleuchten. »Mr. Pheron, machen Sie sich doch wegen mir keine Umstände. Sagen Sie mir nur, wie ich zu diesem Fest komme, und ich werde Sie nicht länger belästigen. Ihre vielen Blumen brauchen sicher … Zuwendung.«

Das eifrige Lächeln, das ihm gerade noch auf den Lippen gestanden hatte, verschwand. Betreten blickte der Rentner zu Boden. Mich übermannte das schlechte Gewissen. »Aber wenn Sie unbedingt mitkommen wollen, dann warte ich natürlich auf Sie.«

Das sollte meinem Karmapunktekonto aber doppelt und dreifach gutgeschrieben werden. *Hörst du, Universum? Wehe du verschwörst dich noch mal gegen mich und hetzt mir irgendwelche Presse-Fuzzis auf den Hals*, fluchte ich in Gedanken.

»Ich bin gleich wieder da. Es dauert keine zehn Minuten.«

Geschlagene dreißig Minuten später kam der alte Mann endlich wieder aus seinem Haus. Seinen grauen Nadelstreifenanzug verzierte im Revers seines Sakkos eine weiß-pink gesprenkelte Orchidee. Sein schütteres Haar hatte er sich penibel über die Glatze gelegt und mit ordentlich viel Haarspray festgekleistert. Da würde sich so schnell nichts mehr verschieben.

»Perfekt. Sie sind fertig. Dann können wir ja endlich los.«

Mr. Pheron klopfte mir auf die Schulter. »Die Jugend. Immer fünf Minuten vor der Zeit. Wir sollten uns noch einen Whisky genehmigen. Ich habe da einen ganz edlen Tropfen in meinem Wohnzimmerschrank stehen. Den müssen Sie probieren. Anschließend wird noch genug Zeit bleiben, um auf das Frühlingsfest zu gehen.«

So langsam platzte mir der Kragen. »Mr. Pheron, seien Sie mir nicht böse, aber ich würde jetzt wirklich gerne zu diesem Fest gehen. Ich muss Anna May dringend sehen. Wie gesagt, es geht um mein Leben.« Ich ging aufs Ganze.

»Ja, wenn das so ist. Worauf warten wir dann noch?«

Kapitel 32

Anna May

Unter einem Vorwand hatte ich mich aus dem Festzelt geschlichen. Nick war von Minute zu Minute aufdringlicher geworden. Am Ende war es so schlimm gewesen, dass ich es bitter bereut hatte, ihn zu dem Fest begleitet zu haben.

»Da steckst du ja.« Erschrocken zuckte ich zusammen.

»Granny.«

»Nick sucht dich schon überall. Wenn du nicht bald ein Lebenszeichen von dir gibst, schickt er die Hundestaffel los.« Sie lachte. »Na ja, vielleicht nicht ganz so schlimm. Aber warum bist du überhaupt mit ihm hergekommen, wenn du dich jetzt vor ihm versteckst? Du machst nicht den Anschein, als wärst du besonders glücklich.«

Granny strich mir einfühlsam über die Wange.

»Ach, Granny, es war eine blöde Idee, mit Nick auf das Fest zu gehen. Aber irgendwie … Als er da so vor der Tür stand, hatte ich wirklich das Gefühl, dass ich das Richtige tue.«

Granny lachte verständnisvoll. »Kann es vielleicht sein, dass du auf diese Weise auf andere Gedanken kommen wolltest?« Wie immer traf sie mitten ins Schwarze.

Ich nickte. »Gut möglich. Was mache ich denn jetzt?«

Meine Großmutter schloss ihre Augen für einen Moment. »Ich denke, ich habe dir in den letzten Tagen genug schlaue Ratschläge mit auf den Weg gegeben. Es ist an der Zeit, es selbst zu versuchen. Mach deine eigenen Fehler und lerne daraus.«

Irritiert sah ich sie an. »Was soll das heißen? Soll ich zurück zu

Nick und ihm noch mal eine Chance geben? Oder besser unbemerkt nach Hause verschwinden?«

Granny sah mich ohne Regung an.

»Du bist mir keine sonderlich große Hilfe, aber ich schätze, ich weiß, was zu tun ist.«

Ich nahm mir ein Herz und kehrte zurück ins Zelt. Die ortsansässige Blaskappelle gab ihr Bestes und schmetterte die Evergreens, die die Leute nur so auf die Tanzfläche lockten. Es wurde getanzt, gelacht und getrunken. Viel getrunken. Vor allem Hochprozentiges.

Die ersten Betrunkenen schliefen bereits auf den Tischen. Dabei war es gerade einmal zwanzig Uhr. Wie man sich nur selbst so zurichten konnte, war mir nach wie vor ein Rätsel. Unvermittelt musste ich an mein Whiskydebakel in Logans Elternhaus denken. Das Zeug hatte mich dermaßen beflügelt, dass ich Dinge gesagt und getan hatte, die ich so bei klarem Verstand sicher nie gemacht hätte. Wahrscheinlich hatten die Nachwehen noch angehalten, als ich zu Logan ins Auto gestiegen und nach London gefahren war.

»Babe, da bist du ja endlich. Ich hab dich schon überall gesucht. Larry aus Glasgow ist da. Er war zu meiner Schulzeit der Kapitän des Rugbyteams. Komm, wir gehen zu ihm und zeigen ihm, wie gut ich es getroffen habe. Seine Frau ist hochschwanger und sieht aus wie ein aufgedunsener Elefant.« Er lachte über seinen eigenen Witz. Als ich nicht in sein Lachen einstimmte, setzte er noch hinzu. »Verstehst du? Aufgedunsener Elefant. Die sind ja so schon so fett.« Nick lachte abermals lauthals auf.

»Ich denke nicht, dass es besonders nett ist, von einer Frau, die schwanger ist, dermaßen herablassend zu sprechen. Prinzipiell halte ich nichts davon, Menschen nach ihrem Äußeren zu klassifizieren.«

»Jetzt hab dich doch nicht so.« Nick griff nach meinem Unterarm und zog mich zu sich. »Klassifidingsda ist so ein hartes Wort. Lass uns tanzen gehen. Die Sache mit Larry hat bis später Zeit. Jetzt will ich erst mal mein Babe über die Tanzfläche schweben lassen.«

Ohne meine Antwort abzuwarten, zog er mich auch schon mitten in den Pulk der Tanzwütigen.

»Nick, ich möchte nach Hause!«, schrie ich gegen die laute Musik an.

»Was sagst du?« Sein Versuch, mich zu verstehen, war wie in all den gemeinsamen Monaten zuvor äußerst halbherzig. So zog mich Nick hinter sich her, immer weiter ins Getümmel, ohne auf meine Protestrufe einzugehen.

Wie eine Marionette griff er nach mir und ließ mich tanzen. Wild wirbelte er mich herum und ließ mich einige Zentimeter über dem Boden schweben. Perplex wie ein Tier, das in die Schockstarre verfallen war, ließ ich es über mich ergehen.

Als Nick seine Hand auf meinem Rücken immer tiefer gleiten ließ, wurde es mir dann doch zu bunt. »Hey, hör auf!«, schrie ich. »Ich will das nicht.«

Entweder wollte oder konnte Nick mich nicht verstehen. Anstatt mich endlich loszulassen, behielt er seinen Kurs bei und legte seine Hand schließlich besitzergreifend auf meinen Po. Dabei kam er mir noch eine Spur näher. Sein Atem stank fürchterlich nach Alkohol. Offenbar hatte er sich, in der Zeit, in der ich mich vor ihm versteckt hatte, ordentlich einen hinter die Binde gekippt.

Immer enger trieb er mich in seine Umarmung. Ich versuchte

mit aller Macht, mich zu wehren, schlug ihn gegen den Oberarm, doch das kümmerte ihn recht wenig. Schon setzte er wieder zu einer Drehung an, wirbelte mich über das nicht vorhandene Parkett und tat so, als wäre alles bestens.

»Lass mich endlich los!«, blaffte ich ihn an.

»Was hast du denn? Wir tanzen doch nur.«

Wieder setzte ich all meine Kraft ein, um von ihm loszukommen. Doch es mochte mir einfach nicht gelingen. Nick war fast zwei Köpfe größer als ich und zudem ein Bär von einem Mann. Seine Schultern waren so breit, dass ich sie mit meinen Armen nicht umfassen konnte.

»Ich will nicht mehr mit dir tanzen«, startete ich einen neuerlichen Versuch, mich von ihm loszueisen. Ich verfluchte den Moment, in dem ich mich dazu entschieden hatte, zurück ins Zelt zu gehen, um mich von ihm zu verabschieden. Warum war ich nicht einfach gegangen? Das hatte ich jetzt davon.

»Du sollst die Lady loslassen«, hörte ich in meinem Rücken eine männliche Stimme sagen.

»Was willst du denn hier?«, keifte Nick ihn unvermittelt an, während er in der Bewegung innehielt. »In Edinburgh hab ich den Ball flach gehalten, weil es dein Terrain war, aber hier in Giffnock bin ich zu Hause. Du wirst mir Anna May nicht noch einmal wegnehmen.«

Erschrocken wich ich einen Schritt zurück, als Nick auf Logan zuhielt und ihm eine verpasste. Das geschah so schnell, dass Logan die Deckung vergaß und mitten im Gesicht getroffen wurde.

Die Musik ebbte ab. Alle Augen ruhten auf Nick und Logan. Als der Fremde es wagte, die Hand gegen Nick zu erheben, bildete sich sogleich ein Halbkreis um uns herum. Angestachelt vom Alkohol begannen sich die ersten Gäste zu schubsen, und es kam, wie es kommen musste. In nur wenigen Augenblicken mutierte das Ganze zur Massenschlägerei. Im Nullkommanichts droschen die anwesenden Halbstarken ohne Sinn und Verstand aufeinander ein.

»Komm schon her, wenn du noch eine verpasst haben willst. Ich bin gut in Form. Wir können das Spielchen hier noch 'ne Weile weiterspielen. Wer am Ende noch auf den Beinen stehen kann, bekommt Anna May.« Nick lachte übermütig auf. »An deiner Stelle würde ich mich gleich wieder von hier verpissen. Du Anzug-Fuzzi hast doch keine Chance gegen einen gestandenen Mann wie mich. Schau zu, dass du Land gewinnst.«

Logan spuckte angewidert aus. Dabei tropfte ihm Blut aus Mund und Nase. »Du sprichst über Anna May, als wäre sie das Preisgeld in einem Boxkampf. Sie kann selbst entscheiden, findest du nicht?« Angewidert wischte er sich mit dem Ärmel seines Hemdes über das Gesicht. Der vormals weiße Stoff verfärbte sich rot.

»Was glaubst du eigentlich, wer du bist?«, hörte ich Nick noch sagen, ehe mich der Pulk von den beiden abdrängte.

»Was ist denn hier los?«, fragte Granny, die eben mit Mr. Pheron, unserem Nachbarn, in das Zelt gelaufen kam. Mit weit aufgerissenen Augen überblickten die beiden die Lage, als eine Flasche in unsere Richtung flog.

»Achtung!«, schrie ich heiser und zog Granny zu Boden. »Lass uns rausgehen. Die sind hier alle total durchgedreht.«

Granny und ich flüchteten uns nach draußen, während Mr. Pheron zur Blaskapelle eilte und sich das Mikrofon griff. »Aufhören! Sofort aufhören!«, schrie er lautstark. »Seid ihr denn alle verrückt geworden? Ihr schlagt auf eure Brüder und Freunde ein. Aufhören, sag ich!«

Verstohlen blickte ich in das Zelt. Die Frauen hatten sich wie Granny und ich nach draußen geflüchtet oder standen am Rand des Zeltes. Die ersten Männer ließen voneinander ab. Um die Stimmung nicht gleich wieder kippen zu lassen, stimmte die Band das nächste Lied an.

Als wäre nichts geschehen, begannen die ersten sogar schon wieder zu tanzen. Nur zwei Streithähne etwas abseits der Tanzfläche schlugen noch immer aufeinander ein.

»Ich denke, du solltest … « Granny verstummte und sah mir tief in die Augen. »Hör auf dein Herz.« Dabei drückte sie mir einen Kuss auf die Stirn.

Ich atmete tief aus, ehe ich einen Entschluss fasste und zurück ins Zelt ging. Dort hielt ich geradewegs auf Logan und Nick zu, die sich taumelnd gegenüberstanden.

»Hört sofort auf. Ich will keinen von euch beiden.«

Die beiden waren so überrumpelt, dass sie tatsächlich voneinander abließen.

»Keinen von uns beiden?«, fragte Nick irritiert, während sein Blick zwischen Logan und mir schwankte.

»Wie sollte ich mich für einen von euch entscheiden können? Der eine behandelt mich wie sein Eigentum, während der andere mich nur für seine Zwecke missbraucht. Ich bin ein Mensch aus Fleisch und Blut und keine Barbiepuppe, die man zum Spielen aus der verstaubten Truhe holt. Kriegt ihr das endlich in eure Schädel rein?«

Nick blies seine Backen auf. »Jetzt reicht es mir aber langsam endgültig. Wenn das so ist, dann werde ich mich mal nach Ersatz umsehen. Nichts für ungut, Anna May, aber du bist mir dann doch einfach ein bisschen zu sehr Emanze.«

Teils dankbar, teils verwundert registrierte ich, dass sich Nick vom Acker machte. Ich wollte es ihm gleichtun und von hier so schnell wie möglich verschwinden, doch Logan hielt mich zurück.

»Anna May, können wir bitte in Ruhe über alles reden? Ich bin gekommen, weil ich dir etwas sagen muss.«

»Miss Fletcher war schon hier, wenn du mich darauf vorbereiten wolltest.« Dabei zwang ich mich dazu, ihm fest in die Augen zu sehen und meine Miene wie versteinert wirken zu lassen.

Der leuchtende Karamellrand in seiner Iris war heute beinahe so dunkel wie der Rest seiner Augen. Logan wirkte betrübt. Sein lädiertes Äußeres, die Macken an Kinn und Nase verwandelten den sonst so selbstbewussten Mann in ein Häufchen Elend. Beinahe bekam ich Mitleid mit ihm. Doch ich ließ es mir nicht anmerken.

»Das war ein verdammtes Missverständnis. Das musst du mir glauben.« Er hob die Hände, um sie nach mir auszustrecken. Ich wehrte sie ab.

»Mag sein. Aber alles, was du zuvor getan hast, war es nicht. Du hast mich als deine Verlobte ausgegeben, mich deiner Familie vorgestellt und behauptet, ich wäre von dir schwanger. Zu allem Überfluss planen unsere Väter eine Hochzeit, die schon morgen stattfinden soll, und …« Erst jetzt wurde ich mir der Tatsache bewusst, dass heute Freitag war. »O Gott, ich muss meine Eltern anrufen, ihnen sagen, dass ich eher sterben würde, als dich zu heiraten.«

»So schlimm?«, fragte mich Logan mit einem verschmitzten Lächeln.

»Noch schlimmer.«

Kaum merklich hatte sich das Strahlen zurück an den äußeren

Rand seiner Iris gezaubert. Offenbar gefiel ihm der Schlagabtausch mit mir. Ärgerlicherweise schien sich mein dummes Herz genauso darüber zu freuen. Was war bloß los mit mir?

Die Musik war noch eine Spur lauter geworden. Die Stimmung schien ausgelassen. Es wurde getanzt, getrunken und gefeiert. Vergessen war das wilde Durcheinander von vor wenigen Minuten.

Nick lehnte derweil gelassen an der Bar und unterhielt sich angeregt mit den zwei Brüsten einer jungen Blondine. Lange getrauert hatte er ja nicht um mich.

»Was willst du von mir, Logan?«

»Lass uns nach draußen gehen.«

Ich sah ihn argwöhnisch an.

»Ich verspreche, dich weder zu fressen, noch etwas mit dir anzustellen, was du nicht auch möchtest.«

Gerade das bereitete mir Sorgen. Was wollte ich und warum war da dieses tiefe Verlangen in mir, mit ihm zu gehen, ihn anzuhören?

Er reichte mir seine Hand, wie um mir eine Brücke zu bauen. Ich haderte. Mit mir und ihm und allem, was in den letzten Tagen passiert war.

»Du wirst es nicht bereuen. Versprochen.« Er lächelte mir beinahe schon verlegen zu. Der eben noch so selbstsichere Touch war wieder verschwunden.

Auch wenn ich nicht wusste, ob ich das Richtige tat, ging ich mit ihm nach draußen. Mein knielanges rotes Chiffonkleid mit den weißen Punkten darauf umspielte meine Beine, während Logan wie selbstverständlich nach meiner Hand griff und sie fest in die seine legte.

»Ich denke, wir sind nun weit genug vom Zelt entfernt. Die

Musik sollte dich nicht länger dabei stören, mir zu sagen, was zu sagen ist, damit du anschließend wieder fahren kannst.«

Die Vorstellung, dass er einfach wieder gehen könnte, brach mir das Herz. Einerseits war ich furchtbar sauer auf ihn, wollte ihn dafür bestrafen, dass er mir die Presse auf den Hals gehetzt hatte. Auf der anderen Seite war ich einfach nur glücklich darüber, dass er gekommen war.

Für einen Moment schien er zu überlegen, wie er beginnen sollte. Er seufzte. »In den vergangenen Tagen ist so einiges schiefgelaufen, wofür ich mich ganz aufrichtig bei dir entschuldigen möchte. Es war falsch von mir, dich in diese Sache mit meinem Vater hineinzuziehen. Er … Es war ihm daran gelegen, dass ich heirate und den Gefallen wollte ich ihm tun. Aber nicht zu seinen, sondern zu meinen Bedingungen. Mein alter Herr … Ich denke, das wird hier etwas länger dauern«, unterbrach er sich selbst. »Lass uns da vorne auf der Bank Platz nehmen. Oder ist dir kalt? Du fröstelst ja. Warte.« Dann zog er sein Sakko aus und legte es mir fürsorglich über die Schultern.

Wir setzten uns. Logan kam mir dabei sehr nahe. Viel zu nahe. Unsere Oberschenkel berührten sich und trotz des Stoffes konnte ich ihn spüren. Ich rückte ein Stück von ihm ab. Wieder war dieses leise Knistern in der Luft zu hören. Dabei schlug mein Herz wie wild gegen meinen Brustkorb. Wäre es nicht darin gefangen, wäre es wahrscheinlich schon längst herausgesprungen.

»So ist es besser.«

»Logan, ich weiß wirklich nicht, was das alles soll. Mach es für uns beide doch nicht noch schwerer, als es ohnehin bereits ist. Fahr zu deiner Familie und kläre sie auf. Sag ihnen, dass es keine Hochzeit geben wird. Das ist der einzige Weg, um aus diesem Schlamassel herauszukommen.«

Logan sah mich durchdringend an. Dann griff er nach meiner Hand, legte sie abermals in seine. »Ich werde all das tun, was du von mir forderst, wenn du mir nur eine Frage beantwortest.«

Ich wagte nicht zu atmen. Wie gebannt, so hing ich an seinen Lippen, lauschte seinen Worten, während meine Hand zu brennen schien. War mir eben noch kalt gewesen, so durchströmte meine Venen jetzt die heiße Lava eines eben erst ausgebrochenen Vulkans.

»Wie lautet deine Frage?«, erwiderte ich mit zittriger Stimme.

Kapitel 33

Logan

»Warum bist du geblieben?« Wieder hatte ich ihr die Frage gestellt, doch dieses Mal war etwas anders. Ich würde nicht eher gehen, bis ich Gewissheit darüber hatte, warum sie nicht schon früher gegangen war. Seit Tagen rieb ich mich an der Frage auf, versuchte, mir selbst eine Erklärung zu liefern, hoffte, bangte, vermutete, um schließlich alles wieder über den Haufen zu werfen. So konnte es nicht weitergehen.

Gott, wie schön sie doch war. Was war ich nur für ein Narr gewesen? Wie hatte ich mich nur durch ihr biederes Äußeres täuschen lassen können? Ich konnte meinen Blick einfach nicht von ihr losreißen. Ihre langen Locken fielen ihr über den Rücken, einige hingen ihr über die Schultern nach vorne. Ihr Gesicht war geschminkt. Verschwunden war die kantige Brille, die den Glanz ihrer Augen verdeckt hatte. Ihr voller Mund war ebenso rot wie das kurze Chiffonkleid, das ihre perfekte Figur ausgesprochen gut in Szene setzte. Ihr Anblick verschlug mir den Atem. Nur sehr schwer konnte ich mich auf das konzentrieren, weswegen ich gekommen war.

Anna May kniff die Augen eine Spur zusammen. »Warum ist das so wichtig für dich? Vielleicht gab es ja gar keinen richtigen Grund. Vielleicht wollte ich einfach mal nach London.«

»Komm schon, Anna May, wir wissen beide, dass es nicht so simpel ist. Außerdem wusstest du nicht einmal, wohin ich fahren würde. Du bist mir blind gefolgt. Warum? Gib mir eine ehrliche Antwort, und ich werde dich in Ruhe lassen, wenn es das ist, was du möchtest.«

Ich beobachtete jede ihrer Regungen genau. Wieder war da diese Furche auf ihrer Stirn, der verschreckte Ausdruck in ihren Augen. Es wäre falsch gewesen, sie weiter zu drängen, und dennoch konnte ich es kaum mehr abwarten, ihre Antwort zu hören.

Schlagartig erhob sie sich von der Holzbank und lief ein paar Schritte. »Es gibt nicht immer eine Erklärung für alles. Manchmal handelt man impulsiv, aus einer Laune heraus.«

Ihr Gesicht war von mir abgewandt und dennoch konnte ich dieses leise Zittern in ihrer Stimme hören. Sie sagte mir nicht alles. Etwas lag ihr auf der Seele, was sie nicht über die Lippen brachte. Was war es?

Ich konnte das Schauspiel nicht länger ertragen. »Anna May«, sagte ich, dabei erhob ich mich und lief zu ihr, griff nach ihrem Arm. »Sag mir die Wahrheit. Warum bist du geblieben?« Wieder sah sie mich wie eines dieser verschreckten Tiere an, die am liebsten auf der Stelle die Flucht ergriffen hätten. »Wenn deine Granny nicht angerufen hätte, dann …«

»Was dann?« Ruckartig entriss sie mir ihren Arm. »Bilde dir bloß nichts ein.«

Schmunzelnd dachte ich an die Szene im Wohnzimmer der Savoy Suite zurück. Anna May war so kurz davor gewesenen, mir unter die Dusche zu folgen. Da war ich mir ganz sicher. Wenn der Anruf ihrer Großmutter nicht gewesen wäre, dann hätte ich meine Finger auf ihrem Körper auf Wanderschaft schicken können, hätte mit meiner Zunge von ihr gekostet.

»Ach, komm schon, Anna May. Wir waren doch ein verdammt gutes Team. Findest du nicht?« Ich bemühte mich um ein Lächeln. Nach außen hin gab ich mich tough, doch tief in mir drinnen sah es anders aus. Ich war kaum mehr in der Lage, die Anspannung auszuhalten, während die Blessuren in meinem Gesicht höllisch schmerzten. Am liebsten hätte ich den Schwanz eingezogen, irgendwo meine Wunden geleckt und die Aussprache zwischen Anna May und mir auf einen späteren Zeitpunkt vertagt.

Dann war da wieder diese unnachgiebige Stimme in meinem Inneren, die sich mit dem Warum herumquälte. Das zermürbende Gefühl, zerspringen zu müssen, war nicht weniger schuld daran, dass ich blieb.

»Ich weiß nicht, was du meinst.«

Stolz erhob sie den Kopf und verschränkte die Arme vor der Brust.

»Gut.« Unsicher strich ich mir durchs Haar. »Ich kann dich nicht dazu zwingen, mir zu antworten.« Man konnte den Stein sprichwörtlich hören, der ihr bei meinen Worten vom Herzen fiel. »Allerdings kannst du auch nichts dagegen tun, dass ich mich in Mr. Pherons Garten postieren und so lange warten werde, bis du mir sagst, warum du mich nicht schon viel früher verlassen hast.«

»Das ist doch … Du kannst doch nicht …« Da war es wieder. Dieses Funkeln in ihren eisblauen Augen, der Zorn, der ihre Wangen rötete, und das leichte Zucken ihrer Nase, das von ihrem inneren Aufruhr kündete. Gott, ich gäbe alles dafür, nur ein einziges Mal von ihren Lippen zu kosten, sie in den Armen zu halten. Jede Faser meines Körpers sehnte sich danach, sie zu riechen, sie zu spüren, sie zu lieben.

»Und ob ich das kann.«

»Du hältst dich wohl für den Nabel der Welt. Aber ich muss dich enttäuschen. Für mich bist du nichts weiter als ein kleiner trotziger Junge, der seinen Willen nicht bekommen hat. Mag sein, dass dir dein bisheriger Erfolg beim weiblichen Geschlecht etwas zu Kopf gestiegen ist. Was auch immer dich weiter dazu antreibt, mir aufzulauern, lass es. Okay?«

»Sonst was?«

Anna May haderte mit sich. »Sonst zeige ich dich an. Wegen Stalkings«, setzte sie hinzu.

Warum wehrte sie sich so sehr gegen das Offensichtliche? »Okay. Okay.« Abwehrend hob ich die Hände in die Luft. »Wenn das so ist, lass ich dich in Ruhe. Ich glaubte, dir könnte es so ergehen wie mir. Offenbar habe ich mich getäuscht.«

Nun hatte ich meine letzte Karte gespielt, in der Hoffnung, Anna May damit aus der Reserve zu locken. Innerlich zählte ich: *einundzwanzig, zweiundzwanzig, dreiundzwanzig*, wandte mich dann von ihr ab und gab vor, jetzt zu gehen.

Für einen furchtbar langen Augenblick glaubte ich, die falsche Entscheidung getroffen zu haben. Langsam lief ich den schmalen Pfad, der die Wiese teilte, entlang in Richtung der Hauptstraße. *Komm schon, komm schon*, flehte ich Anna May in Gedanken an, während sich meine Hände in den Hosentaschen zu Fäusten ballten.

Jeden Meter, den ich mich von ihr entfernte, sank meine Hoffnung. Nur noch wenige Schritte und ich hätte die Hauptstraße erreicht.

Ich fühlte mich hilflos. Wie konnte es nur sein, dass diese Frau, die heute wie ein Engel aussah, solch eine Wirkung auf mich hatte? Wie gerne ich ihr langes welliges Haar berührt und ihr über die Wange gestrichen hätte.

Es war ein Fehler gewesen, heute herzukommen. Ein furchtbar dummer Fehler. Ich hätte nach Hause fahren und die Sache mit der Hochzeit klären sollen. Doch je länger ich mich mit der Idee, Anna May zu heiraten, getragen hatte, desto überzeugter war ich gewesen, dass es die richtige Entscheidung war.

Es war verrückt. Vollkommen irrsinnig. Schließlich wusste ich so gut wie nichts über sie und sie kannte nur den Lebemann, der durch die Bilder und Artikel der Boulevardpresse geformt worden war. Den wirklichen, einst molligen Logan mit seinen Sorgen und Ängsten und dem innigen Wunsch, akzeptiert und geliebt zu werden, kannte niemand. Den hatte ich schon im Alter von sieben Jahren hinter einer dicken Steinfassade verbarrikadiert, um nicht enttäuscht zu werden.

»Warte.«

Ich hielt in der Bewegung inne, drehte mich zu Anna May um. Diese kam in Windeseile auf mich zugelaufen. Ihre langen Haare wehten im Wind, während das Chiffonkleid ihre Beine umspielte.

Unfähig, den Blick von ihr abzuwenden, starrte ich sie an, beobachtete, wie sich ihr Busen im Lauf hob und senkte. Ihre langen schmalen Arme unterstützten die rhythmische Bewegung ihres Körpers. Dann stand sie vor mir.

Sie sah mir tief in die Augen. Keiner von uns beiden wagte es, etwas zu sagen, während aus dem Festzelt lautes Grölen zu hören war. Wir blendeten es aus, hatten nur Augen füreinander.

Anna Mays Blick war noch immer wankelmütig. Einerseits war darin dieser feste Wille zu sehen und dann wieder Furcht. Schließlich fasste sie sich ein Herz, legte ihre Hände auf meine Wangen, sodass unsere beiden Gesichter ganz nah beieinander waren.

Ich ließ sie gewähren, rührte mich nicht. Das Adrenalin, das meinen Körper flutete, stachelte mich an, endlich zu handeln, sie nicht wieder ziehen zu lassen. Was war richtig? Was war falsch?

Schließlich warf ich all meine Bedenken über Bord und küsste sie. Anfangs wehrte sie sich dagegen, presste ihre Lippen fest aufeinander. Ich gab nicht auf, versuchte in diesen Kuss, der womöglich der erste und gleichsam der letzte sein würde, all die Liebe zu legen, die ich für sie empfand. Sie sollte wissen, wie sehr ich für sie brannte, wie sehr ich sie wollte und wie wenig ich auch nur noch einen Tag ohne sie leben konnte.

Mit meinen Händen fuhr ich ihr durchs Haar. Mit Wohlwollen nahm ich zur Kenntnis, dass sie sich daraufhin noch enger an mich schmiegte und schließlich meinen Kuss erwiderte.

Unsere Lippen verschmolzen miteinander. Kein Blatt passte mehr zwischen unsere Körper. Als sie schließlich ihre Hände um mich legte, stand ich lichterloh in Flammen. In diesem Moment hatte sich auch das letzte Molekül meines Körpers in Anna May verliebt.

Atemlos löste ich mich von ihr. »Anna May.« Sie sah mich verwundert an. Ihre Wangen waren gerötet und sie atmete schwer. »Ich muss dir etwas sagen.«

»Zuerst bin ich dir eine Antwort schuldig.« Für den Bruchteil einer Sekunde schloss sie die Augen. »Ich bin geblieben, weil ich nicht gehen wollte. Auch wenn ich genau wusste, dass du der Typ Mann bist, der mir sicher das Herz brechen wird, konnte ich nicht gehen. Ich hatte mich …«

»… unsterblich in dich verliebt«, ergänzte ich ihren Satz. »Genau, wie ich mich unsterblich in dich verliebt habe.«

Epilog

Anna May

»Wie darf ich das jetzt verstehen? Ihr wollt keinen Eisschnitzer? Aber der Mann kommt doch schon in einer Stunde. Wie soll ich ihm denn jetzt noch klarmachen, dass seine Dienste nicht mehr erwünscht sind? Er ist schließlich eine Koryphäe auf seinem Gebiet.«

Logans Vater war hin- und hergerissen zwischen Euphorie und Panik. Seit wir gestern Nacht im Anwesen der McGregors angekommen waren, stand die ganze Familie kopf. Meine eingeschlossen.

»Vater, ich denke, du wirst einen Weg finden. Du bist doch sonst nicht auf den Mund gefallen.«

Die beiden Männer waren wie Feuer und Wasser. Sie bemerkten nicht einmal, wie ähnlich sie sich waren.

Pathetisch griff sich Mr. McGregor senior an die Brust. Logan hatte mir während der Fahrt nach Hause seine Lügen offenbart und reinen Tisch gemacht. Sein Vater hatte gar kein Herzleiden.

Logan wollte von jetzt an ehrlich zu mir sein, unsere Beziehung sollte auf gegenseitigem Vertrauen und Respekt fußen. Schließlich hatten wir vor, schon am heutigen Tag zu heiraten.

»Aber, Kinder, gönnt mir doch auch ein bisschen Spaß. Ihr könnt euch gar nicht vorstellen, wie anstrengend es war, diese Hochzeit in der Kürze der Zeit auf die Beine zu stellen.«

Logan strich mir einfühlsam über die Wange und legte all die Liebe, die er für mich empfand, in diese Geste. Ich konnte sie spüren, sie greifen, ganz ohne Worte. »Letztendlich ist es doch unsere Hochzeit. Und nicht deine, Dad.«

Aufgeregt wie eine Braut an ihrem Hochzeitstag marschierte Logans Vater mit auf dem Rücken verschränkten Armen in seinem Arbeitszimmer auf und ab, während Logan und ich, ganz die Ruhe selbst, auf dem ledernen Sofa saßen.

Meine Eltern waren zu einem Spaziergang ans Meer aufgebrochen. Voller Sorge hatte auch ich meiner Familie die ganze Geschichte erzählt und voller Angst auf ihre Reaktion gewartet. Doch das große Gezeter war ausgeblieben. Dad hatte sich stattdessen dreimal bekreuzigt und dem Heiland gedankt, dass seine Tochter doch kein uneheliches Kind erwartete.

So wirklich böse war uns keiner, dass wir einfach abgehauen waren. Viel glücklicher waren alle darüber gewesen, dass wir wieder aufgetaucht waren und es uns gut ging. Als wir auch noch verkündeten, am Folgetag tatsächlich heiraten zu wollen, waren die letzten Wogen geglättet. Alle freuten sich mit uns. Alle – bis auf Felicitas.

Sie hatte ein wenig gebraucht, um uns ihren Segen geben zu können. Erst als Logan seinem Vater klargemacht hatte, dass er mich zwar heiraten würde, die Leitung der Firma allerdings ausschlagen wolle, wurde sie hellhörig.

Logans Dad hatte die Sache mit der Übernahme der Whiskydestillerie auf später vertagen wollen, aber Logan hatte ihm gesagt, dass es nur eine Hochzeit geben würde, wenn seine ältere Schwester Felicitas das operative Geschäft übernehmen dürfe. Schließlich wäre sie mit ihrer langjährigen Lebenspartnerin, die überdies die Erbin der Birmingham-Destillerie war, in der Lage, das familiäre Unternehmen weltweit bekannt zu machen.

In Logans Vater stritten Abneigung und Begeisterung über diesen Vorschlag wild miteinander, ehe er einsah, dass es für die

Firma das Beste war, wenn Felicitas in seine Fußstapfen trat. So viele Veränderungen in der Kürze der Zeit hatten seinem Herzen nicht geschadet, auch wenn er sich gerade wieder krampfhaft an die Brust fasste.

Eine Verschnaufpause würde es jedoch für uns alle nicht geben. Schon in einer Stunde war es so weit. Sophie, Logans kleine Schwester, würde meine Trauzeugin sein. Wir beide hatten uns auf Anhieb gut verstanden, ganz so, als würden wir uns schon unser ganzes Leben lang kennen. Vielleicht würde sie ja in naher Zukunft zu der besten Freundin für mich werden, die ich mein ganzes Leben gesucht hatte.

»Was ist aus dem Brautkleid geworden?« Ernst sah Logans Vater zu uns, während er weiter seine Runden zog.

»Sophie und ich haben heute Morgen die letzten Änderungen von Rose in Augenschein genommen. Sie hat wundervolle Arbeit geleistet«, berichtete ich ganz stolz darüber, dass meine Schwiegermutter mir aus ihrem alten Brautkleid einen rückenfreien Traum aus Tüll und Spitze geschneidert hatte.

Ebenso einen Traum wie die Tatsache, dass ich bald heiraten würde. Ich konnte es noch immer nicht glauben, in Logan den Mann fürs Leben gefunden zu haben, entsprach er doch so gar nicht den Vorstellungen, die ich mir immer gemacht hatte.

Am Ende war es falsch gewesen, sich zu verstellen, ein anderer sein zu wollen. Meine Verkleidung hatte mein Herz nicht davon abgehalten, mich in Logan zu verlieben, und auch er hatte sich nicht davon täuschen lassen. Auf einmal war es schließlich Liebe gewesen.

»Boah, deine Hochzeit ist voll Hollywood, Anna May.« Cybill platzte aufgeregt in das Kaminzimmer und plapperte munter drauflos. »Der Pavillon, die weißen Hussen für die Stühle und die

Friedenstauben sind der Wahnsinn. Nur Grannys Petticoat Tails ist ziemlich schäbig, wenn du mich fragst. Der hat so gar nichts Glamouröses an sich. By the way, kannst du mir sagen, warum sie die ganze Zeit da draußen mit unserem Nachbarn Mr. Pheron auf der Bank hockt? Fehlt nur noch, dass die beiden Händchen halten.« Sie lachte, ehe sie sich der Bedeutung klar wurde. »Die beiden sind doch kein Paar, oder?« Angewidert blickte sie mich an, ehe sie das Thema unvermittelt änderte. »Sag mir bitte, dass es noch einen Eisschnitzer geben wird, der eure Gesichter in Eis meißelt. Das wäre so cool. Ist der neueste Trend in Amerika.« Logan und ich sahen uns kurz an, ehe wir schallend zu lachen begannen.

Logan

Noch immer konnte ich den Blick nicht von meiner Braut abwenden. Sie war wunderschön, klug und das Beste, was mir in meinem ganzen Leben passiert war.

Felicitas stand an meiner Seite und wartete mit mir darauf, dass Anna May mit ihrem Vater an dem kleinen Pavillon in Mums Rosengarten angelangte. Sie lächelte mir aufmunternd zu und drückte meine schweißnasse Hand. Ich war so froh darüber, dass Dad eingesehen hatte, dass sie die bessere Firmenchefin abgeben würde. Besonders in der Sache mit Birmingham war Felicitas unser Ass im Ärmel. Schließlich hatte er selbst einmal gesagt, dass eine familiäre Verbindung viel einfacher wäre als die zähen Verhandlungen bei einer Firmenübernahme.

Mein Vater mochte in seinen Werten und Normen ein Traditionalist sein. Doch ein Idiot war er ganz sicher nicht. Er war ein Geschäftsmann durch und durch und wusste, dass das die

Chance sein würde, die Whiskydestillerie doch noch in einen Weltkonzern zu verwandeln, nachdem Birmingham die Übernahmeverhandlungen für gescheitert erklärt hatte.

Mum lächelte mir aufmunternd zu. Sie hatte gleich in zweierlei Hinsicht Grund zur Freude. Einerseits würde ihr liebster und einziger Sohn gleich heiraten und andererseits würde sie in wenigen Wochen zu einer Weltreise aufbrechen. Dad hatte ihr versprochen, wirklich kürzerzutreten, wenn die Firmennachfolge geregelt war. So hatte er gestern Abend nach unserem Eintreffen Nägel mit Köpfen gemacht.

Mein Puls raste. Konnte es wirklich wahr sein? Würde die schönste Frau auf Erden mir ihr Jawort geben und den Rest ihres Lebens mit mir verbringen?

Meine Schwester legte ihre Hand auf meine Schulter und sprach mir damit stumm Mut zu. Ich war froh, sie gefragt zu haben, ob sie meine Trauzeugin sein wollte. Endlich hatten wir unser Kriegsbeil begraben können. Zumindest zeitweise sollte jetzt etwas Ruhe einkehren.

Der lange Spitzenschleier verdeckte Anna Mays Gesicht. Ich musste an unsere erste Begegnung vor diesem grässlichen alten Hotel denken. Sie war mir so unscheinbar vorgekommen, so nichtssagend. Wenn ich daran zurückdachte, könnte ich mich noch immer dafür ohrfeigen, dass ich nicht schon damals erkannt hatte, was wirklich in ihr steckte.

Wenn das Schicksal sie nicht in unsere Firma geführt hätte, wären wir uns vielleicht nie wieder begegnet und ich hätte die einzige Chance gleichmütig vertan, mein Glück zu finden. *Mit einem Wimpernschlag fällen wir ein Urteil über einen Menschen, packen ihn in eine Schublade, ohne hinter die Fassade zu blicken.*

Wenn mir jemand noch vor einer Woche gesagt hätte, dass

Anna May die große Liebe meines Lebens sein würde, hätte ich ihn ausgelacht und einen Narren gescholten. Ohne darauf zu hoffen und ohne es zu erwarten, hatte mich dieses mächtige Gefühl übermannt, das Berge versetzen und aus einem Playboy einen handzahmen Ehemann hervorbringen konnte.

Während mir Anna Mays Vater ihre Hand reichte, blickte ich zum Himmel und schickte meinen Dank ins Universum. Auf einmal war etwas gewachsen, von dem ich nie zu hoffen gewagt hatte, es tatsächlich zu finden: Liebe.

Einige Wochen später

THE SCOTSMAN

Gestern Abend fand sich alles, was Rang und Namen hat, bei der Birmingham-McGregor- Spendengala zugunsten herzkranker Menschen in Edinburgh ein. Die Moderation des Abends hatte die charmante und äußerst eloquente Anna May McGregor (26) übernommen, die gemeinsam mit ihrem Mann, Logan McGregor (35), die Schirmherrschaft trug. Anna May und Logan sehen sich in der Nachfolge von Mr. McGregor senior, der zwar alle geschäftlichen Ämter niedergelegt hat, sich aber besonders als Mäzen der schönen Künste fühlt. Diesen durchaus förderwürdigen Bereich möchten die beiden nun noch um einen wohltätigen ergänzen.

Über eine Million Euro kamen zusammen und werden fortan dazu eingesetzt, der häufigsten Sterbeursache der Menschheit durch umfangreiche Forschung und Aufklärung weiter Einhalt zu gebieten.

Mrs. McGregor junior hält sich mit ihrem Privatleben stets bedeckt, dennoch war sie so liebenswürdig, uns Bilder von ihren

Flitterwochen in London zukommen zu lassen. Sonst lebt das glamouröse Paar eher zurückgezogen in den schottischen Highlands.

ENDE

Danksagung

Liebe Leserinnen und Leser,

vielen lieben DANK für das Interesse an meinen Büchern.

Mit Auf einmal Liebe habe ich mir selbst ein kleines Geschenk gemacht. Es hat mir unglaublich viel Spaß gemacht, die Story zu Papier zu bringen. Wenn ich es ebenso geschafft habe, euch mit meiner Geschichte zu erreichen, dann bin ich sehr glücklich darüber.

Bedanken möchte ich mich an dieser Stelle ganz herzlich bei meinen engagierten und wunderbaren Testleserinnen. DANKE für eure ehrlichen Worte, eure Begeisterung und euer Mitfiebern. Ohne euch wäre das Ganze nur halb so schön. Vielen lieben DANK, dass ihr den Weg mit mir gegangen seid! Ich freue mich bereits heute über euer Feedback zum nächsten Buch.

Liebe Doro, dein Lob und deine lieben Worte sind mir immer wieder ein Ansporn und motivieren mich so ungemein. DANKE hierfür.

Vielen DANK, liebe Jil, dass du mein Manuskript auf Herz und Nieren geprüft hast.

Vielen DANK an meine LeserInnen, dass ihr mit mir in die Geschichte von Anna May & Logan abgetaucht seid.

Eure Mila

Außerdem freue ich mich sehr auf regen Austausch mit euch:

www.milasummers.com

E-Mail: mila.summers@outlook.de

facebook: Mila Summers

Instagram: books_by_mila_summers

Twitter: BooksbyMila

PS: Wenn euch meine Geschichte gefallen hat, würdet ihr mir unglaublich helfen, wenn ihr eine Rezension auf dem Buchportal eurer Wahl schreiben würdet. Dann bekommen vielleicht noch weitere LeserInnen die Möglichkeit, meine Geschichten kennenzulernen.

24816733R00146

Printed in Poland
by Amazon Fulfillment
Poland Sp. z o.o., Wrocław